眷恋

郑锦杭 著

南方出版传媒
花城出版社
中国·广州

图书在版编目（CIP）数据

眷恋 / 郑锦杭著. -- 广州：花城出版社，2021.4
ISBN 978-7-5360-9410-9

Ⅰ．①眷… Ⅱ．①郑… Ⅲ．①长篇小说－中国－当代
Ⅳ．①I247.5

中国版本图书馆CIP数据核字(2021)第059207号

出 版 人：肖延兵
策划编辑：程士庆
责任编辑：李　谓　曹玛丽
技术编辑：薛伟民　林佳莹
封面设计：集力書裝　彭　力

书　　名	眷恋
	JUANLIAN
出版发行	花城出版社
	（广州市环市东路水荫路11号）
经　　销	全国新华书店
印　　刷	佛山市迎高彩印有限公司
	（佛山市顺德区陈村镇广隆工业区兴业七路9号）
开　　本	880毫米×1230毫米　32开
印　　张	11.25　1插页
字　　数	220,000字
版　　次	2021年4月第1版　2021年4月第1次印刷
定　　价	49.80元

如发现印装质量问题，请直接与印刷厂联系调换。
购书热线：020-37604658　37602954
花城出版社网站：http://www.fcph.com.cn

人活着活着就活成了历史

目录 / contents

第一部　向前走　001

第二部　雅努斯的面孔　075

第三部　向前走　289

后　记　何以为人　343

第一部

向前走

/ 第一部　向前走 /

1

是的，霍藜就是一个一直向前走的人，从来不回头。除非在梦里，霍藜已经不会再想起自己原来当过老师。在梦里，似乎在被巨大的阴影笼罩的大礼堂，在似是而非的大剧院，在许多束灯光犹如烈日灼人的体育馆，人如潮水，越来越多，几百，几千，马上就要上公开课了，霍藜还没有备课，找不到课本，不知道上什么课，没有制作课件，黑板上写满了不知道什么字，没有黑板擦，粉笔不见了，一阵不能名状的哗笑，专家正襟危坐，话筒在尖锐地啸叫，衣服太大太厚太长，化了浓妆，浓眉，浓眼，雪白的脸，鲜红的口红，就像惊惶的演员，霍藜心急如焚……梦及时地醒了。相同的梦境无数次地重复，除此以外，霍藜就像没有当过老师一样了。

家里最多的就是书。书房的墙，客厅的墙，几面墙，一共有均匀的四十四排书。书有自己的伦理，也有自己的谱系，盘根错节，亲疏有序，没有一本书是孤立的，也没有一本书是无缘无故的。如果不是《夏日》，霍藜就不能读到《耻》，直至读到《爱与黑暗的故事》。如果不是《小于一》，霍藜就不能读到《人，岁月，生活》，直至读到《昨日的世界》。如果不是《我身在历史何处》，霍藜就不能读到《雕刻时光》，直至读到《陆上行舟》。如果不是《我是你的男人》，霍藜就不能读到《天堂十字路口》，直至读到《沉默》。如果不是第一次读过《红楼梦》，霍藜就不能第二次再读《红楼梦》，直至不知道读了第几次……直至孔雀蓝的窗帘，芥末绿的沙发，橡皮粉的砂糖兔，绛紫的盖毯，棕灰的地板，浓绿的植物，白色的窗，白色的门，仿佛也都沉淀有书的气质，书却还是要比它们之中任何一种事物都要忠贞，深邃，辉煌，镇静，都要美丽不可方物。

均匀的四十四排书里有两排是霍藜当老师时候的书：课本，教学参考书，备课手册，课堂教学艺术集萃，名师授课录，教学要略，教育科研过程与方法，板书设计及应用……霍藜当老师的时候只读这些书，就读这些书。忘记了童年在小山坑的仓库读过能读到的一切书。小山坑很少看得到书，小山坑的人不知道这个世界上为什么会有书，都有什么书，有多少书，对书没有冲动，没有渴望，没有爱，仿佛生活在人类的文明以外。仓库原来是碾米场，用石灰刷白的泥土墙是破的，用柏油涂黑的木板门是破的，窗户封死了，没有灯。书都是做火炮的废书，有的没有封面，有的缺了半本，有的磨破了角，有的发霉了，也有半新的，霍藜也不知道这些书来自哪里，原来归属于谁，经历了多少颠沛辗转才来到了小山坑，就是杂乱无章地读啊读。忘记了少年在师范学校的图书馆读过能读到的一切书。学校在鼓楼边，在深巷里，在上坡顶上。图书馆不大，就是一间教室，书架很窄，书很旧，很少有新书，还要到新华书店去找书，走过上坡，下坡，又上坡，又下坡，在十字路口的转角，走进模糊的玻璃门，在高耸的书架前，也是杂乱无章地读啊读。什么都忘记了。仿佛就连童年和少年也一起忘记了。也忘记了世界上还有很多书。就像没有读过书。老师是最应该读书的人，霍藜当老师的时候却就像没有读过书。当老师就像有一种可以带走一切的潮汐力，让你剩下就只会当老师。时光一笔一笔地擦除霍藜当过老师的记忆，仿佛霍藜当过老师是假的，也就只有这两排书还能佐证霍藜是当过老师的，是真的。也就只有这两排书还能给它们自己佐证：它们也曾美丽不可方物。

霍藜对于有人喜欢自己的书，能理解，对于有人不喜欢自己的书，也能理解，什么都能理解。但那都还不是霍藜最想要写的书。霍藜最想要写的书已经酝酿了很久——

霍藜写书是源自童年和少年吗？童年的霍藜是谁？少年的霍藜是谁？现在身在没有山，没有田畈，没有泥土房，没有水牛在黄昏的夕阳里哞哞叫，没有猪圈，没有草籽花，没有老母鸡领着小鸡在草丛啄食，没有挂在屋檐的冰凌，没有能没过膝盖的积雪，只有看不到头的还在越来越多的楼房，一个人在这里可以隐姓埋名，可以无声无息地不被任何人注意，冬天过分地冷，夏天过分地热的宛城的霍藜，又是谁？萨特说只有太平洋上的加拉帕戈斯群岛适合他，那么，宛城是霍藜的加拉帕戈斯群岛吗？一个人为什么要写书？一个人出生，活着，然后死去，和所有的生物一样，为什么还要写书？地球只是宇宙的一个微粒，宇宙根本就不在乎这个微粒上的人类，无数包围着地球、距离地球有几十亿公里、体积超过地球数万倍的星球也不在乎人类，万事万物都不在乎人类，人类却为什么要写书？除了人类，宇宙的任何其他物种都不会写书，书应该是人类独有的财富，如果一个人写的书不能成为人类的财富，那又是为什么而写？那又为什么还要用大量的时间写了很多很多字又全都删除，又推倒重来？一天也写不出一个字的时候更是饱受煎熬，这样不是持续几天，而是几个月，甚至几年，无限度地忍受艰巨，孤独，苦痛，炼狱？一本书可以通过一个人的人生和灵魂，看到普遍的人的人生和灵魂，摄人心魄，动人心弦，如果不是这样，书还是书吗？如果一个人一旦要在书里写到自己的人生，袒露自己的灵魂，是不是就不得不回头，就像罗德之妻，把自己变成了盐柱？霍藜能回头吗？霍藜要回头吗？霍藜非回头不可吗？霍藜会变成盐柱吗？霍藜害怕变成盐柱吗？如果害怕，害怕的霍藜是谁？如果不害怕，不害怕的霍藜又是谁……它似乎不是一本书，而就是一个人的人生与灵魂，霍藜过去写完一本书，就开始写又一本书，是在逃避它，也是在为它千锤百炼。霍藜只有心平气和地把它写下来,才能真正安宁地面对将来,不虚此生。

张聿在家里走来走去,也不坐下来看书,一本书也不看。张聿深信看书是拾人牙慧,只能导致思想的混乱,而且没有人可以只靠书活着,很多人都不是靠书活着的,张聿也不是靠书活着的。张聿是不会坐下来看书的。张聿把热水壶的水倒到凉水壶,把烧水壶的水灌到热水壶,给烧水壶加水,烧水。张聿给植物浇水。一片叶子掉在地板上,张聿捡起来,放到垃圾桶里。垃圾桶不像垃圾桶,像不醒目但是不可缺少的恰如其分的艺术品。连垃圾桶都像艺术品的家就像艺术品。张聿想要提起吸尘器吸尘,又没有。家里已经很清洁。很少有家里能这样清洁。就是霍藜写书的时候摊开资料,越摊越多,摊满了有一面墙那么宽的书桌,书桌上还有一沓沓的书,还有大的小的厚的薄的笔记本,家里也还是清洁的。清洁就像是霍藜的天赋,谁也不能剥夺,谁也学不会。

张聿到超市。超市是生活的烟火。疲倦的女人推着推车,推车里的孩子在打哈欠,似乎刚睡醒,似乎又要睡了,穿着睡衣的大妈雄赳赳地拣了一袋苹果又全都倒回去,穿着睡衣的大伯慢吞吞地捞了一条鱼,又重新捞一条鱼,大妈不知道在骂谁,弄不灵清,大伯不知道在骂谁,弄不灵清,营业员在沉默地整理货架,在出神地思量什么,在聊天,收银员在大声地问耳朵已经听不清楚的老人有会员卡吗，老人迟缓地找会员卡。张聿买了进口的米、酸奶、味噌、胡椒粉、酱油、醋。张聿又到菜场。菜场也是生活的烟火。卖肉的在剁肉，卖鱼的在杀鱼，卖豆腐的在划豆腐，卖牛杂的在切牛杂，脸上皱巴巴的女人说猪肉太贵了吃不起就只要一个腰花，急急忙忙的男人说怎么青菜都要四五块钱一斤，一个体面的大叔在气势汹汹地吵架说卖虾的把他买的虾换成了死虾，管理员在劝架，卖虾的在辩解，有人在讨价还价，有人在说还要找给你几块几毛钱。张聿买了一个鱼头，一块豆腐，一把香菜，一斤花蛤，一棵大白菜，几头大蒜，几块嫩生姜。

　　张聿从河边走回家。河边越来越像能吞噬一切的森林，水杉，构树，鸡爪槭，毛杜鹃，茶梅，紫藤，沿阶草，所有植物，都不可遏止地生长，都已经过分高大浓密，已经能把人、跟着人的狗、河、河里的船都吞噬了，没有人会想到有朝一日植物是几乎可以把一切都吞噬的。小区加装了门头，闪亮的不锈钢，缠绕着没有任何生气的碧绿的塑料藤蔓，比没有加装前丑陋，树木也已经过分高大，树干上系着红艳艳的横幅，不止有一条横幅，围墙的护栏重新刷过油漆，黑的尤其黑，金黄的尤其金黄，野猫无声无息地蹲在垃圾桶上。张聿打开报箱取报纸，报箱破了。张聿进电梯按按钮，按钮破了。张聿到厨房，拉开橱柜的米箱倒米，打开双门的冰箱存放酸奶，把酱油和醋摆在操作台右上方的隔板上，清洗鱼头，沥干，切块，码在盘子里，豆腐也码在盘子里，香菜掐头去尾，清洗花蛤，养在清水里，清洗大白菜，摘掉不好的叶子，剥好蒜瓣，切好姜片，清洁砧板，清洁水槽，清洁应该清洁的一切。张聿轻松地哼了几句不知是什么歌，又吹了几声口哨，离开厨房。

阳台上还有大片的阳光。张聿靠在拼皮的懒人沙发上。不看什么，也不想什么。楼下在搬动什么，传来轰轰的摩擦声。摩擦声在加剧，似乎是在加工什么。一个小女孩突然凄厉地大哭。一个女人在暴躁地咆哮。一个男人在怒吼。楼下的房子是出租的。楼下的房子有的卖了，有的出租了，进出的人不断地换面孔，什么人都有，不明来历。张聿找过物业去看楼下也许是什么作坊，物业被咆哮，张聿被怒吼，从此只有听之任之。一切，一切，张聿都不烦恼。在大片的阳光下，有人在为金钱挣扎，有人在为功名处心积虑，有人在寻欢，有人在作乐，有人得到了什么，有人失去了什么，张聿却不看什么，也不想什么，什么都不烦恼。张聿除了比以前胖一些，看不出快要五十岁了，也看不出是一个区政协副主席的痕迹，一个人活着就只是活着，不论年轻还是老去，不论有一官半职还是一文不名，都只是活着，人生一世，草木一秋，都只是大自然的一种现象，很多烦恼都是多余的，张聿不会多余地烦恼。阳光从懒人沙发上消失了，从张聿身上消失了，从阳台上消失了，完全消失了。

霍藜说："菜场买的菜要比超市的新鲜。"霍藜又说："在写完书以前把房子换好。"不是只有人才生死有期，物质也都是会腐朽的，房子也是物质，也会腐朽，哪怕把它修饰得就像艺术品也还是会腐朽,哪怕再清洁也还是会腐朽,哪怕也就只是住了十几年也还是会腐朽,没有不朽的房子。换房子不是换一件衣服,不是换一辆车,不是说换就可以换,不是想换就能换,但能换也还是要换,也该换了。张聿还是在家里走来走去,还是不坐下来看书,一本书也不看。城市的夜是不会黑暗的,远处楼房的窗户亮着灯,近处楼房的窗户亮着灯,河边亮着灯,路边亮着灯,路上的车也亮着灯,不会黑暗的夜就像遥远高原的姑娘的眼眸一样清冽。没有什么值得烦恼,就是要换房子也不值得烦恼,张聿也就不烦恼,换房子就换房子吧。而且要在霍藜写完书以前换好。

是的。

霍藜又要写书了。

是的。

霍藜又要向前走了。

2

韩贝锦说,女人不能胖,不能老。但是韩贝锦胖了。韩贝锦试过只吃菜不吃饭,试过不吃晚饭,试过一天就吃一个苹果,甚至不吃,韩贝锦只有在梦里才能梦见一屉屉的馒头,一摞摞的肉麦饼,一整条街的全鸡全鸭大鱼大肉,一整桌烧开了锅底的火锅,但那只是梦,而且这些都无济于事,韩贝锦还是胖了,还是开始老去了。韩贝锦依然极端地自信自己还是有令人畏惧的漂亮,每天敷面膜,擦面霜,精心地化妆,戴上假睫毛,涂上睫毛膏,像少女一样披着长长的头发,而且天天都换衣服,就像有穿不完的衣服。韩贝锦能够容忍卫景福说去赚钱,说赚到钱就回来买这买那,又没赚到钱,就没赚过钱,画了一个饼,又画一个饼,能够容忍家里的房子买了又卖,又买又卖,至今还住在又老又破又小的房子里,能够容忍家里到处堆积着杂七杂八的纸板箱,似乎随时都要准备搬家,似乎这就不是家,能够容忍家里的钱从来不够用,能够容忍最让自己无能为力又无法挣脱的就是钱,钱,钱,但是韩贝锦不能容忍不买衣服,买衣服对于韩贝锦的意义绝不仅仅是肤浅的喜新厌旧,而是保持了极端的自信,更保持了对岁月、人生、生活的永不妥协。

"怎么又给我这么多饭?我只要一小口饭。"

"年纪大了,健康最重要。"

"以前只要少吃几天就能瘦下来。现在就是不吃也瘦不下来。好像睡觉都在长肉。"

"胖一点有什么关系。"

"我被家长投诉了。就是何薁。前几天她又冲到办公室来,说她儿子不会写作文是因为我不会教,没有教不会的学生,只有不会教的老师,就是天天把她儿子留下来也要把他教会。我告诉她,不行的,我也有家,我问她哪家银行下班了还开着窗口的,哪家医院下班了还开诊的,我只能尽力。她就联合家长投诉我,说我的精力都用在带学生上,一定要换老师。"

"以后就别带学生了。"

"不带学生钱从哪里来?这个家怎么办?难道一辈子就住这样的房子吗?你去把我昨天买的衣服退了。等你赚到钱我不管买了什么衣服都不会去退。"

卫景福一言不发地去退衣服。韩贝锦更多的时候都精打细算,有时候心气也很高,说要是再买房子就买两层楼的,有时候也要骂卫景福就会画饼,卫景福都一言不发,仿佛韩贝锦永远都像少女,怎么也不应该对她说一句重话,永远不应该。卫景福顺路到学校去看卫尔思,买了一盒甜甜圈,一盒榴梿。卫尔思已经读高中,和同学一起回寝室,还像小时候一样指着卫景福说:"你们看我爸爸是不是很帅?"卫景福提着皱巴巴的纸袋子,微驼着背,不仅胖了,而且整个人都松懈了,在卫尔思眼里却永远都是最帅的。同学嘻嘻哈哈地走了。

"你什么时候回来的?是不是又没赚到钱?"

"爸爸如果赚到钱,就给你买大房子。"

"我不要吃甜甜圈了,吃榴梿比吃肉热量还高,我现在要减肥。"

"你又不胖,你现在还是学习的时候,要注意身体。"

"妈妈有钱给我,在学校也不用什么钱,你不用给我钱。"

卫尔思跑远了。卫景福把掏出来的两百块钱又放回到口袋里,又感动,又愧疚。卫景福想要赚钱,想要给韩贝锦买很多很多的衣服,想要买两层楼的房子,想要卫尔思要什么就买什么,卫景福从不希望自己只会画饼,就是画饼也都是为了:希望。

李淇岸坐在办公桌前,和韩贝锦保持距离,就是校长,只是校长。韩贝锦坐在会客的沙发上,和李淇岸保持距离,就是老师,只是老师。时间是最好的。时间是最不好的。时间让发生的都已经发生,改变的都已经改变,消逝的都已经消逝,不可挽回的都已经不可挽回,残留的就只有:距离。距离又在提醒李淇岸,韩贝锦不仅仅就是老师,只是老师,哪怕韩贝锦已经胖了,也开始老去。距离也在提醒韩贝锦,李淇岸不仅仅就是校长,只是校长,哪怕李淇岸已经不可避免地沧桑了,就像沧桑的纳西索斯。

"家长不依不饶,学校压力很大。"

"一定要换老师其他家长也会有意见。"

"家长不能干涉学校的安排。"

"官太太就可以干涉吗?"

"现在是说换老师的问题。"

"学校应该保护老师。"

"我很反感有些校长把某些老师的做法当作谈资,这样的校长一点都不爱护自己的老师。我知道有的老师也在有偿家教,只要不是影响太大,我也睁一只眼闭一只眼。但是你这次影响太大了。"

"我对这个班级是有感情的。"

"我会给你安排更好的班级,我已经考虑给你安排中层的岗位。你还是省教坛新秀,像你这样优秀的老师早就都是学校领导了,也就只有你还在当班主任。"

"一个老师不是只有当领导才有价值。"

"你还是有希望评特级教师的。换个班级对你只会更好。"

"我早就放弃了。不是只有评特级教师才是重要的。如果我有这种想法也一定会实现,但是我不在乎了。"

李淇岸听不懂。

"我最遗憾的是没有上大学。我一直梦想的是上大学学音乐。"

李淇岸听不懂。

"我的一生都被音乐影响了。"

李淇岸听不懂。

距离不止是距离,更是分歧,就是分歧,不可弥合的分歧。李淇岸就像不是韩贝锦认识的李淇岸,就像韩贝锦没有认识过李淇岸,就像韩贝锦才认识了李淇岸。要李淇岸扔下韩贝锦,虽然活着,却就像死了。要李淇岸死而复活。要李淇岸又生又死,又死又生。要曾朝思暮想,要曾义无反顾,要曾痛彻心扉,要曾恍如隔世,要曾欲哭无泪,要曾死心断念。韩贝锦才认识了李淇岸,就像李淇岸不曾是韩贝锦为之就像骨中骨、肉中肉的人,不曾是韩贝锦为之对他的爱情仿佛从不会衰弱、消失而永恒的人,不曾是韩贝锦为之不惜粉身碎骨的人,而是一个不可思议难以置信但是确凿无疑的滔天的:错误与谎言。韩贝锦已经无话可说,已经不必说什么了,不必了。韩贝锦就像变成鱼过的人,就像不是韩贝锦。

韩贝锦告诉家长,学校要换老师。家长又告诉家长。家长都到学校,都围在校长室。"为什么要换老师?""我们就要韩老师。""我们都不同意换老师。""我们不会同意换老师。"李淇岸让家长走。家长不肯走。李淇岸叫副校长要韩贝锦马上过来让家长走。副校长说:"你们这样反而会害了韩老师。"家长说："如果会害了韩老师，也就算了。"家长走了。开家长会，就像追悼会。韩贝锦穿着黑色的套装，踩着细细的高跟鞋，戴着假睫毛，涂着睫毛膏，披着长长的头发，仿佛残酷地开始老去了的少女，庄严，肃穆，令人畏惧。韩贝锦说："没有比我更认真的老师。我每天晚上都在备课，都在研究教学，都在批改作业，都在批改试卷。我没有管过女儿，没有参加过一次女儿的家长会，她开家长会的时候我都在给学生开家长会。我们班样样都是第一，我自己个人什么都放弃了。我把自己都奉献给了学校，都奉献给了别人的孩子。我是问心无愧的……"韩贝锦哭了。泪水浸湿了睫毛膏。睫毛膏糊了，随着泪水流淌，就像黑色的眼泪。家长都像在默哀。然后默默地离开了。

不深的巷子里有音乐。不知道是谁为了什么在弹奏的音乐，不知道是哪扇窗户里的音乐，仿佛在树枝上颤动的音乐。仿佛每个音符都在祈祷的音乐，仿佛有巨大的悲伤的音乐。隐约的音乐，清晰的音乐，久远的音乐，陌生的音乐，熟悉的音乐。是平均律钢琴曲，是升G小调第十八首前奏曲与赋格曲，是巴赫。但是它们和韩贝锦都已经没有关系了。韩贝锦和音乐已经没有关系了。

张溯问霍藜。

"你为什么不去支持韩老师？"

"我说过，如果有一天你完全符合了韩老师的要求，那才是最让人悲伤的，因为那样你就辜负了自己的天性，反而就平庸了。我从来不会要求也不会反对韩老师，就是对韩老师最好的理解和尊重。"

"这是韩老师不好吗？"

"我对老师的要求也许太理想化了。我还在用过去老师的风范要求现在的老师。我也希望一个老师更要有自己独立的思考，但这是很难的。也许韩老师已经是很尽职的老师。"

"学校为什么一定要把韩老师换掉？"

"他们没有真正地为了学校、老师、学生。"

"你为什么不去把这些指出来？"

"那样对很多人都会造成伤害。不要简单地去责怪谁，生活没有平等地给每个人完善审美和情操的机会。"

"那就只能这样了吗？"

"我会把它写到书里。"

"那有什么用呢？"

"耶稣在地上写字，过了很长时间才说谁是无罪的就先站出来打死通奸的妇人，暴民相继离开。耶稣写了什么没有记载，但是不仅救了妇人，也在精神上救了暴民，也救了自己。书看起来是没有用的，但又是最有用的。"

"你会怎么写呢？"

"我会用整本书来回答。"

楼下的小女孩又突然凄厉地大哭。女人暴躁地把小女孩赶到走廊上。女人在咆哮。男人在怒吼。小女孩哭得更加凄厉。张溯说:"可怜的孩子。"张溯在均匀的四十四排书里拿书,看书。蜷在沙发上。楼下渐渐安静了。霍藜还有千言万语都想对张溯说。天下所有的父母都有千言万语想要对儿女说,只是有的唯恐怎么也说不够,有的不知道怎么说,有的来不及说。但是书会把千言万语都说完了,而且更多。张溯看书,也是在听书说千言万语,而且更多。

3

一年过去了。

霍藜还在访谈。

在宛城。夏天已经越来越漫长，似乎除了冬天，一直都在度过夏天，已经是十月了，还是夏天的模样。霍藜找可以访谈的地方。一家原来可以缓慢消磨的咖啡馆变得像快餐厅，帷幔、钢琴、插花、桌布、宽大的沙发都没有了，灯火通明。一家原来在酒店里的静谧的咖啡馆改成了全开放的简餐厅。一条路上的服饰店、花店、家居店、画廊、书店所剩无几，也都换成了餐厅的招牌。商场越来越像市场一样挤挤挨挨，放弃了原来赏心悦目的陈列，更多的也都是餐厅。所过之处除了餐厅还是餐厅。一家新开的星巴克坐满了人，有的说什么什么几千万，有的说什么什么几个亿，好像几千万几个亿都轻而易举。一家看得见湖景的茶室要按小时计取高昂的服务费。一条曾经短暂地会在春天开满樱花的道路还在施工，没有不施工的时候。出租车司机说最好别用现金,现在已经很少人还用现金。走路的人,等红灯的人,坐车的人,开车的人,都在看手机,都在被层出不穷的信息湮没,都像在比赛谁最先知道了什么,谁又知道得最多。快递小哥和外卖骑手像外星人在飞快地穿行。餐厅在飞快地翻桌。钱变成了数字,就像不是钱,只是数字在稍纵即逝。什么在飞快地缔造。什么又在飞快地腐朽。什么都是飞快的,仿佛世界的转速就已经变得是飞快的,涤荡了人类在漫长过去形成的等待、思念、爱惜、从容、恬静、闲适、隐逸等情感和精神,失落了最美好的事物:美。

一切就像不是现实。

而是科幻。

霍黎终于找到了地方。一家隐市的酒店。二楼。一个粤式中餐厅的休息区。一个意外的很少会有人注意到的隐匿的转弯。只有三张小圆桌,分别围着三张浅豆绿的皮椅,皮椅的靠背又宽又高,人可以舒适地坐着就像没有人。安静,放松,安全,可以忽略时间的流淌,可以彼此信赖地访谈。

一个语文老师说。

老师的工作节奏太快。早上七点就到学校,一直工作到下午五点半左右,中间没有休息的时间,晚上要接家长的电话,没有人会关手机,每天都很紧张,我已经多了很多白头发。

一个数学老师说。

现在最好的老师是已经四十五岁以上的老师,他们已经可以不写论文,不评职称,不要荣誉,可以真正安静下来教书育人。如果能够少一些荣誉,老师应该会更纯粹。

一个教研员说。

不是每个老师都要成为教育家,都要做理论研究,只要能够爱学生,能够把学生教好,就是最好的老师。

一个校长说。

不能指责现在的老师为什么不甘于清贫。如果在培训机构上课一天比一个月的工资还要高,一个暑假抵得上一年的收入,你会不会去?如果给你一套房子,你会不会心动?如果想换房子换不了,送孩子出国需要钱,家庭困难,你怎么办?

一个教育局副局长说。

老师还是要有知识分子的清高,还是要有某种灵魂的高贵。

一个作协副主席说。

我写作是受小学语文老师的影响。她上课是那么生动,走过听听都会被吸引。她常常都在看书,我常常在书店看到她。我后来回去看她,她已经人到中年还会羞涩,到了六十多岁还会脸红。像这样的老师不管是不是名师名校长,她的身上都有自然而然形成的光辉,名师名校长不应该是评定出来的。

一个学者说。

学校教育是教育的一部分,不是全部,老师也不是一个人人生命运的全部主宰,一个学校一个老师教出来的学生也不是都一样好和不好的。人更重要的差别还是取决家庭,家庭提供一个人的教养、来历、尊严、视野，教育更重要的还是家庭教育。

一个医学心理科主任说。

人的感觉、直觉、情感、意志、行为都受脑神经递质的影响，多巴胺、五羟色胺这些化学物质的含量和代谢的差异造成了人格结构的差异，也造成了学习能力的差异，也就是说每个人的学习能力一定有差异，因材施教就是承认差异。人类后天做了很多努力是有意义的，但是不能把它夸大。人格结构在十三岁以前就已经基本成形，教育有意义但是千万不要夸大太多。樟树的种子只能长成樟树，玉米的种子只能长成玉米，环境的重要性还是要建立在遗传基因的基础上，不能以偏概全。同样的环境遗传编码也不一样，莎士比亚有四个兄弟，也只有他成为旷世奇才……但是家长不会甘心，还是要送孩子上很多培训班花很多钱，二十年以后，会发现当时做了很多无意义的事情，浪费了很多社会资源。

一个副区长说。

在我的心目中科教文卫是最值得去分管的，是真正在为一个国家、社会、区域履行一个公务员的职责。我每次到教育系统的讲话都非常认真，讲话体现一个人的格调，有的人坐在台上讲话，但是没有格调。遗憾的是，在分管教育的期间，还是没有做到真正追求自己内心理解的教育。

…………

/ 第一部 向前走 /

在丘城,深秋,风不是冷的,也不是热的,不轻盈,也不沉闷,不能抚慰人,也不能折磨人,缺乏风的特点,就像不是风。风中的丘城也缺乏丘城的特点,就像不是丘城。新的火车站,新的路,新的房子,新的酒店,新的广场,新的公园,新的草坪,新的树木,新的桥,新的灯光,都是新的,都是陌生的,都像在别的城市,就是不像在丘城。只有忽然的上坡,下坡,有的绵长,有的短促,有的陡,有的缓和,以及"什么时候回来的喂——""还记得喂——""走路过去喂——""好吃喂——"声声"喂——喂——喂——"的尾音,还依稀可辨丘城的踪迹。

丘城实验小学的大门改在了沿街的方向,失去了过去深藏在弄堂的含蓄和尊贵。没有游泳池,没有樱花,没有黑灰色的老宿舍楼,没有池塘。小操场没有爬杆,没有云梯。中操场没有滑滑梯,没有跷跷板。大操场没有泥土,没有草地,全都铺上了又红又绿的塑胶。什么都旧了,教学楼的墙壁有沉积的水渍,有明显的剥落。一栋玻璃幕墙的新大楼奇怪地耸立。很多面孔是完全陌生的,很多面孔过去一定熟悉的,现在也已经陌生了,陌生地在说现在的丘城实验小学和过去不能比,走出去已经不好意思说自己是丘城实验小学的老师……霍藜从来没有想过要离开丘城,但是霍藜离开了。丘城只是霍藜生命中的一个中转站,无论它是旖旎,是纯洁,是绚丽,是斑斓,是璀璨,还是不同凡响,霍藜在离开以后也就不再为它梦萦魂牵,没有回来以前,似乎已经把它从记忆里抹杀了,回来以后,这更似乎变成了事实。一切都陌生了,仿佛霍藜不曾在这里度过最美好的青春年华,就是一个陌生人。一切都被时间的河流冲刷了。

丘城就像一个逝去的世界。

不仅仅遗忘了。

也丧失了。

丘城师范学校已经没有了,原来的校址还幸存着,包围在一大片簇新的仿古城中。没有深巷,没有上坡,音乐楼里没有音乐,食堂里没有人在排队打饭,画室里没有人在画画,广播室里没有人在广播。没有老师,没有学生,没有一个人。所有的墙壁都爬满爬山虎,所有的楼房都被叶蔓埋没。操场上的银杏树还是在风中静默,金黄的树叶一半已经飘落,一半就要飘落,一群鸟雀在盘旋。一切犹在眼前。在操场上压腿,晨跑,出操。对着围墙练习绕口令:八百标兵奔北坡,北坡八百炮兵炮……拎着小黑板在走廊上练习粉笔字。在教室里摊开毛边纸练习毛笔字,在窗前吹竖笛,提着颜料盒到画室画画,抱着琴谱到琴房练琴。很多人在打球,很多人在看球。广播在播放点播的歌:花的心藏在蕊中,空把花期都错过……橱窗里张贴着诗社的社刊，大红的喜报。系着旧围裙的胖奶奶提着蛇皮袋在捡垃圾。老师骑着自行车经过，叮铃，叮铃……似乎世间并没有时光的流逝，万事万物都没有在时光中流逝。而一切终究都流逝了。

一起来的同学毕业以后就没有再见面，第一次再见面。

一起在操场上合影，背对着银杏树。

犹豫着不知道该怎么站。

匆匆地站成了一排。

拘谨的一排。

一排的同学有的胖了，有的黑了，有的头发斑白了，有的成了光头，有的深沉了，有的凝重了，有的沉默了。不知道各自都在时光里经历了什么，不知道各自都被时光怎么篡改了，都已经不是过去的模样，仿佛是谁在冒充过去的同学少年，仿佛同学少年只是一种杜撰，仿佛照片里就是一排拘谨的陌生人，就像陌生人了。

胖的说。

我只能读师范。父母身体都很差，他们为了子女读书已经倾家荡产，师范不要钱，能解决户口，已经是最好的出路。不是我们选择了师范，而是师范选择了我们。过去我们整个乡都没有人考出来，我是第一个，父母在村里很光荣，现在淡化了，现在都讲谁的钱多。当老师就这点钱，要买房，买车，培养孩子，全都花光也还不够，还怎么去回报父母？还是愧对父母。

黑的说。

我是我们这一届画画最好的，画室都挂着我的作业。我分配到了山区的村小，很失落。我的体育最差，我就是教体育的，我天天带着学生在山路上跑，拿着赶牛的棒子赶。我那时唯一的目标就是：我要出来。我再也没有画画，和画画完全没有关系了。

头发斑白的说。

我没有想过要读师范，当老师也不是我的理想，但是现在要我脱离教师岗位也已经不愿意，这就是我的生活了。我对自己也没有什么期许，就这样教书到退休，对得起工作，对得起学生，不误人子弟，让家长放心，对家庭尽到责任，就好了。

光头的说。

我觉得当老师没有前途，就出来自己干。当老师的出来干别的行业很难，起初亏了很多钱，经济非常拮据，不知道方向在哪里，非常迷茫，就开始掉头发。现在也就是勉强过，如果就这样到老还是有很多遗憾。我每年都会有几次梦到在讲台上上课，不可能忘怀。

深沉的说。

毕业以后和过去教自己的老师成了同事，发现过去改变自己命运的人其实很平凡。老师就是一个平凡的职业，想要开天辟地，改变人类命运，是不现实的。旅行社最怕带老师的团，好为人师，斤斤计较，购物的时候挑三拣四，非常挑剔，又不愿意失面子，还是不免穷酸，远远没有成为令人羡慕的职业。

凝重的说。

现在的老师忙到连上课的时间都没有。现在的校长忙到连进课堂听一节课的时间都没有。以前百分之九十的精力都能用在教学上，现在一半的精力都没有。一个教育者要坚守教育的本质，把握教育的真谛，太难了。一己之力能改变什么呢？刚毕业的时候我也曾经满腔热情，现在更现实了。

沉默的说。

我是来当听众的，现在这样愿意说，愿意听的，都很少了。

…………

4

又一年过去了。

霍藜还在访谈。

在常县。清明。没有雨。黍村很少看到有人。墙脚长着青苔,路面长着青苔。一个老人默默地坐在板凳上,还有一个老人也默默地坐在板凳上。一只黑褐色的母鸡默默地伫立。阳光寂静。山寂静。杜鹃花寂静。青柏寂静。茅草寂静。蕨菜寂静。风寂静。鸟寂静。最寂静的是:龙淑慎的坟。龙淑慎在寂静的坟里也寂静。寂静的龙淑慎不知道黍村已经很少看到人,不知道黍村已经有公路、公交车,不知道黍村的晒谷场已经成了停车场,不知道黍村家家户户都已经有汽车,不知道黍村的人已经都用手机,已经很少有人还用电话机。不知道黍村已经没有学校,没有池塘,没有码头,没有火炮厂的痕迹。不知道黍村的很多房子都已经拆了。不知道家里的房子也已经拆了盖成了新的房子,已经就是房子,不是家。不知道时间就像核爆,已经把黍村的过去,龙淑慎还没有在寂静的坟里的过去,都粉碎了。不知道时间似乎也已经粉碎了霍藜对龙淑慎的思念,霍藜已经不会走路,坐着,吃饭,在梦里,看到像是龙淑慎的背影,看到合适龙淑慎的衣服,听到像是龙淑慎的声音,感受到像是龙淑慎的气息,经过龙淑慎经过的地方,时时刻刻,只要想起龙淑慎就会止不住地流泪。不知道霍藜现在一年就只有一次会回到黍村,就像此时此刻一句话也不说地站立在寂静的龙淑慎的坟前。不知道一年就一次,此时此刻,霍藜一句话也不说地站立在寂静的龙淑慎的坟前,没有止不住地流泪,泪水却在胸腔、在心头、在喉间、在眼眶默默地翻滚。不知道其实没有什么能粉碎霍藜对龙淑慎的思念,哪怕是:时间。

除草,扫地,把菊花放在坟前。把新土均匀地撒在坟上,用铁锹的背面轻轻拍实。点香烛,斟酒,摆苹果、清明粿、羹饭、白肉、豆腐、茶叶、一把大蒜叶、一把芥菜叶。每个人点三炷香。霍于田说:"都回来看你。你要保佑大家。"最后说:"常常想到你。"烧黄纸,烧锡箔,烧纸钱。火苗呼呼地跳跃,烟灰像黑色的蝴蝶在飞。放小火炮,噼噼啪啪。放大火炮,"唶——啪——""唶——啪——"霍于田说走了,又弯下身整理菊花。又回过头看看火星是不是熄灭了。又用手把一撮乱泥抚干净。又愣了愣。又说走了,才走了。霍于田原来是那么依恋龙淑慎。寂静的坟里的寂静的龙淑慎只是寂静、寂静,什么都不知道了。

张溯在很小的时候就问过霍藜。

"为什么动物死了没有坟墓,人死了却有坟墓?"

"人和动物的区别在于人是有感情的。动物不会思念死去的动物。人却会思念死去的人。"

"思念和坟墓有什么关系?"

"你的外婆,我的妈妈,是最勤劳、勇敢、坚强、睿智的女性,她是世界上最爱我的人,世界上不会有比妈妈更爱你的人。可是她死了以后,我就再也看不到她,再也不能给她打电话,再也不能和她说话,再也听不到她的叮咛,再也吃不到她烧的菜,再也不能带她到哪里去,再也不能买什么给她,就是有再多的钱,就是有金山银山,都没有用了……坟墓,让我们还有一个地方可以去找她,仿佛她就在那里,还在这个世界上,它是活着的人的思念,也是活着的人的安慰。人都是会死的,未来如果我死了以后,如果也有坟墓,你就还能够有一个地方来找我。"

"这太可怕了。"

"每个人都是妈妈的孩子。没有比妈妈的死去更让孩子害怕的了。"

"不要再说下去了。"

……

是不是寂静的坟里的寂静的龙淑慎就连这些也都不知道了？
是不是？
是不是寂静的坟里的寂静的龙淑慎也许什么都还知道？
是不是？

矿区的山头重新长出了树，重新长出了草，树和草茂盛地覆盖了山头，却显得触目惊心的荒芜。房子都破败了，有的悬挂着岌岌可危的半扇窗，有的窗门已经紧闭了很多年，阳台皲裂，院子不可挽回地溃烂，地上都是破碎的玻璃，破碎的砖块。一条野狗默默地走上一个很长的上坡，又走回来，走走停停，经过一个佝偻的老人，老人没有看狗，狗也没有看老人，默默地经过。医院就像废墟，所剩无几的病人都是尘肺的病人。病人说："死也死不了。活着也难受。晚上睡觉也要吸氧。也不出门，就是等死。住进这家医院的病人没有活着出去的。"矿区的办公楼用作了大羊镇政府，虽然经过整饬，也不能遮蔽显而易见的凋敝。矿区的子弟学校被凌乱的树木和杂草覆盖，就像覆盖在自然的生息中默默腐败了的一朵花、一根草茎、一只虫。全新的大羊小学也是大羊镇的最后一所学校，学校硕大，不中不西，操场也全铺着又红又绿的塑胶。国道安静，很少有车经过。没有田野，只有房子，工厂、超市、饭店、黄牛肉面馆、汽车修理店、理发店，卖五金的、卖建材的、卖水果的、卖化肥的，都很杂乱，它们把过去的矿区彻底破坏了，但是没有人指责它们的过错，好像它们的过错早就得到了宽恕，因为让过去的矿区遭逢破坏的其实不是它们，而是时间。只有邮局还是邮局的轮廓，还是墨绿的，还能让人确信过去的矿区是存在过的。一切都荒芜了，全都荒芜了。

一个男人，酱黑，虚胖，行动已经不是很敏捷，在镇政府的走廊上抽烟。

男人说。

我是老四。我们是同学，我们以前都一起走路到黄鸟畈小学上学，我那时候不好好读书，现在没有后悔药。老三没掉以后，我还在矿洞打矿，后来不肯干了，就是害怕，死的人太多了。后来也不允许打矿了，也还有人偷矿，一个房间，一张床，床底下一个直井打下去，被查到了。人为了生存顾不得危险，没有钱怎么生存？我选上村主任以后有过一次机会可以考公务员，我没有去考，基础太差，有机会也没有用，吃了没文化的亏。农民还是缺钱，造个房子要还十多年的债，像我这样能在县城买房的还是不多，钱是不会掉下来的，一个人还是要靠自己去闯出一片天地。我现在身体不是很好，就在镇里开车。我对生活还是满意的，要是能这样活到八十岁就好了……我自己的儿子我也教育不好，我把他送到县城的学校去读书，也没有用，又报了很多培训班。如果没有农民，也就没有粮食，没有蔬菜，但是现在种田成本太高，没有钱赚，干吗要种田？现在打工一个月有几千块钱，干吗还要种田？还是要读书，还是要读书读出去。

/ 第一部 向前走 /

一个女人,比很多女人都要高,已经老了,还是很强悍,从镇政府的台阶走上来。

女人说。

我是芦琼玖。我常常都要想起龙淑慎,想起来都要哭。黍村这些年不少人都没掉了。胡炎火也就那么一头撞没掉了,恨不死的。我现在天天就负责接送老四的儿子。教育都是差不多的,不用到县城去读书,还是在大羊小学好,也不用去上那么多培训班,有什么用?都是骗人的。胡炎火说过,读书是要天资的,不会读就是不会读的,老三老四过去不就是这样的吗?我这么跟老四说,老四就骂我,老古董,不要再说了,那些都是历史了,不要回忆。

…………

男人。女人。已经彻底消失了的黄鸟畈小学。那时的岁月,那时占据过霍藜人生的人、事、物、场景,比古董更古老,比历史更遥远。似乎都并不曾在霍藜的生命中存在,似乎霍藜没有过那一段人生,似乎它们早就随着时间的湮灭进入了事件视界,损耗了所有的信息,落到了无毛的黑洞,也早就丧失了。人生就是一场浩大的丧失。

我不认识我的河岸。

也不知道它们在哪里。

5

要描述县城是一件很困难的事情，如果你不曾在那里生活过，困难的程度还会加剧。县城还是只有两条街路，一条横着，一条竖着，虽然都要比从前宽阔，但也还就是两条街路，还是没几步就走到头了。房子要比从前高，但也没有特别高，而且似乎所有的房子都是一样的，都一样的黯淡和缺乏条理，没有特别大的商场，没有特别精致的饭店，没有特别豪华的酒店，不能彼此辉映，而是彼此埋没，难以分辨。不多的几个十字路口也埋没其中，红绿灯局促地闪烁。巷子里大多都有索粉店、芋饺店，店都不大，有的面对面，有的连在一起，有的也卖麦饼、馄饨。有的房前屋后还是种着菜，有的还养着鸡，鸡在啄食，在踱步，在默默地发愣。人和车都散漫。人不多，有的穿着毛衣，有的已经换上短袖，两个女人在路边大声说话，几个染过头发又褪色了的年轻人东张西望地闲走，任何一个路口都会有电瓶车忽然窜出来。一片空荡荡的工地。一家小饭店门口挂着一整片血红的羊肉，地面狼藉。还是不像是县城，还是就像是一个小镇。过去就像是过去的一个小镇，现在就像是现在的一个小镇。

县城毕竟还是有很多变化。四周的山似乎离得越来越近,似乎不是山包围着县城,而是山就是县城的一部分。山脚下造了一片公园,溪边也造了一片公园。多了几座桥,多了几家有自助餐厅的酒店,多了有自动扶梯的超市,超市的隔壁新开了一家必胜客。街路都变成了水泥路,看不到排门了,也看不到水井了。有的学校拆掉了,搬到了新的学校。医院也搬到了新的医院。田野都造成了房子,已经看不到田野。虽然如此,县城还是就像没有潮水的沙滩,走到哪里都能碰到熟人。很多都是熟人,没有人能躲避熟人,就算不是很熟至少也面熟,就算跟你不熟也跟你的不知道什么人是熟的。吃索粉,吃馄饨,剃头,买衣服,买鞋,买水果,到书店,到医院,走几步路,喝茶,坐公交车,都能碰到熟人。就像一个一览无遗的没有秘密的没有地方藏身的世界,这个世界却不乏只要有人就会有的天真、爱、渴望、愉悦、欢乐、高洁、同情、惺惺相惜、眉目传情、暧昧、勾引、放荡、流言、窥探、猜忌、诋毁、梦魇,无所不有,甚至更加精微。如果你以为它是枯燥的、沮丧的、颓唐的、闭塞的、无足挂齿的、可有可无的、难以理解的,都是肤浅的,也是错误的。

生活似乎没有能力改变关晨风,除了能够克制着不会打人了,不会打人了就说:"去死吧——"关晨风依然清俊、骄傲,而且似乎一直都陷在青春期里,从来不打算自拔,从来不去预想自己的人生。关晨风当老师,当校长,当局长,都不是自己预想的。县委书记说:"专业的事情就是要专业的人来做。有能力的人不是没有,但是这么专业又这么敬业的人很少有。"关晨风就当了局长,而且是常县没有过的最年轻的教育局局长。常县的人都要把孩子送出去读书,没有送出去的也都要送去上培训班,都要找老师带,老师都在相互打听谁带了几个学生,有的上完课就找不到人,有的把带学生的钱拿去放高利贷又都没有了,都不得安宁。关晨风当局长以后,不允许老师说自己的学校不好,也不允许老师宣传外面的学校,而且要清理有偿家教。关晨风说:"一心一意放在学校,一心一意放在课堂,教育就这点事,又不复杂。"涂周行是教育科科长,负责有偿家教的查处,带着拟好的文件,只要调查确切,十分钟之内发布处分意见,不留说情的机会。涂周行自己也在外面办培训机构,已经投入了不少钱。关晨风说:"我们以前既是工作,也是感情。现在就是工作。我不是不支持你,不是不理解你,机关干部要带头,要么清理,要么调走,要么辞职。"涂周行几个晚上都睡不着,辞职了。安宁了没有多久,年终县里少发了老师一万多块钱,老师闹情绪,上课不进教室,进教室也不讲课,不参加学校的会议,不听学校领导的话,持续不断。常县的人都在议论:医生可以不看病不开刀吗?那要死多少人?老师怎么可以不上课?怎么可以牺牲学生?还像老师吗……也有人写举报信,也持续不断,关晨风刚刚接受谈话回来，又去接受谈话，回来，又去，工作停滞，好像谈话比工作更重要。一切又回去了，要把孩子送出去读书的继续送出去，要带学生的继续带学生，又不得安宁。

陈校长已经不是校长。陈校长原来是年轻的老校长，要给关晨风送东西，关晨风说："不要把人和人之间的关系庸俗化。"陈校长过去吃吃喝喝，到处说早就不想当校长了，年纪大了也该让让位了，和局长都说过几次了。陈校长被免职了，关晨风说："你的意愿很强烈，风格很高，尊重你的意见。"一个老师能当校长不容易，陈校长不是真的不想当校长，红着脸半天说不出话。已经不是校长的陈校长和别人一起在看关晨风的笑话。

"如果换作是我，不如解下裤腰带吊死算了。"

"如果不是县委书记，他不可能当局长，哪里有才当了两年副局长就当局长的？还是太年轻了。县委书记已经走了，他也该急流勇退，急流勇退不也是勇吗？"

"他肯定要后悔的。不可能无怨无悔。"

"水至清则无鱼，都没有校长敢请他吃饭，他这个局长怎么当得下去？如果不是他，我不可能被免去校长，王大车也不可能当校长。王大车就是关晨风的一条狗。"

别人又跟别人说，陈校长说的，王大车就是关晨风的一条狗。别人再跟别人说。王大车听说了，说："对，这就是忠诚。现在有些人连狗都不如。我真的不生气，说明我还是一个可靠的人。人有时候要向狗学。"

/ 暮恋 /

易德音的脸就像小动物的脸一样平和,就像高山上的水泊一样平和。房子已经旧了,不大的楼上楼下都旧了,里外都旧了,县城有很多这样的房子,普通得不能再普通,易德音换漏了的水龙头,换破了的纱窗,叫师傅来修煤气灶,带关灼灼到医院检查视力、配眼镜、剪头发、买鞋,都很平和。易平林和俞木桃都喜欢听戏,只要是戏都听,听不听得懂都听。俞木桃拖地,清扫露台上的鸟粪,洗窗帘,洗衣服,都开着电视机,都在听戏:呀!俺向着这迥野悲凉。草已添黄,兔早迎霜。犬褪得毛苍,人挷起缨枪,马负着行装,车运着糇粮,打猎起围场……易平林到菜场卖完菜,收摊,带回来一斤泥鳅,一块猪肉。易德音说:"差不多就不要再去卖菜了。"易平林说:"做得动总还要再做做,多少能做点钱。不能都麻烦你们。已经用了你们很多钱。"俞木桃把养在菜地里的几只鸡关进鸡笼。易德音从菜地里摘了一盆小青菜,挖了一块生姜。烧菜。关晨风从办公室回来,坐着看书,什么也不用动手,什么也不用操心。吃饭。易德音倒米酒,关晨风一碗,易平林一碗。俞木桃给关灼灼夹菜,要关灼灼多吃点。易德音看着关晨风和关灼灼说话。易德音一只耳朵戴着助听器,要看着说话的人的嘴形才能听得更清楚。

"一个同学已经送出去读书,成绩很差,又转学回来了。"

"父母都要把孩子送出去读书,其实孩子能够留在父母身边读书是最好的。以前农村的母亲到田里干活，还要喂奶的孩子就放在田埂上，但是孩子不哭不闹，因为他知道母亲就在不远的地方，他很安心。"

"同学的妈妈说上培训班就像微整容，不是不漂亮，而是为了更漂亮。"

"不是所有的微整容都能让人更漂亮，有的还会更难看，还会有后遗症。"

"我以后想当医生。"

"我们对你只有一个心愿，就是以后不要离我们太远。"

"大家都要到大城市去。"

"我和你妈妈从农村到小县城，你以后能从小县城到大县城就好，我们想你的时候打个电话就能够来看你。"

"这样会不会让人认为你很失败？"

"一个人怎么样都是过日子。从一辈子的幸福来说，一个人怎么样到头来都只是扯平而已。"

关晨风又到办公室去。路边的电线杆快要歪到了路边的树上，有的朝着墙斜着。电线东拉西扯。办公楼是几十年前的楼，三层楼，陈旧，楼梯的光线不规则也不明朗。漫长的走廊，脚步声有轻微的回响。办公室除了一张办公桌，还能放下两把椅子，空调像拖拉机一样轰轰地响。关晨风到办公室也做不了什么。只有看书。关晨风去跑步，关晨风一直还是喜欢跑步，一个人跑步。走路的人都要回家了。广场舞的音乐戛然而止。一个烧烤摊在等待生意。一家水果店总是要很迟才会关门。一辆空荡荡的黄包车吱嘎吱嘎地远去。一家酒店的大堂已经熄灯。一个保安守在酒店的门口不知在想什么。一对男女到芋饺店吃夜宵。一只狗还在流浪。大红大绿大蓝的霓虹灯在闪烁。溪水在流淌。夜色包容一切。耳畔只有呼呼的风声。只有这样的时候，霍藜才会浮现出来，从深邃的心底浮现出来，关晨风才可以无言地对霍藜说话，就像对风说话，就像对夜色说话，就像对心底说话。关晨风在跑步，也是在说话。

茶楼其实是用来吃饭的，不是用来喝茶的。已经是最小的包厢，也还是大而不当，就不像是喝茶的地方。但已经是最合适访谈的地方。关晨风说我能为你做些什么。说我都舍命陪君子。说自从县城的初中彻底均衡分班以后，原来有办法挑老师的人都把孩子送到外面去读书，一年就有几百个送出去，它说起来是为了教育公平，实际是在条件不具备的情况下在不合适的时间做了好像是非常正确的事情，搅动了整个社会，对常县教育的影响非常大，一系列的后果无法破解，我们对教育公平需要重新认识它的更深刻的内涵。说谈话的人问为什么要组织老师教学能力考试，为什么要求老师坐班，为什么要教研员都到学校去，为什么要校长赛课，这些不都是应该的吗？说有人说培训机构比贩毒来的钱还要快，但是家长也宁肯把钱烧光了，努力过了，就心甘情愿，这样的教育不会让人变得更道德，也不会让人变得更幸福。说一个老师和校长不能辜负这个群体的形象，否则是很惭愧的。说母亲为什么会让每个子女都惦念着她，因为她总是慈爱包容，强势对人也是一种伤害，又不得不强势，也就积累了一些矛盾，遇到问题就都暴发了……从午后，到傍晚，到天黑了，到广场舞的音乐响彻起来又戛然而止。茶续了又续，都不知道饿，就叫了两碗面，两碗面都没有吃两口。有人喝过酒满脸通红推错门走了。有一阵人来人往很喧哗，又不喧哗了。服务员说，还有半个小时就要关门。时间就像在回溯，就像在错流，就像在放逐，就像不弃不降，就像在晃荡、晃荡、晃荡，就像冰河一样凝固，就像暗流涌动，就像是平滑的，就像是粗糙的，就像飞矢，就像没有时间。

关晨风说。

都没有关系，都没么严重。当前教师工资收入水平在全国十九大行业排名在第九位左右，说很有钱也不是，说待遇很差地位很低也完全不是事实，从历史上看常县总体都是重视教育的，大部分的老师也都能安心从教，不管怎么样，常县也还是会有人教书的。我的人生一直都是消极的，很少有自己积极就要开始做的事情，但是它又让我和很多际遇都有交集，也是命中注定。没有关系的，什么都会没有关系的。也许这也是我的任性。我就是想要常县的孩子能够留在常县读书。我就是希望教育最终能够带来的是安宁。一个人能够安宁地度过一生其实是很难的。那是多么平淡的生活，那又是多么幸福的生活。也许我至今还是一个很任性的人，从来都没有度过青春期……

…………

霍藜就是听，就是记录，就像一个连时间也不能侵蚀的人，就是噼噼啪啪地打字。打字也有节奏，有轻重缓急，有抑扬顿挫，有时候停下来，沉默，有时候像在迅速地思索，有时候像在短暂地叹息，仿佛一架礼貌的、公允的、忠恕的录音机在录音。没有提问，没有插话，没有打断，仿佛就是关晨风在独白，和盘托出地独白。仿佛就是一次访谈，就是访谈。

关晨风说："已经很晚了。"

霍藜说："是。"

关晨风说："就到这里吧。"

霍藜说："好。"

离开茶楼。三五个人摇摇晃晃地走过去。路上没有车，连电瓶车都没有。霍藜向左走，回酒店。关晨风向右走，去跑步。没有多余的一个字。

我之所以喜欢大海，是因为喜欢它的宁静/我说的不是海浪，而是别的东西，神秘的东西/是隐藏在深处，谜一样的大海/大海是宁静的，要学会倾听。霍藜对关晨风从来没有多余的一个字，从来如此。霍藜从来就不是娇嫩的花朵，仿佛从来就能自己兵来将挡水来土掩，从来就能自己以不变应万变，从来就不会被什么侵蚀，就连时间也不能侵蚀，从来就不必对任何人有多余的一个字，包括关晨风，从来如此。关晨风无言地对霍藜说话，关晨风能对霍藜说出的话永远和盘托出，不能对霍藜说出的话必须永远对之保持沉默,也不能有多余的一个字。关晨风也从来如此。只能如此。只能如此。只能如此。风在耳畔呼啸。夜色包容一切。要学会倾听。

/ 眷恋 /

6

　　东方昆去买菜。东方昆七十多岁，还是保持着就像古时候的君子的风度，还是像雕塑一样洗练。小区对面就是菜场，东方昆不到对面买菜，每天都要多走很远的路到郊外的菜场买菜，又多走很远的路回来，有时候就买一块肉，就买一条鱼，就买一把青菜，就买几块生姜，消磨时间。东方昆还是先去吃索粉，索粉店就在菜场边。店门口摆着一口大钢精锅烧沸水，旁边的几屉蒸笼蒸着包子。店老板黢黑，一只手臂打着石膏，就用一只手抓了一结索粉放在漏勺里，提着漏勺在沸水浸了不到一分钟，放到碗里递给东方昆。店老板说骑着电瓶车去抽索粉摔了一跤，手臂骨折了，腿也摔破了，幸亏戴着头盔，不然要摔死。店很小，没有窗户，就是开着灯看起来也是魆黑的，乱糟糟的台板上放着一捆一次性筷子，有十多个小碗分别装着榨菜丝、海带丝、藕丝、莴笋丝、芋头丝、花生米、咸菜、八宝菜、酱瓜、剁椒、豆瓣酱、香菜、大蒜末，还有一罐盐、一罐味精、一壶麻油、一壶酱油、一壶醋，东方昆每样都拿一点，搅拌匀了，慢慢吃。一个很有派头的女人牵着一个洋娃娃般的小女孩，打包一碗索粉，女人说，这么脏的地方，小女孩说，但是好吃啊。一个精瘦的车夫吱嘎吱嘎地踩着黄包车，车上坐着两个人，跟前有两个灰扑扑的大行李箱，不知为什么愁眉苦脸。一个大婶蹲在菜场门口卖山枝花，一篮是新摘的，一篮是焯过水的，说儿子没有赚到钱还欠了银行很多钱，能帮忙还一点是一点。老汽车站原来说要搬迁了，又没有搬迁，对面楼上的大钟"当——当——"地响……

东方昆碰到王大车。

"又去买菜？"

"霍藜回来了。要来看我。要来吃饭。"

"霍藜也到大羊小学来过。"

"老师还不肯上课？"

"老师建了一个群，把我撇开，上课的时候就在操场上一圈一圈地走。"

"现在的老师已经过得很好了。我们国家还有那么多生活艰苦的人，每天在为稻粱奔波，让人看了都要流泪。不要老是提钱，现在的老师少几块钱会影响基本的生活吗？"

"老师也不容易。如果老师的收入真的很高，还要千方百计做家教吗？还要到培训机构去上课吗？"

"不要说老师也是人不是神，不是只有老师才上有老下有小，不是只有老师才要买房买车，不是只有老师才有生活的压力。一个老师如果真的辞职自己创业,要有十多万块钱的年收入并没有那么简单,要珍惜自己的单位。"

"比起很多行业老师是还算轻松的。"

"既然选择了老师这个职业,就要想到你这一生可能都不会比老板过得富有,就不要想着要发财,就不要想着把日子过奢侈,房子能住就好,车子能代步就好,衣服穿得得体就好,如果没有这样的思想准备,就会很不平静。"

"无论如何不上课是不对的。"

"关晨风清理有偿家教,割了有些人的肉,有些人趁机煽风点火。在钱的面前最能看出一个人。你们要多支持他。"

"他在校长会上发脾气,我劝他不能再骂了,校长的压力也很大。我这段时间体重下降了很多,整夜整夜做梦,开车经过学校门口就想逃,感觉水龙头的水都是往上流的,家里人都很担心。"

"也不要想得太严重,从历史的长河来看,这些都不值一提。"

碰到易德音。

"又去买菜?"

"霍藜回来了。要来看我。要来吃饭。"

"霍藜也要到高山小学去。"

"今天又要回学校吗?"

"要回去。坐车回去。要转三次车。要两个多小时。"

"关晨风现在当局长更需要你了,你不能继续在高山小学了,都多少年了,也该出来了。"

"高山小学也要撤并了,也不会有多久了。"

"那些写信的人也太不了解他了,还说他有这个问题那个问题。"

"他没事,不会有事的。我相信他的人格。我也欣赏他这样的人格。"

"老师的收入不是一个教育局局长能决定的,不是常县一个县的问题,很多问题都不是一个常县能解决的问题。他静得下心来做教育,宠辱不惊,在常县这么小的地方,有几个这样的人?要是碰到有的领导,我是要骂人的,像我这种人,让我闭嘴,让我说违心的话,怎么也做不到,就算用鞭子打我,用枪口对着我,也做不到。像我这种人要是走夜路,连鬼都怕我。"

碰到一起去买菜的退休老师。

"霍藜回来了。要来看我。要来吃饭。"

"最挂念的学生回来看你,多少称心。"

"老师还不肯上课。"

"有的老师联合起来要学生统一延迟到学校。"

"过去的老师哪里会谈钱,工资发多少是多少,给学生补课都是义务劳动。过去的老师两袖清风,现在的老师赶上了教育也能赚钱的时代,其实更痛苦。"

"过去的老师学校有地方住,工资也够用。后来都要到县城买房子,就需要钱了,老师只有教书这点本事,也就只能靠教书去赚钱。现在是过头了。现在社会上对老师的评价没有过去那么纯洁。"

"常县历来有尊师重教的传统,老师历来也还是比较听话,老师总体还是单纯的,会好起来的。"

又碰到一个也在看关晨风笑话的副校长。东方昆骂:"还是关晨风培养你的,你最不应该看笑话。富贵不能淫,贫贱不能移,威武不能屈。几个钱就把你变成这个样子,还有没有点风骨?"副校长不置一词地走了。退休老师劝东方昆说:"现在的人和过去不一样了,每个人都认为只有自己才是对的,都认为是别人不对,不一定当你一回事,还是少说几句。"

东方昆独居,住在三楼。楼,楼梯,扶手,都灰蒙蒙的。家里就是水泥地,白墙,一张布沙发,一把藤椅,一张写字台,一个小书架,书架上有薄薄的几本《春蚕集》,是东方昆自己写了以后找人印刷的,厨房的自来水管就是裸露的,阳台上有几盆茶花,几盆兰花,一张米筛上晾着东方昆自己做的梅干菜。仿佛时间静止在了从前。仿佛还是东方昆从前的家里。霍藜没有回来看过东方昆。霍藜当老师的时候,把东方昆也忘记了,仿佛东方昆也被潮汐力带走了。霍藜不当老师以后,才又想起了东方昆,想到东方昆是自己的恩师,想到再也没有人超越过东方昆对自己的褒爱和期许,想到的时候会坐在沙发上突然哽咽,会站在窗前噙着泪水,但也还是没有回来看过东方昆,霍藜只知道向前走,好的,不好的,都从来没有想过要回头。霍藜看到东方昆,说不出话,就是流泪。东方昆说:"你不要这样,你不要看我这个人讲话像开枪一样,我的心肠也是很软弱的,我一直都在挂念你,你所有的消息我都知道,都会有人来告诉我,他们对你都很艳羡,但我知道那些都还不是你的精彩。"霍藜还像一个认认真真的学生,认认真真地听东方昆教诲。

东方昆说。

你们都是我最得意的学生,一个老师教了一辈子的书能够遇到自己得意的学生也是不容易的。你们这些考上中专的学生是可惜的,你们都是当时最优秀的学生,都应该要读大学的,没有读过大学毕竟可惜。我们农民的孩子也是没有办法,只能先跳出农门。老师本来就应该甘为人梯,我过去帮助你们都义不容辞,那就是一个真正的知识分子应有的美德。我是不愿意当官的人,我还是支持关晨风。地狱不空,誓不成佛。有些事情总要有人去做。君子豹变。关晨风没有让我失望。李淇岸是不敢来见我的,我看到他就要骂他,他这个人太追求个人奋斗。韩贝锦很可惜,浪费了很多时间……当老师其实是一门危险的职业,每个人都曾经是老师的学生,每个学生就像大自然中的植物最后都会生长起来,不论是稗子和麦子都会生长起来。

现在的老师再要谈钱少就是在跟老板比,你怎么可以跟老板比?老板是商人,商人的本质就是赚钱,老师的本质是赚钱吗?你又怎么好意思和鲁迅比?在十八九世纪的世界文学史上,我们也就只有一个鲁迅能够和巴尔扎克、哈代、歌德、陀思妥耶夫斯基、泰戈尔这些世界文豪放在一起,你怎么能和鲁迅比?一个人的价值不是用金钱来衡量的,当老师的神圣是金钱买不到的。当一个老师的手伸向学生的时候,也就没有尊严了。老师的尊严还是要通过三尺讲台去重新获得。学高为师,身正为范。老师还是要行为世范,不仅示范学生,还要示范社会。

老师是教书育人,作家是写书育人。过去农村的老人会说,有文字的东西不能踩在地上,走夜路要放张报纸,在他们眼里文字是很神圣的,能压住一切妖魔鬼怪。文章千古事。我多少年前就说过了,你是为写文章而生的,你还要走到更广泛的爱里去,要匍匐在大地上,要知道人间疾苦,要去思索一个人的人生应该怎样去度过才会无怨无悔。我现在也会写写文章,自己写自己印,我的文章是写不好的,不足为道,就是消磨时间。我本卧龙岗散淡的人啊……

…………

东方昆留霍藜吃饭。东方昆把梅干菜洗干净,用清水浸泡。把五花肉洗干净,加生姜片、八角、草果,用清水煮。煎煮好的五花肉，洒上酱油，成了酱色，切成片，摆在碗里。放蒜蓉、白糖炒梅干菜。加肉汤烧梅干菜。把梅干菜敷在肉上，用蒸笼蒸。蒸好了倒扣进盘子里。东方昆说："做菜也要花功夫，也只有我能够做这样的梅干菜蒸肉。"虽然除了梅干菜蒸肉，也就仅仅有粗茶淡饭，但仅仅如此，就已经仿佛是盛宴，仿佛那是一处最富饶的住所，就像宫殿，什么都不缺乏，又超然在一切物质之外。

7

深冬。阳光就像蜻蜓的翅膀一样透明。高山,山垄,田地都像是透明的。高山脚村也像是透明的,就像一块古老的琥珀。高山小学是高山乡的最后一所学校,在山脚下,四层楼,还挂着希望小学的牌子。保安腼腆,只会说和常县其他地方都不一样的方言。易德音领着霍藜看学校。学校只有十一个学生,只有四五六年级。一楼二楼都空着。三楼是四年级和老师的办公室,一共九个老师,三个代课老师。四楼是五六年级,五年级只有两个学生,一个女同学,一个男同学,教室里只有两张课桌。从三楼拐弯,走上半截楼梯,走过一段平地,又走上几十级石阶,是原来的高山初中。围墙的一头有褪色的标语:知识改变命运。另一头有褪色的标语:尊师重教。一楼是食堂,食堂还用土灶台,食堂的阿姨很热情,是保安的妻子。二楼是老师的宿舍。三楼是学生的宿舍,只有一个学生还在住校。

霍藜听了五年级的一节课。听完课。**女同学说**。

我的妹妹也到外面的学校去了,爸爸妈妈要我也去,我不想去。我在这里也能学到知识，外面的学校有更好的老师更好的设备，但那些都不重要，因为知识都是一样的。爸爸本来就很少回来，妈妈现在在外面的工厂找了一份工作也很少回来，只有爷爷奶奶管我。家里有电脑，但它再好也是死板的，教给我的东西都是死板的，不如原来妈妈教我，我现在的成绩没有原来好。我们这里没有培训班，但是也有学霸，四年级的一个女同学每次考试都是一百分，她对同学都很好，很愿意帮助同学，她并不是一个幸运的孩子，一家人很少团圆，爷爷奶奶很早就去世了，但是上天却给了她非常好的头脑，她的相貌也很好看，这可能是上天对她的补偿。

男同学内向，不说话。**女同学帮他说。**

他的爸爸妈妈在很远的地方开超市，有的时候过年也不回来。他们家以前是泥土房，现在盖了很豪华的房子，但是那些东西不是他想要的，他想和爸爸妈妈在一起。

女同学又说。

我家里有很多书。爸爸妈妈给我做了一个柜子，都用来放书。我有一个结对的朋友经常给我寄书，给我很大帮助。我看了书上的作者是怎么表达的，看多了才有这样好的表达能力。为什么要读书？因为社会在发展，只有学习好才能找到好的工作，养活自己。社会如果不发展，国家也会落后，我们也要让自己的国家更强大。

校长室很小。窗户的铁栅锈迹斑斑,上面挂着一块小黑板,用粉笔写着:梦想创造世界,教育成就未来。铁栅里不知为什么摆着三块差不多大小的石头,应该是河里的石头,也许是哪个学生捡的。窗玻璃上贴过一层碎花的塑料纸。窗台上挂着几把雨伞。墙上挂着两排用夹子夹着的各种文件,夹子有大的、小的、长的、短的、红的、黑的、灰的,有一个夹子生锈了,有一个夹子掉了一块漆。一个暗绿色的铁柜子里放着书、文件盒、老师合影留念的相框,学生合影留念的相框,那时候还有十一个老师,还有二十四个学生。柜子的侧面粘着两个塑料挂钩,也挂着文件。一把椅子上堆着一台坏了的电脑,电话机旁还有一个坏了的电话机。一个老师说教育技术装备规范管理评估的材料要交了。一个老师说明天要来卫生乡镇暗访。一个老师说别忘了要到总校开会。易德音都很平和。

易德音说。

我自己就是高山乡的人。我小时候连高山脚村都不知道,也不知道县城,也不需要知道。买过年衣服的时候,能到高山脚村来一趟就很不容易了。有一两次去县城,感觉太遥远了,翻山越岭,睡了好几觉都还没有到。现在还留在这里的学生都是离异的、单亲的、留守的、一方残疾的、身体不好的、隔代抚养的,住校的这个学生父亲肾不好,每天要做透析,每年都要花费很多钱,像这样的学生根本没有能力送出去读书。

在乡村学校校长很重要,如果校长都觉得没有意义,老师就更加没有信心。老师星期日到学校来,到星期五才能出去,年轻人刚到这里的时候一下子也接受不了。老师还是能够为孩子着想,都很关心住校的这个学生,带他理发,教他洗衣服,通校的学生在家里洗澡不方便,也都让他们到学校来洗。我们每个星期集中两个晚上一起学习研讨,可能水平不高,但还是坚持。一个学校只要正常存在,和其他学校的要求就都一样,虽然很多设施都没有,但是所有的事情都要做。我忙得死心塌地,忙,才踏踏实实。不管老师有什么议论,有什么抱怨,我都当没有事情一样,身为校长首先就要接受这些,这就是工作的一部分。

现在村子和乡镇都在撤并,学校的撤并也是大势所趋,一定是要撤并的。我奶奶活着的时候说过:有人才有世界。人都没有了,学校还有什么存在的意义?

老师的办公室就是教室。黑板的上方居中贴着一面剪纸的国旗,左边贴着四个剪纸字——教书育人,右边贴着四个剪纸字——为人师表。靠墙排列着老师们练习粉笔字的小黑板,一块写《春夜喜雨》,一块写《诗经·采薇》,还有《武韬·发启》《早发白帝城》《西江月》《望庐山瀑布》……墙上用图钉钉着老师们的硬笔书法练习:《念奴娇·赤壁怀古》《破阵子·为陈同甫赋壮词以寄之》《千字文》《玩雪诗》《丽人行》……墙面斑驳得厉害,窗外就是山,山上有高高低低的几畦菜地。

一个代课老师说。

我原来是培训机构的老师。培训机构越来越多,招生越来越难,竞争压力太大,也不好赚钱。在培训机构更多是为了赚钱,在这里更多像在山区支教,以后的人生不会再有这种经历。不是准备不准备离开,学生没有了,学校肯定就要没有,只有离开。如果我自己有孩子,我还是愿意让他到外面的学校去,孩子还是须要到人更多的环境去成长会更好。

又一个代课老师说。

我原来是学金融的,在银行工作压力特别大,整个人的状态特别不好,到这里得到了重生。我很大的改变都是这里的孩子带给我的,一份工作能够让你开心是很了不起的。年轻人在这里很难找到对象,除了校长,老师们全都是单身,不急的,不是只有找到对象人生才是成功的。我舍不得离开这里,非常舍不得。

学校对面是一家小超市。货架花花绿绿。一张圆桌子上盖着一个菜罩,凌乱地摆着电饭煲、筷筒、几个碗。门口闲坐着几个上了年纪的女人。一个女人抱着一个小娃娃,小娃娃摆着手,咿呀咿呀地想要吃什么。路边的花坛意想不到的精致。路意想不到的清洁。虽然精致,虽然清洁,但就是没有多少人,仿佛精致和清洁都失去了意义。有一家饭店,但是已经关门了。易德音从总校回来,一脚高一脚低,说穿了没有几天的鞋，鞋跟不知怎么就走掉了。易德音去换鞋，准备带霍藜到乡政府。

抱着小娃娃的女人说。

我们肯定还是需要这个学校，还是希望小孩能够留在这里读书，能够就近平平安安地上学，小孩送出去读书不方便，经济压力也很大。今年有三个一年级的家长到县里去了好几次，开学以后还不同意把小孩送出去。也不怪政府，也是我们自己造成的，都望子成龙望女成凤，都把孩子送到外面去，我的大孙子就送到县城去读书了，他自己一个人住在亲戚家，也很烦。没办法，现在都这样。

乡长说。

高山乡方圆面积不小，但是只有十几个村庄，只有五千多户籍人口，将近五分之四的人口都到外面去了，稍微有点能力的也都把孩子带出去读书了。如果没有学校，一个地方也就像失去了魂魄。对于一个乡镇哪怕人数少也肯定还是想要有个学校，有读书的声音，我们和县里沟通了很多次也没用，县里今年就已经不给学校招生计划。我也很惭愧，到这里工作就是组织需要，一门心思就想早点出去，工作上考核能够过去就好，至于教育要怎么发展很少思考。

阳光渐渐地稀薄了。天很快就会黯淡下来。孙苦叶笑嘻嘻地站在路边。孙苦叶一直没有停止过种桃，在种桃的路上摔了一跤以后就谁也不认识了,就只会笑嘻嘻的了。贾百谷赶着一群羊回家,把孙苦叶也领回家,就像领走了一个小女孩。家还是两间泥土房,一间高一间低。李淇岸很久都不回来看孙苦叶,就是回来,孙苦叶也不认识李淇岸了,就好像孙苦叶没有过李淇岸这个儿子。一座很豪华的房子边上,一座曾经最豪华的房子,王如英躺在走廊的躺椅上,一动不动。韩有常要回来的时候,王如英说:"没有离婚就走了,又骗我去离婚,又要归来,让不让他归来?"韩贝锦说:"已经当他死了,为什么要归来?"韩飞蓬轻声轻气地说:"不让他归来,别人会怎么说?小孩会怎么看?"韩有常回来王如英就中风了,不会说话了。韩有常把王如英抬到房里,就像抬一个小女孩,就像一个薄情寡义地出走了又不得不低声下气地回来的渔夫。无论如何,无论如何,孙苦叶和王如英都已经不能再相看两厌,谁也不能再说谁:"真是活佛像。"

天完全黑暗了,伸手不见五指的黑暗,万籁俱寂的黑暗,就像没有任何生命迹象一样的黑暗。除了小时候,霍藜已经再也没有见过这样的黑暗。黑暗原来是这样的黑暗,黑暗又不都是黑暗的。草是有微光的,树是有微光的,路是有微光的,山是有微光的,整个大地都是有微光的。厕所在楼梯边上,门口拉着一条绳子用来开灯关灯,灯是灯泡,灯光昏黄。水槽只有冰冷的自来水。房间原来是教室,用木板隔成宿舍,衣柜是调出去的老师留下来的,床是木板床,霍藜盖一床棉被,易德音盖一床棉被,棉被白天刚晒过,还有透明的阳光的味道。易德音说:"房间无所谓。能住就好了。"

在黑暗中。

在大地的微光中。

夜深了。

霍藜是来过高山脚村的。经过一条山垄,又一条山垄,不知多少条山垄,不知多么漫长。才到了高山脚村。天应该也是黑暗的。因为下雪应该也是有微光的。霍藜把新买的棉袄交给关晨风就走了。没有看清楚过高山脚村,就像没有来过高山脚村,就像高山脚村不是高山脚村。很多东西你以为遗忘了,其实它比你想象的还要更深刻地楔在你的生命里。而更多的东西,它就是遗忘了。

/ 眷恋 /

8

　　常县已经不是过去的常县，常县现在已经有火车，而且已经有高铁。铁轨劈开常县的一座山，又一座山，劈开田野，劈开村庄，长驱直入到常县，又从常县长驱直入到远方，常县现在已经可以长驱直入到远方。车站是簇新的，孤立在劈开的田野中，在黑暗中是最明亮的。已经开始下雪，雪花静寂地飘落。关晨风和霍藜一起等最后的一班高铁，就像从前很多次在分离的时候一起等最后的一班车。经过了多少岁月，关晨风和霍藜还像是从前的少年。时间带走了一切，时间又不曾带走一切。

　　在黑暗又明亮中。

　　在雪花中。

　　在静寂中。

　　霍藜说："我们可以抱一下吗？"

　　关晨风沉默。

　　沉默。

　　霍藜说："你还喜欢我吗？"

关晨风说:"不止是喜欢。"

霍藜说:"你还爱我吗?"

关晨风说:"不止是爱。"

霍藜沉默。

沉默。

关晨风说:"每一次看着你向前走,我都知道那不会是你的止境,每一次我都希望你走得更远,又怕你走得太远,每一次你又都比我想象得走得还要远。无论你走到了哪里,走了多远,我都希望:待到山花烂漫时,她在丛中笑。过去你常常对我说,你怎么就不肯去看书呢?我后来去看书了,知道了书不仅能教诲我们,也能诉说我们无法言说又弥足珍贵的痛苦,也能知晓我们的沉默和秘密。我像你一样学会了独处,而且只有在独处的时候,才会感到平静。我也试着像你一样走在时间的前面,而时光飞逝得比我们想象得还要快。我也像你一样学会了:遗忘。遗忘也是人能够活下去的勇气和力量。只要你需要的时候,我都是舍命陪君子,视为责任……如果不是喜欢,不是爱,我又为什么要做这么多事情?远不止如此,你还让我懂得了,这个世界上还有比爱情更美丽的感情。你是一块瑰宝。不应该有瑕疵,也不会有瑕疵。"

沉默。

沉默。

没有多余的一个字。

没有多余的一个字。

在黑暗又明亮中。
在雪花中。
在静寂中。

霍藜又和关晨风分离了,就像从前很多次的分离。人生是一条不能回头的路,只能向前走。霍藜又向前走了。

/ 第一部 向前走 /

9

霍藜在整理访谈的资料。手写在笔记本上的,先录入电脑,再从头看,把重要的部分加黑加粗,更重要的部分更黑更粗。原来就用电脑记录的,也从头看,把重要的部分加黑加粗,更重要的部分更黑更粗。打印。少的用订书机钉,多的用夹子夹,更多的用更大的夹子夹。又看。有的画圈,有的画线,有的打钩。就像在重新访谈,比访谈更要专注,专注地咀嚼、反刍、消化、吸收、提取、提炼、升华。专注地半天过去了,一天过去了,一天一天过去了。仿佛听得见时间过去的声音,仿佛又是时间在追赶霍藜,仿佛时间就没有过去过,仿佛霍藜在和时间平起平坐。

张聿刷锅,洗碗。给垃圾分类,餐厨的,可回收的,不可回收的。打了两个响亮的喷嚏。去倒垃圾。霍藜不去菜场,不买菜,不喜欢刷锅洗碗,但是霍藜会烧菜。霍藜对于酸甜麻辣鲜香各种调味的分寸,什么时候大火、什么时候小火、大火多久、小火多久的分寸,要不要放水、放多放少的分寸,要不要盖锅盖、盖多久的分寸,都能不失毫厘不偏不倚,就是最普通的大白菜也能烧得又有色泽又清脆可口,张聿非但不能比拟,还能把再好的食材也烧得不明所以,鱼不像鱼,青菜又蔫又黄,该咸的太淡,该淡的太咸。张溯说:"妈妈烧菜能化腐朽为神奇,爸爸能化神奇为腐朽。"张聿不辩驳,不生气,还哈哈笑,日复一日去超市去菜场刷锅洗碗倒垃圾,就是很少烧菜。张聿在电梯上遇到七楼的大伯,大伯的头发全白了,老去了不少。大伯说:"我们也在看房子,要想办法先腾出房票。"张聿说:"我们另外那套房子就要签合同了,房票没问题了。"大伯说:"以后做不了邻居了,也没有几个原来的邻居了。"张聿说:"是呀是呀。"

张聿走出小区门口,向左拐,再向左拐。走到又一条河边,所有植物也都已经过分高大,似乎是在幽暗的森林里,而不是在城市里。翻过一座拱桥,看见了高架桥。走到了一个粉红色墙壁的小区,小区门口的一家便利店里坐着些人,都是老人,有的就是默默地坐着,暮气沉沉。一个老人拄着拐杖从小区走出来,每走一步都在慢慢挪动。张聿爬楼梯,到五楼。张无聪在电脑上看照片,田稚在弹琵琶,张无聪和田稚都是工程师,张无聪要胖一些,田稚每天都要去游泳,不胖不瘦,都看不出已经是七十多岁的人。张无聪说:"霍藜又在写书吧。写书就像农民在土地上耕作一样,所以才说是笔耕,不比农民轻松,还要更伤神。"田稚说:"我们这个房子没有电梯,爬楼梯越来越吃力,我们以后就住到你们现在的房子里,这个房子卖掉钱都给你们,反正都是要给你们的,你们那个房子留着,我们要是需要照顾了就到养老院去。"张聿回家,给霍藜炖燕窝,炖好了端给霍藜。

"租房子的人搬走了。"

"明天阿姨要来,另外再给她钱,麻烦她过去搞卫生。"

"中介打电话来说,对方还想我们能再便宜两万块钱。"

"就再便宜他们吧。"

"都已经谈好价格的。"

"省得拖时间。"

"才看了第一家就答应卖了,也许能卖得更高,一般看到有人要买都要加钱。"

"那要很多时间,很多东西是钱买不来的。"

"几家楼盘的销售都说快要开盘了,都说了快一年了。"

"第一家放弃,我不可能接受那样金碧辉煌的装修。第二家也放弃,样板房都那么粗糙,小区的设计形式大于内容。就第三家了。"

"第三家楼盘最小,总价最高。"

"房子才是最重要的。只有它的房子才真正是在做房子。只有它的房子让人走进去会很平静。"

霍藜继续整理资料。继续和时间平起平坐。张聿又在家里走来走去。霍藜说,不要走来走去,不要影响我。张聿到卧室里,躺在床上,打开电视,看纪录频道。张聿想过了,第三家楼盘的总价虽然最高,也还能承受,至于两万块钱,便宜就便宜吧。霍藜在喊,声音轻一些。张聿把声音调到了最轻。

霍藜是谁？

是谁？

霍藜不是在写书，就是在看书。霍藜说，没有写书以前还以为自己是读过一些书的，写书以后才知道自己的匮乏。霍藜越是写书，越是看书。不管到哪里，包里一定放着一本书随时随地看，睡觉前也看，看的时候拿着笔画，画的都录入电脑，重要的加黑加粗，更重要的更黑更粗。在车上，霍藜说不要说话，脑子就像休克一样需要放松，或者说不要说话，还在想书里的人物要怎么样。张聿说再去看看别的楼盘，霍藜说没有时间了，不要总是说房子了，仿佛时间比房子更昂贵。霍藜每天中午饭就蒸个馒头，炒个大白菜，或者炒两根黄瓜，或者炒一段萝卜，晚饭就让张聿随便烧年糕烧米粉干，只有张溯回来的时候，才会像做大餐一样烧菜，好像霍藜不是在写书，不是在看书，而是在吃书，只是靠书就能活下去，只有靠书才能活下去，就是靠书活着的。张聿却都尊重霍藜，给霍藜自由，也给自己自由。张聿关掉电视，睡着了。此时无声胜有声。

很晚了。都要到很晚了，霍藜才到房间里。拉上张聿忘了拉的窗帘。敷面膜。躺在床上，打开床头灯，看书，拿着笔一边看一边画。又在想书里的人物要怎么样，书名还不是最满意，扉页用哪句话好，结构就这样了吗？又继续看书，继续画。张聿在打呼噜，有时长，有时短，有时突然高亢，有时轻微。霍藜说:"为什么靠枕都没有拿掉?"张聿把靠枕拿掉了,继续打呼噜。霍藜说:"背靠过来一些,被子中间空着,太冷了。"张聿靠过来,继续打呼噜。

张聿是谁?

是谁?

霍藜到书店买书,张聿坐在车上等,下雨,突然起大风了,风和日丽,天冷了,啪嗒啪嗒下雪粒,都在车上等,霍藜在书店多久就等多久,从来都没有想过要进书店。霍藜就像买菜一样一筐一筐地买书,张聿也从来不问霍藜买了什么书,好像霍藜买的不是书,是只有霍藜才嗜好的甜点,是只有霍藜才戒不掉的瘾,是空气。张聿也从来不问霍藜要写什么书,为什么要写,怎么写,写了谁,也从来不问霍藜写得怎么样了,也没有看过霍藜写的书,仿佛霍藜写的不是书,是只有霍藜才恋恋不舍的梦境,是只有霍藜才会呓语的梦话,是空气。仿佛霍藜只有通过书才能洗净铅华,才能淡泊,张聿的淡泊却与生俱来,天生就不需要书。霍藜也尊重张聿,给自己自由,也给张聿自由。霍藜关灯,睡着了。此时无声胜有声。

张溯在练琴。打音一分钟一组,二十组。弹挑慢练八个一组,二十组,十六个一组,二十组,快练一分钟一组,二十组。轮指四个一组,二十组,八个一组,二十组,从强到弱一组,二十组,从弱到强一组,二十组。再练练习曲,再练乐曲。张聿在家里走来走去。张溯说："你可以看看《七剑十三侠》。"张聿坐在沙发上翻了几页，打了几个哈欠，不翻了，想站起来又还坐着，不知什么时候就睡着了。张溯换琴弦，音太高了，把弦轴稍微调松一点，又太低了，又把弦轴稍微调紧一点，又松一点，又紧一点。霍藜说："你们不是要去看电影吗？"张溯就和张聿去看电影。堵车。到电影院。张溯说："我不要和你坐一起。"张聿就坐到离张溯很远的座位，踮着脚挪过去，对坐着的人说："对不起。不好意思。抱歉。"看完电影，回家。又堵车。

"又是一部烂片。"

"是不是烂片，只要看海报就知道了，海报好的不一定好，海报不好的一定不好。片头一出来，那些导演、执行导演的字幕一打出来，根据那时候的氛围也就能判断是不是烂片。"

"知道是烂片还要来看。"

"烂片也有烂片的欣赏方式。可以相互比较哪一部更烂。有的情节摸不着头脑，真的不知道它在讲什么。有的明明不是恐怖片，镜头却会吓你一跳。有的台词配音很奇怪，有的很阴郁。我每次看完一部烂片都会长吁一口气，它又一次验证现在这些电影还是没有超出我的预估，我的欣赏能力还是在它们之上。"

"你现在这首曲子的引子太拖了。要快一点。"

"老师说节奏就是这样的。"

"你听听CD，都要比你快。"

"老师说CD都是制作过的，有的CD根本就不能听。调音器到了吗？"

"哦……昨天就到了。忘了。回去就去拿。"

"曲谱是不是也到了？"

"哦……应该也到了。一起去拿。"

"你怎么又都忘了？"

"年纪大了都会健忘。"

"你看坂本龙一，都快七十岁了，还像白发少年，你怎么好意思说你年纪大了？"

"坂本龙一是谁？"

"天哪，你怎么会连坂本龙一是谁都不知道？"

父亲是谁？

是谁？

父亲，就像是从史前来的，就像是从黑洞来的，就像是从奇点来的，就像是从亿万光年之外来的，就像是从暗年来的，就像是从不同的星球来的，就像是从不同的星系来的，就像是从不同的维度来的，就像是暗物质，就像不是自然界的生物。张溯对这样的生物充满好奇，并不排斥，也不抵触，常常也能一起天马行空地谈论什么，有时又会很生气，很生气的时候就会对霍藜说，我再也不会原谅他了，可又都原谅了，本来也没有什么不可原谅。

张溯问霍藜。

"人为什么要结婚?"

"一朵花也要吸引蜜蜂来采蜜,也要让花粉能够随风飘散,只有这样才能够延续物种的繁衍。一个水母也是如此,一只企鹅也是如此。天地不仁,以万物为刍狗。人也是自然的物种,哪怕经过了多少年的进化,学会了穿衣、用火、烹饪,创造了语言、宗教、艺术、哲学、科学,也还是和所有物种一样有延续繁衍的本能。结婚一定是自然规律的一种,一定是宇宙保持它运行的神秘的方式之一。"

"可是结婚会带来很多麻烦,很多电影里很多书里的很多女性,都是因为结婚变得很不堪。"

"不结婚的人也有变得不堪的。不是所有结婚的人都会变得不堪。"

"不结婚不是也很好吗?"

"婚姻其实提供了人类一个最漫长又最辽阔的舞台。没有一个舞台能够像这个舞台一样可以让一个人淋漓尽致地演绎人生的喜怒哀乐。"

"它还是让人恐惧。"

"你要像爸爸学习。爸爸在婚姻里依然能够达到无忧无虑的境界,一定是掌握了婚姻的真谛。"

"如果以后我不结婚,你会怎么样?"

"把它交给时间吧,时间会给出最好的答案。"

时间会流逝。会痊愈。会腐朽。会新生。会毁灭。会不朽。会惩戒。会恩典。会欺骗。会忠诚。它什么也不解释，什么也不说明，什么也不要求，什么也不留恋，它是空，它是无，它能让冰川融解，能让山崩地裂，能让星移斗转，能让存在有数亿年的三叶虫、菊石、恐龙都消失，能让万事万物都俯首称臣，直到承认自己的微不足道，包括人类。什么都可以交给时间，什么都应该交给时间，只有时间会给出最好的答案。

/ 眷恋 /

10

雅努斯有两副面孔。

一副回顾过去。

一副瞻望未来。

霍藜开始写书了,也开始了和遗忘的漫长对峙。霍藜在书里哪怕只是写下了一句话,一个词语,一个字,一个标点,都会首先陷入漫长的回忆,都要在回忆里反复搜寻:过去的人、事、地址、日期,那时候的天气,那个人的模样,那个地方的树的名称、草的名称,树到了冬天会不会落叶,草到了冬天会不会枯萎,风的方向,天色的深浅,光线的变化,空气的流动,一只鸟飞翔的姿势,一朵花开放的季节,一条河流的深浅，一间房子的高矮，一条路的宽窄，一种颜色，一种气味，一个梦境，一声呼唤，一件事情的缘由，谁在其中沉默不语，谁在其中含泪带笑，一句话，一声叹息，一个动作，一个神情，深沉的，隽永的，忠贞的，失去的，凭吊的，什么甜蜜，什么哀伤，为什么脆弱，为什么勇敢，怎样平庸，怎样高尚……只有回忆，才能写下去。

只有回头。

才能一直向前走。

就像雅努斯。

而回忆是如此艰难。

书是什么？书是会变的吗？

第二部

雅努斯的面孔

/ 第二部 雅努斯的面孔 /

1

常县没有火车。常县除了山，还只有山。铁轨不能翻过一座山，又翻过一座山，火车也就不能翻过一座山，又翻过一座山，常县就只有火车的传说，传说的火车比很大的房子还要大，比很长的路还要长。没有火车的常县，一切的变化都非常缓慢。县城只有两条街路。一条横着的小街路，铺着条石板，铺着鹅卵石，走几步就有一个水井，两边的排门里有卖麦饼、馄饨、芋饺、索粉的，有箍桶的、打铁的、弹棉花的、做裁缝的。一条大街路，忽然会有猪走走停停，忽然会窜出几只鸡，街路上的百货公司也只有两层楼，最高的楼也就只有五层楼。村庄或者在山岭，或者在山脚，在山垄，在山坑。一切，所有，都变化得非常缓慢，缓慢得就像没有变化一样。

矿区要比县城繁荣而且洋气。矿区就在国道边，国道不宽，不堵车的时候，吭哧吭哧的长途货车，摇摇晃晃的长途客车，五十铃大矿车，也天天都像在排队，堵车的时候，队伍看不见头，看不见尾，农民抱着钢精锅，提着篮子，挎着筐子，在队伍里卖煮熟的玉米、鸡蛋、毛芋。矿区的大门在不陡的上坡上，右边是墨绿的邮局，墙头、门、窗框、长椅、邮筒、工作人员的衣帽都是墨绿的。不远处的大会堂也是电影院，墙上贴着电影海报，新的覆盖旧的。矿区的工人会在海报前等接送车。工人脸白，手白，衣服也白，男的穿着洋气的皮凉鞋，女的穿着洋气的裙子，说话也洋气，走路也洋气。

走上二十多级台阶。是菜场。农民来卖菜，用簸箕挑来冬瓜、番薯梗、豇豆，用菜篮提来青皮的番茄、白皮的黄瓜、青里透红的苦瓜，有的端来一脸盆螺蛳、一脸盆黄鳝，有的提来一只鳖、一条蛇。也有来卖西瓜的，西瓜滚圆，还挂着青蔓，有的装在竹箩里，有的堆在地上。麦饼铺飘荡着烤熟的雪菜肉馅、梅干菜肉馅的芳香。馄饨铺飘荡着葱花、芫荽、胡椒粉、陈醋的芳香。棒冰厂的冰柜用厚厚的棉胎裹着白糖棒冰、赤豆棒冰、牛奶棒冰。大食堂有大馒头、大包子。走下二十多级台阶。左边是浴室。路边的木芙蓉花团锦簇。天热的时候农民会到水坑、水塘、水库、水坝洗澡，天冷以后就不洗澡了，到过年以前才会来浴室洗澡，趁着工人不洗澡的时候，打开哗哗的热水，蒸腾起白茫茫的水雾。右边是理发室。戴着老花镜的胖师傅不紧不慢地用电推子"嗡嗡嗡"地推剪头发，长椅上坐满等候的人，等候的人在翻报纸，翻了再翻。

经过花园，俱乐部，游泳池，车队的停车场，浮选厂。一个大转弯矗立着一根大烟囱。一辆跟着一辆的五十铃大矿车

"哐哐——"地在大地磅上过磅。一个大上坡一直延伸到一段石子路，路的尽头是山头。山头没有树，没有草，覆盖萤石的碎屑，布满轨道，一辆跟着一辆的翻斗车"哐哐——"地在轨道上穿梭。溜槽下面的空地散落着萤石，丁香色的、香槟色的、玛瑙黄的、翠绿的、粉红的、紫的、灰白的，萤石之间杂长着苍耳、灯笼草、黄果茄、野红花、鬼见针、肥猪草。空地对面是百货商店，长长的柜台，一轴轴的布匹，各种高级的奶糖，烫过头发的营业员，都像是画出来的。上坡，是医院。门诊楼，住院部，医生，病人，走廊，墙壁，门，窗，大院里的香泡树、石榴树，树上的叶子，洒在叶子上的薄薄的朝阳，都弥散着清淡的来苏尔的气味。再上坡，是宿舍楼。又下坡，又上坡，还是宿舍楼。阳台上盛开着太阳花、喇叭花、蝴蝶花、指甲草花，院子里满是牡丹、芍药、月季，仿佛连绵起伏的宿舍楼都从花丛中生长出来。又上坡，是矿区的子弟学校，学校的台阶，围墙，教学楼，操场上的旗杆，周围的树，都高高地耸立，就像一座耸立的殿堂，高不可攀。

……

矿区就像一个稀奇的天体，无与伦比。常县的人要是说谁过得惬意，谁的样子好看，谁的未来将会有出息，谁的命运值得羡慕，都会说："就像矿上的工人一样。"

黍村就是一个小山坑，除了毗近矿区以外，乏善可陈。黍村的学校和码头隔着一条大路。码头是一个废弃的氨水池,大路是黄泥路,最多只能够通过一辆拖拉机,但也已经是黍村最大的路。黍村的人喜欢聚集在码头闲说。说大食堂的时候,吃羹,吃萝卜块,到后来连钵头上粘着的粥糊也刮起来吃。说三年困难的时候,吃秕谷,吃糠,吃树叶,生病吃不下糠团,只有摘菜虫药把自己吃死。说备战备荒的时候,要借储备粮,要在石臼里把米舂粉碎才用来烧稀粥。说过去有户人家来客人,没有东西吃,把锅烧热往锅里喷水,过一会"嗞啦啦——"又过一会又"嗞啦啦——"不断地"嗞啦啦——""嗞啦啦——"客人以为烧了很多菜,其实什么也没有。说过去学生家里杀猪,教书先生早早在等学生来送杀猪菜,听见有动静,急忙开门,结果是一条狗,又听见有动静,开门用打狗棒打狗,结果把学生捧来的杀猪菜打翻了。整天说啊说。饥饿是有记忆的。黍村的人现在已经不像从前那样饥饿,可是饥饿的记忆还在延续。

学校只有两间泥土房。一间是教室,一间堆积散架的课桌椅、扫秃的扫帚、败敝的杂具。一段走廊,墙上挂着一段铁块,用来敲钟。一小块操场,坑坑洼洼,到了下雨天,就像小池塘。一个小花坛,用乱石围起来,种着美人蕉,花朵像烈焰。一堵破围墙,围墙外有两棵高高的榆树,成群的麻雀在树上停留,又哗啦啦地飞走。学校只有三个年级,只有胡炎火一个老师。胡炎火是民办老师，精瘦，戴着眼镜，一只镜腿断了用绳子系着，讲课的时候梗着脖子，说话从鼻孔里出气，一副欺人相。芦琼玖要比胡炎火高，更比胡炎火强悍，却不能轻易震慑住胡炎火。芦琼玖生老大的时候，没有东西吃。生老二的时候，还是没有东西吃，芦琼玖说："要是给我三碗白米饭吃，死都愿意。"芦琼玖没有吃白米饭，没有死，又生了老三老四，一共生了四个儿子，更加没有东西吃。胡炎火却只负责让芦琼玖生下了四个儿子，不负责有没有东西吃。

芦琼玖骂胡炎火："恨不死的，就你那点工资，哪里养得活这个家？"

胡炎火从鼻孔里出气，说："多养几头猪。"

芦琼玖就只有多养了几头猪。芦琼玖在自留地种番薯，在自留山上开辟块地也种番薯，番薯藤割来喂猪，番薯也留起来喂猪。芦琼玖割草籽，切草籽，在草籽池赤脚踩草籽，再用石头压上，也青贮起来喂猪。芦琼玖在池塘里养水白菜，水白菜用竹竿围起来，发得比捞得还要快，也用来喂猪。芦琼玖在猪食上敷一层糠，猪还嗷嗷叫着，再敷一层，除了碾米的糠，还要另外再多买几担糠才够喂猪。芦琼玖只有这样让猪吃，吃，吃，才能让人有东西吃，才能养活这个家。芦琼玖对于多养了几头猪只有逆来顺受，而且使尽浑身解数。

白露以后，大豆灌浆，晚稻抽穗，棉花已经吐絮。黍村的前山，前山脚下的溪流，溪流边的老鸦蒜、野姜花、马鞭草，田畈，水井，池塘，晒谷场，后山，都笼罩在薄雾中。学生在早自读，像比赛一样吼叫，一个年级比一个年级响亮：

一群大雁往南飞，一会儿排成个人字，一会儿排成个一字……

从前有一只公鸡，他自以为很美丽，整天得意扬扬地唱：公鸡公鸡真美丽……

西沙群岛是南海上的一群岛屿，是我国的海防前哨……

芦琼玖对胡炎火说："去捞水白菜！"

胡炎火没有捞两把水白菜，就叫起来："哎哟，哎哟，脚崴了。"

芦琼玖骂："恨不死的，叫他捞点水白菜，他就脚崴了。"

胡炎火跷着脚到学校去，到了学校就不跷脚了。胡炎火站在走廊上敲钟："当——当——当——"钟声清脆，上课了。胡炎火先给一个年级讲课，其他年级自学。胡炎火领着学生读课文：农民把玉米种到地里。到了秋天，收了很多玉米……自学的学生有的不知不觉跟着读，有的看到胡炎火的裤腿上挂着水白菜的叶子，咻咻地笑，有的失神地望着窗外，有的抬着头空洞地望着墙上的标语：好好学习，天天向上……胡炎火用教鞭啪啪地拍讲台，学生才老实地自学。胡炎火再给一个年级讲课，其他年级再自学。

黍村的人只要请酒，都要请胡炎火吃酒。中午，胡炎火又去吃酒。胡炎火酒量不好，没有喝多少酒就喝多了，回到教室趴在讲台上醺睡。学生把讲台上的粉笔头塞到胡炎火的耳朵里,围着胡炎火叫:"老胡!老胡!"胡炎火醒过来上课的时候还满脸通红。放学了,胡炎火还余着酒气训诫学生:"夜里放电影,没有做完作业不许看。"夜里,晒谷场上在放《孔雀公主》,黍村的人都沉浸在喃穆诺娜公主和召树屯王子的爱情中。芦琼玖还在"嚓嚓嚓"地切水白菜。芦琼玖骂胡炎火:"恨不死的,还说脚崴了,叫你做点生活就逃,田畈的生活也一点都不做,连棵秧都不肯拔,一生世吃你的苦头。"

"要教书的。"

"教什么书?叫你多教教老三老四也不肯。"

"教不起的。"

"多教教总会开窍的。"

"逼是逼不出来的。"

"不逼怎么知道?"

"没有用的。"

"说不定就开窍了。"

胡炎火从鼻孔里出气,说:"三岁看大,七岁看老。读书是要天资的——不会读就是不会读的——"

胡炎火梗着脖子去检查学生。公主和王子在互相脉脉地表白:"不是你粗暴地追求,而是我温柔地就范。""喃穆诺娜,我爱你,永远永远……"胡炎火拿着手电筒逡巡。学生相互传告:"老胡来了!老胡来了!"没有做完作业的学生侥幸躲在黑暗里,还是被胡炎火发现了。芦琼玖还在"嚓嚓嚓"地切水白菜,还在骂胡炎火:"恨不死的——杀他的心都有——"从来没有人说起过,也似乎从来没有人知道过,胡炎火和芦琼玖是怎么认识的,有没有产生过怦然心动的爱情,有没有过终生厮守的誓言,又是哪一年结婚的,又出于什么勇气生了四个儿子,他们仿佛天生就是一对,却不得不漫长地共同经历着彼此的迁就、忍耐、进退,周而复始,他们就像是无穷宇宙的两个星球,似乎无限接近,其实都只是在自己的轨道上运行,至死方休。每个星球因此都是孤独的,概莫能外。

2

　　黍村的人都去打矿。矿山这边是黍村的,翻过山岭那边是矿区的,矿洞都没有许可。矿洞突然塌方,有人活埋了。吊笼的钢丝绳索突然断裂,有人摔死了。矿石突然坠落,有人砸断腰,砸断腿,砸断手。黍村的人都照样打矿,都说:"不打矿,哪里挣得到钱?哪里有活路?"霍于田最怕死,说:"人是会死的,现在的人太冒险什么都敢去做,好像人不会死的。"霍于田也最怕没钱,说:"没有出数,没有钱,日子是没有办法解救的。"霍于田也去打矿,一起打矿的人砸断了腿,坐吊笼离开矿洞,在吊笼里晕过去,头歪到吊笼外,擦到井壁,整个擦没了。霍于田说:"人是会死的,打矿的人都是不怕死的,好像人不会死的。"龙淑慎不让霍于田再去打矿。龙淑慎办起了火炮厂。龙淑慎和霍于田骑自行车载着用麻袋装的火炮,一个村一个村去卖,一筒火炮一块钱,一并火炮整买是七角五分一筒,算下来能挣一半的钱。霍于田说:"不是打矿的话,这点钱要半来年做。"龙淑慎找到了另外的活路。黍村的人说,龙淑慎就像武则天。

端午。连续的暴雨骤然停了。大路上都是黄泥浆,都是大的小的黄泥坑。天骤然燥热起来。黍村的人聚集在码头上。

"……"

"下去的时候还笑嘻嘻地点了烟,啃着玉米。"

"钢钎顶牢石头。吊笼没刹住。"

"一个压在吊笼下面,背砸断了,死了。"

"一个两条腿都断了。"

"……"

有人哭天抢地,有人把哭天抢地的人抱到拖拉机上,拖拉机"突突突"地开去矿山。黄泥浆"噗噗噗"地四溅。拖拉机在黄泥坑里打滑,垫木棍,垫稻草,垫石头,才又"突突突"地开去。

黍村的人都叹息。

"煞好噢……"

"煞好噢……"

一切就像熟悉的戏剧,演了,又演。

夜里,橘黄的灯光下,新裹的粽子热气腾腾。

霍韭说:"死了一个。"

霍葵说:"死了两个。"

霍藜说:"一个两条腿都断了。"

"一个。"

"两个。"

"……"

龙淑慎对三个女儿说:"读书读出去,不要当农民。"龙淑慎倘使真的像是武则天一样的女皇,她对于自己统驭的疆土最强盛的雄心,就是要号令子嗣:读书读出去,不要当农民。为了实现这样的雄心,龙淑慎不辞劳苦,哪怕脸已经像生锈一样,头发也已经白去,都在所不惜,无可阻挡,坚不可摧。

火炮厂的厂房都是泥土房。不远的山脚下一间,又不远的山脚下又一间,再不远的山脚下再一间,都只有很小的一间,只有最远的山脚下的一间是最大的。芦琼玖和龙淑慎一起做火炮。芦琼玖锉坤,龙淑慎敲隔。芦琼玖和龙淑慎有说不完的话。芦琼玖说,一定要去看看火车。龙淑慎说,一定要去看看。去看看火车,是芦琼玖和龙淑慎的梦想,重复说了无数次。人生很多时候都在重复,说过的话说了又说,做过的事做了又做,日子一过再过。重复。重复。

芦琼玖说:"我没有读过书。娘要我做生活,不肯让我读书,老师出一半学费都不肯。我本来要跟戏班去做戏,娘说做戏的是疯子,看戏的是傻子,她也不肯让我去。我本来要去当兵,再有半个钟头就要走了,娘说当兵要被打死的,又不肯让我去。我一生世都恨娘,娘死了都哭不出来。没有读过书,不识字,太苦了。一定要读书。"

"老大老二不会读书,只有去打矿。当爹的说老三老四也不会读书,我说还没有开窍,他也不肯多教教,他是巴不得老三老四也去打矿。老三老四小时候哭,他就说,哭死就不会哭了。"

"恨不死的——杀他的心都有——"

……

龙淑慎说:"要烧饭,要喂猪,要碾米,要洗,要晒,家里的生活,田畈的生活,都少不了。要去买废纸了,什么时候去。才教会敲隔的,到矿山开卷扬机去了,还要去请人。拉炮车的,糊红纸的,要逃走打扑克,煞好。都要担心思,都要脑筋,都要主张。"

"当爹的什么都不主张,酒喝醉了摔在大路上,起来还打人,我躲到后山流眼泪,我什么都想过了,想来想去,流眼泪是没有用的,眼泪是要往肚子里流的。老话早就说过,宁可要讨饭的娘,也不要当官的爹,都是为儿女,都看在儿女的面上。"

"天头地脑——"

……

这些话也重复说了无数次。以后,重复又一起做火炮,重复又说说不完的话。重复。重复。相互慰藉。继续生活。

黄鸟畈小学是完小。教室也是泥土房,壁虎在墙壁的坯缝里无声无息地伏出。一间蒸饭的食堂,乌漆漆地堆满学生挑来抵作蒸饭钱的柴垛。一块大操场,下雨的时候就像大一些的池塘。一口水井,井沿挂着打水的铅桶。一小排老师的宿舍,是用青砖砌的，勾过白缝，门板的油漆已经褪白，门框已经松动，风吹过的时候"哐哐"晃荡。围墙外是田畈。老三老四长得一模一样，都和霍藜同学，到了四年级以后都要走路到黄鸟畈小学上学。

路上。天还黑。田埂，草丛，灌木，山头，都是湿漉漉的，山脚下的李子树也是湿漉漉的，李子已经由青转红，饱满圆润，也是湿漉漉的。老三老四冲向李子树要去偷李子，树上"唰"跳下一个人，老三老四逃。老三老四从一畦地里拔了一把红萝卜，有人追来，老三老四又逃，逃过两丘田，跳到河水里，上岸的时候老三的凉鞋被河水冲走了，老四分了一只凉鞋给老三穿，老三老四都赤着一只脚走路。到了学校，老师还没到。老师放学就要到田里拔秧，等到月亮上山又连夜插秧，天亮了又去捞水白菜，又劈柴，到学校都是上课前的最后时刻。大家跳房子，跳牛皮筋，抓石子，踢毽子，毽子用旧的作业本剪成纸条缝起来，纸条掉得满地都是，老三老四从坯缝里抓来壁虎吓唬大家，壁虎折断尾巴逃跑了。老师到了，个个才像老鼠见到猫一样连忙回到座位笔挺地坐下来。老师让老三老四回答问题，老三老四装作拼命动脑筋的样子，回答不出来，老师说："白长了一副聪明相。"放学路上。大家挖酸筒杆、雷公根、黄茅根，拔石蒜、胡葱、折蕨菜、水芹菜，在河水里撒剩饭，引诱鱼虾，用网袋一把一把捞起来。河水的石墩缝里躺着老三的凉鞋，凉鞋失而复得，老三老四不再赤着一只脚走路了，回到家的时候，天又已经黑了。天天如此。芦琼玖对黄鸟畈小学很失望。芦琼玖说:"天天就知道玩,哪里读得起书的?"芦琼玖逼胡炎火给老三老四转学到大羊小学。

"老师有好差,学校有好差。大羊小学是中心小学,不一样的。"

"有什么好差?会读书的,我这个民办老师教也照样会读书,不会读书的,公办老师教也照样不会读书。大羊小学和黄鸟畈小学有什么不一样?会读书的到黄鸟畈小学就不会读书了?不会读书的到大羊小学就会读书了?"

"总有好差。说不定到大羊小学就开窍了。"

"不会读就是不会读的——读书是要天资的——"

胡炎火相信:读书是要天资的。这是胡炎火的真理。胡炎火教过的学生,无论高的、矮的、长了一副聪明相的、看起来就不聪明的、听话的、不听话的,只要胡炎火教的时候不会读书,以后不管到哪里,不管谁教,也都不会读书,学生如此,以后学生的儿女成了学生,还是如此,颠扑不破。胡炎火不会推翻真理,不会给老三老四转学。芦琼玖只有骂胡炎火:"恨不死的——杀他的心都有——"期末考试以后,老三老四改了成绩单上的分数,三十多分都改成八十多分。芦琼玖以为老三老四终于会读书了,又逼胡炎火给老三老四转学。

"不会读书没办法,会读书一定要想办法读出去。"

"会读书的到哪里都会读。不会读书的到哪里都不会读。转学有什么用?"

"你是巴不得老三老四以后也去打矿。"

芦琼玖就和胡炎火打起来。芦琼玖像老鹰抓小鸡一样,把胡炎火摁在八仙桌底下。胡炎火只有去给老三老四转学。大羊小学说,成绩八十几分要有的。胡炎火从鼻孔里出气说,都有八十几分。大羊小学同意了。黄鸟畈小学说,大羊小学会同意?胡炎火从鼻孔里出气说,同意了。黄鸟畈小学也同意了。

龙淑慎也要给霍藜转学。大羊小学也同意了。黄鸟畈小学不同意,说霍藜是黄鸟畈小学头块的读书材料,要给学校争名气,不能转学。龙淑慎回来说:"好点的学校总能读得更好点。"霍于田说:"大羊小学不一定就比黄鸟畈小学好点。"龙淑慎说:"大羊小学是中心小学,毕竟不一样。天头地脑——"

老三老四还是回到了黄鸟畈小学上学,大羊小学认出老三老四的成绩单是改过的,不肯要了。芦琼玖又和胡炎火打起来,又像老鹰抓小鸡一样,把胡炎火摁在八仙桌底下。芦琼玖骂:"教什么书?自己这份人家一个也教不起。"胡炎火终于从八仙桌底下爬起来,从鼻孔里出气,说:"不会读就是不会读的——读书是要天资的——"

芦琼玖和龙淑慎又一起做火炮。又说说不完的话。

一个说:"恨不死的——杀他的心都有——"

一个说:"天头地脑——"

相互慰藉。

继续生活。

路上。天还黑。屋檐上挂着冰凌,树枝上挂着冰凌,岩石上挂着冰凌,水洼结着冰,草茬结着冰,苦楝树上挂着的死猫也结着冰,手上的冻疮裂开溃烂,冷冽的风灌进光溜溜的脖子,乌鸦在坟头上"呀——呀——"地叫,猛地窜过不知什么畜生,远处村庄的狗突然狂吠……大家习以为常,无所惧怕,照样就知道玩。到了学校,老师已经到了,要比原来早了不少时候。个个又像老鼠见到猫一样连忙到座位笔挺地坐下来。老师发下考卷,说:"都快要毕业了,你们还就知道玩,越考越差,就连霍藜也才考了七十几分。你们这样一个也考不上常县三中。"

老师在黑板上写了两句话:

墙上芦苇,头重脚轻根底浅

山间竹笋,嘴尖皮厚腹中空

老师说:"你们光记着玩,是想做墙上芦苇和山间竹笋吗?"

霍藜在课本上写:要考上常县三中。老师看见了,说:"你有这样的决心,很好啊!你就住到老师的宿舍里,不要来回走路影响学习了。"霍藜就住到一个女老师的宿舍里,从家里抬来一块门板,用两张条凳搭成床。宿舍只有一小间,陆续又有学生想住进来,女老师也答应了,搭不下床了就在稻草上铺张席子打地铺,直至挤下有十多个学生。霍藜的人生要风得风,要雨得雨,说了什么就能做到什么,不久,就考上了常县三中。

3

大雪以后。常江畔开始肃杀起来,江水深沉。江岸绵延数里的森林陡然寂静,小路,水洼,枯叶,布满苔藓的石头、树根、枝干,都寂静,原来嘈错的鹧鸪、噪鹃、灰喜鹊、蚁䴕、松鸦几乎销声匿迹。桥上的风过于冷瑟,经过的人都要缩起脖子。桥头的一小间木板墙的照相店,一小间盖着油毡的理发店,自行车修理铺,修鞋铺,甘蔗摊,书摊,小菜场,都要比以往冷清。常县三中的大操场显得更加寥廓。操场边的梧桐树,宿舍前的水杉,都落光了叶子。整齐的冬青,浓重的鹅掌楸,高大的雪松,照旧是绿的。围墙外的滩涂苍茫,萧索。

东方昆拿着一本书,在教室里一圈一圈地走。

走了停。

停了走。

一圈。

一圈。

东方昆只穿布鞋,黑裤子,黑衣衫,就像雕塑一样洗练,就像古时候的君子。东方昆说:"人生能有几回搏?此时不搏待何时？我们农民的孩子，只有自己多拼搏。"早读，夜自修，课间，饭后，除了其他老师上课的时间，东方昆都在教室里盯住学生。东方昆拿着一本书，在教室里一圈一圈地走，走到用功的学生座位边上停下来看书，停很久，再继续走，再继续在下一个用功的学生座位边上停下来看书，停很久。停了走。走了停。一圈。一圈。仅仅拿着一本书，仅仅一圈一圈地走，东方昆就让所有的学生都敬畏，以至于学生只要看到东方昆拿着一本书走过来，就会用功，就是不必看到东方昆拿着一本书走过来，也会用功。

一圈。

一圈。

很多圈以后。

东方昆说："现在开始，兼报中专和高中，重点高中要先于中专录取，能考上中专的有可能会被常县一中先录取，单报中专，能确保中专录取，但是如果没有考上，也就不能读高中。"常县农村的学生读完小学就到乡初中读书，读完初中几乎就不读书了，只有考上常县三中的学生还有可能再考上高中，也有可能考上中专。考上中专，就可以迁出户口，跳出农门。为了考上中专，常县三中年年都有学生留级重读初二，重读就是为了更有希望考上中专。现在却令人踌躇。霍藜没有踌躇，第一个单报了中专。

霍黎的一天都是从天还黑就开始的。天是黑的,红砖墙的寝室、寝室的通铺、走廊、走廊上排列的脸盆、陡峭的楼梯、水泥路、路边的冬青、水杉、一排水龙头的水槽、又一排水龙头的水槽、水槽边的煤渣堆、食堂、一排放蒸饭的铁篓的水泥板、操场、梧桐树、放映露天电影的小操场、教学楼、小卖部、自行车棚、传达室、大门都是黑的,只有厕所的路灯是亮的。霍黎在路灯下复习。路灯熄灭了,天朦胧地亮了,教室也朦胧地亮了,霍黎在教室复习。天完全地亮了,很多人的一天开始了,霍黎的一天却已经开始了很久。时间不分昼夜,不分四季,没有年轮,不休不眠,不会停下来等人,很多人都被时间甩在了后面,霍黎却仿佛走在了时间的前面。霍黎的成绩让大家望尘莫及,东方昆就是一句话:"大家要向霍黎学习。"

霍黎读过很多书,都是火炮厂的仓库的书,都是从废品收购站买来的书,都是拖拉机整车整车拉回来的书,都是扯开尿素袋麻袋哗啦哗啦倒在仓库里的书,都是在没有灯的封死了窗户的仓库里放弃任何抵抗连一声哀叹都没有默不作声的书,都是废书。谁都以为废书就是废纸,从收购站买来,用铡刀裁开,在炮车上拉成炮筒,然后敲隔,锉坤,糊红纸,扞引,然后扎成一筒,又捆成一并,被人买走,买走的人放火炮,"嗒——啪——""嗒——啪——"炮筒粉碎了,废纸就更彻底地成了废纸。可是,书不像人,人生生死死,书是不朽的,书就是成了废书,成了废纸,成了更彻底的废纸,但也还是书,还是可以读啊读。东方昆从来没有改过霍黎的作文,东方昆说霍藜的作文不用改,也没法改,也不与任何人有相似之处,没有读过很多书的人写不出来,也不是读过很多书的人就写得出来。东方昆每次都叫霍藜到讲台上读作文,读完以后,东方昆还是一句话:"大家要向霍藜学习。"

单报以后,霍藜想回家。寝室放下高低两层的通铺以后,就只留下一条逼仄的走道。每个人分到半张草席的铺位,要掖紧被子才能躺平。床头各自放着一个木桶,木桶里装着米和菜杯,菜杯里都是梅干菜或咸菜。木桶边和床底下常常有老鼠叼落的菜梗。学生相互传染了疥疮,霍藜也传染了,霍藜借口请假回家。

家。

是什么呢?

是一段路途。霍藜骑自行车,长途货车、长途客车、五十铃大矿车就像在排队,五十铃大矿车的车头撞到了霍藜,轧坏了自行车的轮胎,扯破了裤腿。霍藜以后就坐车,在桥头等车,等车的人黑压压一片,只有一趟车,车来了,有的从窗口爬上车,有的挤上车了又被挤下来。挤不上车的时候霍藜就走路,走近路,翻过一座山,又翻过一座山,到了一座庙可以歇息,到了山脚的村庄可以讨水喝,村庄的狗会默默地跟着走上一段路。

是一盆山枝花。家里只有两间厢房。靠着大路围了一个小院子。又买下大路斜对面的蘑菇场，蘑菇场隔成三间。龙淑慎和霍于田的一间只有一张没有刷过漆的床，一张掉光了漆的小方桌，一台黑白电视机的天线已经折断过。霍葵的只有一张用条凳和门板搭起来的床，其实不像床。霍韭和霍藜的一间除了一张刷过漆的床，还有一张写字桌，一个衣柜，一个五斗柜，衣柜边上的墙破了，先是掉了几层土，后来破成了一个洞，破洞越来越大，霍藜用一个破铁钵种了一盆山枝花，放在洋油箱上遮住破洞，实际也遮不住。

是一盏灯的橘黄的光。雪下得急骤。龙淑慎和霍于田去卖火炮还没有回来。霍韭洗菜，剥大蒜，刨生姜，霍葵点火，添柴，灶膛里火焰在跳跃，霍藜烧菜，烧鱼干，烧芋头丝，烧洋芋片，烧好了都坐在八仙桌边上等。桌上的菜凉了又热过，热过又凉了。台阶白了，仙人掌白了，草籽池白了，自来水池白了，水杉白了，一圈用来种花的破的盆钵白了，院子全白了。龙淑慎和霍于田回来了，就像两个雪人。橘黄的灯光下，龙淑慎从黑色的人造革手提包里倒出一堆钱。几块的，几角的，几分的。霍葵说要买新的自行车，霍韭说要买新的滑雪衣，霍藜说也要买新的滑雪衣，霍于田说要节省，龙淑慎说都买，精么精鬼，浪么浪神，些许点钱总是挣得回来的。

……

霍藜在桥头等车。挤上车，在矿区下车。再走路，经过大转弯，大上坡。岔路口，一个大坟头。水库，茶叶山，矿山。凉亭，池塘。走到田埂上，看见了火炮厂。霍于田在山上煎火药。霍于田把炭粉、硝酸钾、硫黄混合起来,在锅里熔炼,之后完全熄灭火星,用水把灶台泼湿,把火药在水泥地上摊匀,晒干,用细毛刷一点一点收起来。霍于田说:"火药是最危险的东西,些许不细致都会爆炸,不能焦急。"霍于田不是一个有耐性的人,霍于田以后越来越显著的耐性也许就是从煎火药开始受到磨炼的,也许其实是受到了生活一直的磨炼。龙淑慎挑着炮筒从一间厂房到又一间厂房,看到了霍藜。

龙淑慎喊:"不在学校读书,怎么归来了——"

霍藜喊:"疥疮化脓——"

龙淑慎喊:"不在学校读书,归来当农民啊——"

霍藜喊:"疥疮化脓——"

龙淑慎喊:"归学校去——"

霍藜没有回家,就回学校去了。

霍藜写啊写,写龙淑慎到学校来送衣被,霍于田骑自行车送霍藜回学校,路上的大太阳,近路上的茫茫大雪,管宿舍的大婶卖的五分钱一勺的豆腐羹,食堂的青菜汤……别人见缝插针地复习,霍藜见缝插针地写。夜自修结束,教室熄灯了,学生点起蜡烛继续用功,蜡烛也熄灭了,就留下霍藜的一盏。霍藜还在写,写啊写。

东方昆说:"什么时候了?没时间的。"

霍藜说:"我怕万一考不上中专。写就不会怕。"

东方昆说:"我自己看过很多书,但是我的文章是写不好的,写文章要比看书难,不是什么人都能写文章。文章写得好的学生都不是老师教出来的,写文章不是老师教得会的,它是你的天赋,也是你的才华,你就是为写文章而生的。我们农民的孩子,没有办法,只能先跳出农门。你还怕考不上中专?考中专对你是可惜了。人要有自知之明。自知之明是要一个人既不妄自尊大,也不妄自菲薄,在任何时候都保持镇定,这是一个人活在世界上的总纲,也是一个人最基本的认识论。我知道你听得懂,才对你说这些话。"霍黎要风得风,要雨得雨,不久也就会考上中专。

/ 眷恋 /

4

在关晨风出生以前,关子昌和单实秀肯定也有过自己的生活,有过年少的时候,有过年轻的时候,有过轻快的时候,有过对父亲母亲的依恋,有过对未来生活的憧憬。在关晨风出生以后,关子昌和单实秀就再也没有自己的生活了,他们把父亲母亲赋予的生命,有过的生活,生活的全部甜蜜与希望,生命的全部意义,一切,都献给了关晨风,仿佛关晨风就是关子昌和单实秀的生命的总和。

可是。

这一切。

关晨风都不懂。

关晨风以为关子昌生来就是自己看到的模样:

——清癯,严肃,逆来顺受。

关子昌原来是大羊小学的民办老师,单实秀生了关晨风没有坐完月子就去拔秧,结果手脚麻木,连针线也拿不起来,以后手臂和小腿总是一层层冒汗,热的天这样,冷的天也这样,关子昌就要更多地到田畈做生活,教办来学校检查还在田畈,被开除了。单实秀说:"都是我没用。"关子昌说:"这样不会误人子弟。"关子昌以后就种西瓜。西瓜不难种,爬蔓的时候用氨水,开花以后施尿素,西瓜就能长得又脆又甜,种起来却不容易。一年,开花了,连续雨水,长不出西瓜。一年,西瓜已经有拳头那么大,连续雨水,淹死了。一年,西瓜已经有皮球那么大,偷走了。虽然如此,只要卖了西瓜,关子昌就会带单实秀去看医生,卖西瓜的钱都花完了,还是没有用,医生都说:"不知道是什么病。"单实秀说:"不要再看了。"关子昌说:"总会看到好的医生的。"关子昌继续种西瓜,继续带单实秀看医生,继续说:"总会看到好的医生的。"

关晨风也以为单实秀生来就是自己看到的模样:

——手臂是皱的,小腿是皱的,整个人都是皱的。

单实秀以后没有再生过孩子。单实秀却要比大羊村所有生了更多孩子的女人都要迅速地衰老。单实秀切洋芋,切藕,两只手握着菜刀切,切不细,切不薄,只能切成块,还要很慢很慢地切。单实秀烧洋芋块,烧藕块。单实秀洗脸,搽雪花膏,看到手背烂了一块,以为受伤了,其实是烫伤了,单实秀不知道是怎么烫伤的,也不知道痛,已经不知道痛。关子昌又带单实秀去看医生,医生还是说:"不知道是什么病。"关晨风去上学,单实秀站在家门口送,关晨风放学回家,单实秀站在家门口接,单实秀就像是嵌在家门口的,单实秀其实是依赖关晨风。

关晨风从来没有见过关晨风出生以前的关子昌和单实秀，关子昌和单实秀就连一张照片都没有，没有任何东西记录过关子昌和单实秀的任何痕迹，关子昌和单实秀就像是没有痕迹的人。其实，关晨风就是关子昌和单实秀留给这个世界的仅有的痕迹。

可是。

这一切。

关晨风也不懂。

关晨风似乎生来就陷入了惊人的青春期。关晨风喜欢看杀猪、杀羊、杀鸡、杀鸭、杀鹅，看多了，也会杀了。关晨风杀羊。羊在羊圈里，跪在地上，不肯起来，关晨风拉住羊角，把羊拉出羊圈。羊的眼睛湿润，好像在流泪，关晨风用一块黑布，把羊的眼睛蒙起来，羊什么都看不见就温顺了。关晨风抱起温顺的羊，用手捂住羊的嘴，把刀迅速戳进羊脑喷出羊血，羊的身体软了，羊死了，没有令人伤心的嘶叫，没有痛苦。关晨风在滚烫的水里加两勺冷水，褪羊毛，开膛，剖肚，取出羊的两个胃，羊心，羊肺，羊肚，羊肠，一件一件清洗。羊肠用针尖戳着黄豆慢慢地推，不仅干净，而且完好无损。关晨风的手法就像外科医生一样精准、娴熟，甚至完美。

关晨风看杀猪，被人挡住。关晨风说："去死吧——"然后就打,把人的脸打肿了。看杀羊,羊的眼睛湿润,好像在流泪,看的人在笑。关晨风说:"去死吧——"然后也打,也把人的脸打肿了。看杀鸡,一起看的人被打了。关晨风说:"去死吧——"然后又打,又把人的脸打肿了。关子昌就要打关晨风,关晨风就跑,猎豹一样风驰电掣,关子昌就从来没有追上过。关子昌只有不断地向人赔礼,说:"子不教,父之过。"

而关晨风的青春期是漫长的,几乎终生都没有度过。

　　李淇岸的床铺靠着关晨风的床铺。李淇岸就是为了考上中专留级的,只知道拼死用功,寝室里轮流扫地,轮到李淇岸都不扫,关晨风说:"去死吧——"然后就打李淇岸,把李淇岸的脸打肿了。李淇岸也单报了中专以后,更加拼死用功,回到寝室还在床铺上点起蜡烛用功,关晨风不能睡觉。关晨风把门的插销插上,不让李淇岸回寝室。李淇岸只能到别的寝室借宿。李淇岸没有准备忍让,用一把锁把寝室的门从外面锁住。第二天,关晨风和同学都锁在寝室里。东方昆拿着一本书,一圈一圈地走,李淇岸不去开门。东方昆走到李淇岸的座位边上停下来看书,停很久,李淇岸也不去开门。东方昆说:"还不去开门。"李淇岸才把门打开了。关晨风说:"去死吧——"然后又打李淇岸,又把李淇岸的脸打肿了。

　　关子昌赶到学校来。关子昌穿着破烂的解放鞋,一只裤脚高,一只裤脚低。关子昌向东方昆赔礼,说:"子不教,父之过。"东方昆也不批评,只是说关晨风这个人很聪明,很少有人比他更聪明,但是一个人只有聪明是没有用的。

"我也是来要他单报中专的。"

"常县这么小的地方,像我这样的老师有几个?关晨风这个人要是别人看也就是块泥土,只有我能看出来这就是块玉。关晨风要是考中专是可惜了。做父母的都是为儿女,要看得长远一些,不要只看到眼前。"

"负担不起。总要户口先出去。再读三年,还不知道会怎么样。"

"我们农民的孩子,都是没办法。"

"也不知道单报中专有没有把握?"

"考中专都可惜了,还怕没把握?"

东方昆对关晨风说:"你要是用功读书,不会比李淇岸差。李淇岸都单报中专了,你怎么没有报?你现在这个样子,怎么对得起父母?"

关子昌对关晨风说:"你如果不用功读书,怎么对得起老师?"

关晨风也单报了中专。东方昆让关晨风住到自己家里。东方昆独身,住在教工宿舍的一楼,一室一厅。水泥地,白墙。一张床,床头堆着书,几把椅子,一张桌子。后门的大院里有一片夹竹桃,几棵鹅掌楸,几棵石榴树,几棵香泡树,地上长满车前草、马兜铃、天南星、牛舌草,门口的两级台阶上有一盆葱,一盆大蒜,靠墙支着晾衣服的竹竿,两张方凳上放着一张米筛，米筛上晾着东方昆自己做的梅干菜。东方昆都到桥头的小菜场买抽薹的九头芥，摘下菜心洗干净，架在竹竿上晒软，等到摸上去凉了才仔仔细细地切碎，碎得像米粒一样均匀，不会大的大、小的小，又在酒瓮里压实腌渍，又放在锅里用渍水煮到乌黑，最后才晾在米筛上，直到晾得黑亮咸香。到了星期六，东方昆也会到桥头的小菜场买菜，要是没有回家的学生，常常能看到东方昆提着一块肉从学校门口走回来。东方昆做一次梅干菜蒸肉可以吃一个星期，关晨风天天都能吃到梅干菜蒸肉。东方昆说："做梅干菜也要花功夫，也只有我能做这样的梅干菜。一个人如果连吃都不会享受，不够做人的资格。"

要谢年了。家里贴上红红的春联。大门贴着对联：岁月更新人不老，江山依旧景长春。房门贴着斗方：国泰民安、万象更新。昏黑的窗栅、没有窗户的柴房、谷柜、米瓮贴着春条：春回大地、六畜兴旺、五谷丰登、年年有余。灶台贴着灶王对：上天奏善事，下界保平安。单实秀煮熟猪头。关子昌把八仙桌搬到院子里，摆茶、酒、年饭、馒头、条肉、鸡、鸭，再端上猪头摆在最中间，把蜡烛插在蜡台上。关子昌又端来脸盆，放进一条红鲤鱼。关子昌对关晨风说："古人说，侍奉父母，总以文章举业为主，人生世上，除了这件事，就没有第二件可以出头……只是有本事进了学，中了举人、进士，即刻就荣宗耀祖，这就是《孝经》上所说的'显亲扬名'，才是大孝。谢年的时候，鲤鱼要是跳出了脸盆，就是鲤鱼跳龙门。就能预兆你考上中专，跳出农门。你就能考出去了。大孝。"

敬香站拜以后，关子昌和关晨风一起放火炮。

"哧——啪——"

"哧——啪——"

鲤鱼似乎受到了火炮的惊吓，"啪——啪——"跳出了脸盆。

……

关晨风以为关子昌和单实秀是什么也打不倒的。一切，所有，都没有打倒关子昌和单实秀，关晨风就以为什么都不可能打倒关子昌和单实秀，关子昌和单实秀就是会永生永世地活下去。永生永世，家里会贴上红红的春联，单实秀会煮熟猪头，关子昌会和关晨风一起放火炮。永生永世。

5

孙苦叶到四十来岁才生了三个儿子，孙苦叶生了三个儿子李子充就死了，孙苦叶没有哭过。孙苦叶开辟自留山，种大豆，晒死了，种生姜，瘟掉了，孙苦叶也没有哭过。孙苦叶种桃，一年到头开沟、排水、喷农药、抹芽、摘心、拉枝开角、深翻、施肥、整枝，种活了，暴雨把桃子打烂了，大年桃子卖不掉烂了，一年到头的辛苦竹篮打水一场空，又要借债才能继续种桃，卖桃子的钱又还不够还债，孙苦叶也没有哭过。孙苦叶也从来没有停止过种桃，仿佛种桃对于孙苦叶已经就像吃饭、睡觉、呼吸，无论得失成败，无论竹篮打水一场空，都已经是生命的意义，已经必不可少，就像无怨无悔的西西弗斯。孙苦叶一生世都没有哭过，好像孙苦叶生来就是不会哭的，就是一个没有泪腺的人。孙苦叶不但不会哭，还总是笑嘻嘻的。要是有人问孙苦叶："生活煞光景？"孙苦叶都笑嘻嘻地说："真个好。"

孙苦叶坚持要三个儿子读书读出去，常常背书一样对三个儿子说：万般皆下品，唯有读书高。李淇水高复了几年，脸像纸一样白,身子也像纸一样单薄。李淇水要去挑水,孙苦叶说:"千万不去,你是要读书的人。"李淇梁到供销社偷香烟,被人打了,以后还要去偷,孙苦叶说:"千万不去,你是要读书的人。"李淇岸考上常县三中,孙苦叶拿不出钱交学费,李淇岸要去做小工,孙苦叶说:"千万不去,你是要读书的人。"高山脚村的人说,孙苦叶空佬佬的,想要三个儿子读书读出去,真是疯子。

李淇岸留级要交两百块钱,孙苦叶拿不出来。

"只有留级才能考上中专。"

"变不出钱来了。"

"去做小工。"

"千万别去,你是要读书的人。做小工哪有那么容易?"

"考不上中专还读什么书?"

"只有想办法变出钱来。"

李淇岸要回学校了,孙苦叶也没变出钱来。孙苦叶对李淇岸说:"三天以内,我如果到学校来了,就是变出钱来了,就能留级。"第一天。第二天。李淇岸在桥头望穿双眼,孙苦叶没来。孙苦叶去借债,都不肯借,都说原来借的债都没有还,怎么还好借债。第三天。贾百谷到供销社门口去卖羊。贾百谷是光棍,一只眼睛是瞎的。贾百谷只会养羊,羊生了羊,养大了,卖了,再生,再养。贾百谷住的泥土房是柴房,半间自己住,半间给羊住,和羊相依为命。贾百谷把卖羊的钱给了孙苦叶。"冬天出栏才能卖好价钱,现在卖可惜了。""羊可以再生。""煞对得住你?""羊可以再养。"李淇岸在桥头望穿双眼,孙苦叶来了。孙苦叶是走路来的,走过一条山垄,又一条山垄,不知多少山垄。孙苦叶的鞋底走掉了。孙苦叶却笑嘻嘻的,好像交给李淇岸的钱是很轻易变出来的。孙苦叶改嫁给了要比自己小十岁的贾百谷。高山脚村的人说,孙苦叶改嫁给小十岁的光棍,真是疯子。

一切。所有。孙苦叶都全盘接受,视而不见,都笑嘻嘻的,好像真的就是一个疯子。虽然如此。虽然如此。李淇岸对孙苦叶从不责怪、不满,而且顺从、怜爱,李淇岸还要让孙苦叶过上有脸面的生活。如果不是为了孙苦叶的脸面,李淇岸又为什么要考上中专?又为什么要奋斗?又为什么要为了奋斗去做无数的权衡?李淇岸全部人生的初衷,不过都是为了纵容孙苦叶,就像纵容一个小女孩。

韩有常承包茶叶山,会跟着收茶青的人到县城,会给韩贝锦和韩飞蓬买麦乳精,又买电子琴,高山脚村的人说:"只有城里的人才买得起。"韩有常就像一个英雄。王如英不用到田畈做生活,每天都把自己梳洗得干干净净,整整齐齐,又戴上金耳环,又戴上金戒指。韩有常从县城回来就会把钱交给王如英,王如英就要一张一张数过,然后藏在铁匣子里,说:"一点点钱只能当葱。没有人会嫌钱多的。"王如英就像渔夫和金鱼的故事里的老太婆,韩有常就像王如英的一个渔夫。

韩有常提着菜刀逼王如英离婚。

王如英说:"死也不离!"

韩有常提着菜刀逼王如英拿出钱来。

王如英说:"死也不拿!"

韩有常拿走了藏钱的铁匣子,没有离婚,就和别的女人走了,韩贝锦就像失去了一个英雄。王如英就像演戏一样装作要寻死。王如英说她是没脸面活了,她也养不活韩贝锦和韩飞蓬,她是活不下去了。韩贝锦拉住王如英,说:"你不要死,我以后会让你过上有脸面的生活。"韩贝锦以后就成了王如英的又一个渔夫。

暴雨。一群新孵的小鸡愣在墙脚下,墙倾斜,又裂开,裂缝越撕越大。韩贝锦和韩飞蓬拿尿素袋压在墙上,拿塑料布压在墙上,拿地簟压在墙上,墙还是倒了,小鸡压死了,家就像露天一样。韩有常原来准备要给家里盖房子,码在地基上的砖块一直原封不动,地基长满丛草,现在只有把房子盖起来。王如英说钱都被韩有常拿走了,她是拿不出钱来盖房子了。王如英哇哇地哭:"活不下去了——活不下去了——"韩贝锦和韩飞蓬一起包田割稻。韩飞蓬怯弱,说话轻声轻气,就像不希望引起任何事物注意的没人要的小狗,中暑了。韩贝锦给韩飞蓬抓痧,搓枫树嫩头给韩飞蓬嚼,韩飞蓬轻声轻气说:"一半都没有割完。割不完的。割不动了。"韩贝锦一个人割完,把割稻的钱给王如英。王如英说:"一点点钱只能当葱。"王如英拿出又一个藏钱的铁匣子,摘下金耳环金戒指也卖了钱,把钱都摔在地上,让韩贝锦一张一张捡起来,说:"人是不可靠的。钱比人可靠。一生世一点钱都藏不起来,还有什么可靠?"房子盖起来了,只有一层楼,没有刷过墙,没有装过窗门,没有做过地。王如英说钱都用来盖房子了,她是再也拿不出钱来了。王如英又哇哇地哭:"活不下去了——活不下去了——"

韩贝锦很早就接受了:人都是一样的,不会因为是亲人,是生身父母,就一定是这个世界上最无可挑剔的好人,他们和别的人没有什么两样,甚至更狠心。虽然如此。虽然如此。韩贝锦对王如英从不反抗,仿佛王如英虽然有昭然可见的可恨之处,却都无伤大体,韩贝锦还是要让王如英过上有脸面的生活。如果不是为了王如英的脸面,韩贝锦又为什么要主动地延续起了渔夫的命运?又为什么能够承受韩有常和王如英的狠心造成的破碎、黑暗、羞耻?又为什么可以天不怕地不怕地投身向以后的茫茫人生?韩贝锦全部人生的初衷,也不过都是为了纵容王如英,就像纵容一个小女孩。

东方昆很早就领悟了:俗世的感情和生活的琐屑只会对人洗劫、辜负、蹂躏,所造成的肉体与精神的消耗殆尽,是人间最大的苦难。东方昆不打算承受这样的苦难,从无反悔。东方昆过去不是没有收到过女学生的信,爱慕东方昆的信,但是没有像韩贝锦这样危险。韩贝锦穿的衣服都是自己改过的,都要比别人更合身，有时候披着蓬松的长发，有时候又把长发编成辫子甩在胸前，成熟，大胆，韩贝锦不仅极端地自信自己的漂亮，而且天不怕地不怕，从来不怕什么难为情，就像一个随时都会爆炸的危险的人。东方昆拿着一本书，一圈一圈地走，走到别的学生座位边上停下来看书，停很久。韩贝锦说："东方老师为什么不到我的边上来？"大家都笑。东方昆就走到韩贝锦的座位边上停下来看书，停很久。常常如此。

韩贝锦已经给东方昆写过几次信，东方昆都像没有收到过信。韩贝锦也单报了中专以后，又给东方昆写信，说如果考不上中专，不如一头撞死。韩贝锦不是会一头撞死的人，韩贝锦就是要东方昆不能再像没有收到过信。韩贝锦就是在危险地爆炸。东方昆买来几瓶五味子糖浆，交给韩贝锦，说："你还小，今后的路还很长，有些问题还不能真正理解。少年易老学难成，一寸光阴不可轻。人生真正关键的也就只有几步，你不能浪费时间，时间要用在刀刃上。你也要注意身体。如果有什么困难，我会帮助你。我比你的父亲年纪还要大，你就把我当父亲，父亲是亲人，你对我可以就像对亲人一样，今后也永远是这样。"东方昆没有说起韩贝锦写的信，没有让韩贝锦难为情，及时地平息了危险的爆炸。

高山脚村没有集市。从高山脚村到集市还要走过一条山垄，又一条山垄，不知多少山垄。高山脚村只有供销社。村里的人家已经在谢年。这边一户人家"嗙——啪——""嗙——啪——"那边一户人家"嗙——啪——""嗙——啪——"该来买过年衣服的，该来买拜年点心的，都已经来买过，供销社也要关门了。供销社旁边的两家铺子，一家卖猪肉的，一家卖卤牛肉的，也要收摊了。王如英和韩贝锦才来买点肉。王如英买了两块卤牛肉，切成薄片，用牛皮纸包起来，走了几步，打开来吃了几片，又包起来，拿回去还给卖卤牛肉的。

王如英说："短秤头的。"

卖卤牛肉的说："都已经吃过了。都过年了，再准点给你吧。"

已经没有多少猪肉可以挑了，王如英还是左挑右挑，终于挑好一块猪肉，说："少割一点。再少割一点。"

卖猪肉的说："再割就没了。"

王如英又说："短秤头的。再补些。"

卖猪肉的说："都过年了，再补点给你吧。"

孙苦叶和李淇岸也才来买点肉。暴雨打烂桃子，孙苦叶一担一担地挑去喂猪，喂猪也来不及，又一担一担地挑去白白地倒掉，孙苦叶一年到头的辛苦又是竹篮打水一场空，到过年了才不得不来买点肉。

卖猪肉的说："今年啥光景？"

孙苦叶笑嘻嘻地说："真个好。"

卖卤牛肉的说："今年啥光景？"

孙苦叶笑嘻嘻地说："真个好。"

……

王如英说孙苦叶:"真是活佛像。"

孙苦叶说王如英:"真是活佛像。"

王如英和孙苦叶相看两厌。韩贝锦笑了。李淇岸笑了。韩贝锦和李淇岸都笑了。韩贝锦对王如英的纵容和李淇岸对孙苦叶的纵容是相似的。韩贝锦理解李淇岸怎么笑了,李淇岸理解韩贝锦怎么笑了,韩贝锦和李淇岸相互理解。韩贝锦又会喜欢李淇岸。韩贝锦会做梦,在梦里韩有常回来了,韩贝锦的心里其实抓着一根稻草,韩有常会回来的稻草,那是韩贝锦不死的英雄的梦。韩贝锦因为失去了一个英雄,就想找回一个英雄。不久以前东方昆还是韩贝锦的英雄,韩贝锦很快又会有新的英雄。

6

猪,也许并不像人想的那么笨。人统治地球还没有一万年,猪在地球上的历史却已经有几千万年,猪能够理解的也许要比人更多。它们知道人都要养猪,一个家里有人又有猪,人给猪吃、吃、吃,猪又给人吃、吃、吃,才能兴旺。它们知道活着的代价,生死的意义,才缄默地接受人的驯化、豢养,任人宰割,听天由命。但是芦琼玖不是猪,芦琼玖不会像猪一样听天由命。老三老四要到大羊初中读书了,芦琼玖又逼胡炎火。芦琼玖说:"大羊初中没有一个读书读出去,给老三老四买出去读书,说不定就开窍了。"胡炎火说:"会读书就会读书,不会读书就不会读书,没用的。"芦琼玖又要和胡炎火打起来,胡炎火只有把老三老四也买到了常县三中去读书。为了老三老四买出去读书,芦琼玖又多养了几头猪。为了又多养了的几头猪,芦琼玖又开始做豆腐。夜里,芦琼玖择豆,去豆壳,筛净,浸泡。天没亮,芦琼玖扳开豆腐机的电闸"轰轰轰——"地磨豆浆,滤浆,烧浆,撇去浮沫,点卤,包布,加压。天亮了,等人来换豆腐。换豆腐的豆再用来做豆腐。豆腐渣都用来喂猪。猪有了豆腐渣吃，吃，吃，就大得快，就能早点杀，就又可以多养几头猪。对于又多养了几头猪，芦琼玖还是逆来顺受，而且使出浑身解数。胡炎火却说芦琼玖是在做梦。芦琼玖也确实就像胡炎火说的是在做梦。

老三老四还是不会读书。

夜自修。

肃静。

老三大声唱：

我是一匹来自北方的狼，

走在无垠的旷野中，

……

老四大声唱：

凄厉的北风吹过，

漫漫的黄沙掠过，

……

老师让老三老四认真检讨。老三老四不认真。老师说："不会读书。也不想读书。何苦买进来读书？"老师以后就不管老三老四。老三老四就不肯读书了。芦琼玖哀求老三老四，说："就算替我读书。"老三老四说："死也不读书了。"老三老四就去打矿。芦琼玖流眼泪，胡炎火也不安慰芦琼玖。

"读不起就读不起。"

"你早就巴不得老三老四也去打矿。"

"不是只有读书一条路，长大了都会有自己的活路，都会有自己的活法，怎么样都是活。"

"那你还教什么书？"

芦琼玖又和胡炎火打起来，又像老鹰逮住小鸡一样，把胡炎火摁在八仙桌底下，胡炎火终于从八仙桌底下爬起来，从鼻孔里出气，说："读书是要天资的——"芦琼玖骂："恨不死的——杀他的心都有——"

矿洞塌方。老四挖出来了，老三活埋死了。黍村的人聚集到码头上。煞好噢。煞好噢。芦琼玖眼泪都流干了。芦琼玖还是又多养几头猪，还是做豆腐，还是逆来顺受，而且使尽浑身解数。就像从来没有过也要自己这份人家读书读出去的心气。就像从来没有生养过老三。芦琼玖的心气就像跟着老三一起活埋死了，死不复生，做梦一样。胡炎火安慰过芦琼玖，说："每个人都想望子成龙，望女成凤，哪里有那么多龙凤？"以后，胡炎火还是在自己的轨道上运行，芦琼玖也还是在自己的轨道上运行，一如既往，一过再过。以后，芦琼玖不做梦了。

霍藜被师范录取了。夜里，酒席才散了。橘黄的灯光下，龙淑慎和芦琼玖一起清点红纸包，二十块的，十块的，八块的，五块的……龙淑慎都在簿子上一份一份记下来。嫁女儿，娶新妇，生孩子，送葬，上梁，过生日，端午节，七月半，八月半，所有的往来，龙淑慎都要一份一份记在簿子上，以后都要还人情。生活永远不会让人轻松,永远会有层出不穷的问题,鸡零狗碎,柴米油盐,阴晴圆缺,生老病死,福祸相依,永远不可能让人一劳永逸,永远不能掉以轻心。龙淑慎还有未尽的雄心,还要霍韭和霍葵也读书读出去,不要当农民。龙淑慎不仅不会掉以轻心,还会更加不辞劳苦,坚不可摧。

芦琼玖却突然说。

为什么要读师范?

当老师最不好了。

为什么要读师范?

炙热。暴晒。大街路上原来没有树,种了梧桐树,树还小,树荫还很单薄。两个卖磁带的店都像晒蔫了,都关了震耳欲聋的音响,都寂静。骑自行车的人戴着草帽,走路的人戴着草帽,有的走进一个纽扣店把草帽摘下来挂在汗津津的脖子上,有的在凉荫的地方用草帽扇点风。霍藜和韩贝锦也戴着草帽,一起去招生办填志愿。一起到百货公司走了一圈,看发夹,看纽扣,看凉鞋,看开司米,就是看看,门口的大冰柜有白底红花的纸包着的棒冰,买了两根草莓棒冰,霍藜嚼一根,韩贝锦嚼一根。嚼完了再买了两根奶油棒冰,霍藜再嚼一根,韩贝锦再嚼一根。

霍藜说:"我只想读师范。"

韩贝锦说:"你填什么我就填什么。你到哪里我就到哪里。"

除了农民,霍藜见识最多的只有老师,只有老师是霍藜心目中最有体面的人,只有读师范才是霍藜能有的最远大也最浪漫的见识。韩贝锦和霍藜一起遐想:读师范以后就可以再也不用死用功地读书,就可以无忧无虑地睡懒觉,就可以去电影院看电影,就可以去逛公园,就可以去荡街路,就可以买在学校小卖部每次看到都舍不得买的桃酥,买很多很多的吃不完的桃酥,就可以过上有脸面的生活……东方昆也戴着草帽去招生办,看见霍藜和韩贝锦,说:"准备填什么志愿?"霍藜和韩贝锦嚼着棒冰说:"师范。"东方昆说:"女孩子在街路上嚼棒冰,真不文雅。"霍藜和韩贝锦哈哈大笑。霍藜和韩贝锦都毫不迟疑地填了师范。

几只鹅在稻垄地里鸹谷。一头牛在田埂上"扑哧——扑哧——"拉牛粪。田埂上有人背着稻栅,有人挑着竹篓。太阳完全地越过了山头,火辣辣的阳光顿时无遮无拦地照射,稻田里的露水迅速地蒸腾,青蛙、螳螂、跳虫也迅速地活跃起来,蹿到腿上、胳膊上、脖子上、脸上。关晨风在"嚓嚓嚓"地割稻。关子昌在稻栅前"嘭——嘭——"地打稻谷。单实秀来送茶,提着茶壶,低着头,从一条田埂到又一条田埂都低着头。

单实秀看着自己在向前走,却感觉自己是在横着走,就像螃蟹一样,一双脚也像喝醉酒一样轻飘飘。单实秀只有低头看着田埂走路,不能抬头。

"怎么低着头走路?"

"好像在横着走路。"

"不是直的吗?"

"就像螃蟹一样。只能看着路走。"

"又要去看医生了。"

"不要再看了。"

单实秀催促,关子昌和关晨风才连忙赶去填志愿。关子昌趿着拖鞋,一只裤脚高,一只裤脚低,腿上还有泥巴,草帽的帽檐已经破了。关晨风趿着拖鞋,草帽上还有几粒稻谷。关晨风不知道填什么志愿,不知道填志愿意味什么。关子昌说:"天地君亲师。教育人家子弟读书,是一日为师,终身为父,不用去得罪人,人家还要感谢你一辈子。读师范吧。当老师最好了。"关晨风就填了师范。

又是大年。桃子沉甸甸地压满枝头,枝头都压断了。来不及摘。也卖不掉。又烂掉。又一担一担地挑去喂猪,喂猪也来不及,又一担一担地挑去白白地倒掉。又是竹篮打水一场空。李淇岸没有上中专录取分数线,相差一分。孙苦叶说:"煞好?煞好?不能不读书。"孙苦叶和李淇岸拣出最好的桃子,走过一条山垄,又一条山垄,不知多少条山垄,赶来找东方昆。

"万般皆下品,唯有读书高。不能不读书。"

"师范有降分录取的定向生,但是要交钱。"

"只要能读书。"

"只有师范,要考虑好。"

"只要能读书。"

东方昆给李淇岸要了师范定向生的名额,但是要交三千块钱。孙苦叶把家里的粮食全卖了,把家里的羊全卖了,把能借债的地方也全借了,还是不够。孙苦叶说:"煞好?煞好?不能不读书。"东方昆说:"不够的钱到我这里拿。"东方昆拿的钱不知能买多少桃子。李淇岸也就填了师范,只能填师范。

常县三中给考上中专的学生合照。霍藜穿着浅粉色的衬衫,剪着齐眉齐耳的童发,落落大方,素净,微笑。韩贝锦穿着自己改过的大红的套裙,胸前甩着又粗又长的辫子,一只手搂着霍藜的肩膀,恣意地侧着脸,大笑。关晨风穿着白衬衫,任性地敞开几颗纽扣,清俊,骄傲,没有笑。李淇岸也穿着白衬衫,站得笔挺,瘦削,英俊,也没有笑。一共四个班级的十四个学生。东方昆班里有九个。

学校要东方昆介绍经验。

东方昆说。

一心一意放在学校。

一心一意放在课堂。

教育就这点事。

又不复杂。

学校要给东方昆发钱。学校第一次要给老师发钱奖励，东方昆不要钱。钱是禁忌：每天穿着熨烫得整整齐齐的西装的老师，会弹吉他的老师，会带学生到常江畔的森林写生的老师，瘦瘦的老师，胖胖的老师，说话爱卷舌头的老师，会中医的老师，留着小胡子的老师，戴着茶色眼镜的老师，穿着米色风衣的老师，上课从来不会笑的老师，自己刻蜡纸加印练习给学生补课的老师，补课的时候女朋友在楼下喊打羽毛球就当没有听见的老师，所有的老师，都不会无缘无故地谈论钱，仿佛谈论钱对于灵魂、品质、真、善、美都是一种贬损，不论是工作，还是一个人，用钱来衡量，更是禁忌。东方昆不能要钱，东方昆的生活也没有什么需要用很多钱，东方昆也不需要钱。东方昆不要钱，但是很得意。东方昆说："这些考上中专的学生都应该是读大学的。不是所有的老师教一辈子的书都能够遇到自己得意的学生，这些都是我最得意的学生。"

梦，是人袒露的心。梦的光辉要比日光还灿烂。梦总是有意义的。也许梦是从来都不会错的，只是现实中的世界总是难以长成为梦的样子。一个人要是不做梦了，也就是对现实完全地失望了。芦琼玖也是完全地失望了,才不做梦了。

芦琼玖才突然说。

为什么要读师范?

当老师最不好了。

/ 眷恋 /

7

丘城，是一座能加剧人饥饿的城市。丘城师范学校的食堂有整盆整盆的番茄炒蛋、茭白炒肉片、芹菜炒肉丝、红烧大排、红烧鱼块、木耳炒鸡块，有整筐整筐的大包子、大馒头，夜自修下课的时候，学校门口的小卖部又有整炉整炉的葱饼。如果要到丘城公园，就要从学校门口向右转，走下很长的上坡，两旁都是低矮的平房，路边的树枝低垂在房顶上，一个又矮又胖的老奶奶在卖油煎萝卜丝墩，一个沉默的老爷爷在卖油煎臭豆腐，再向右转，有一家酥饼店，大的酥饼有茶杯口那么大，小的酥饼比蛋黄大不了多少，撒着黑芝麻的是辣的，撒着白芝麻的是不辣的，都像蟹壳一样金黄油润，还热的时候酥松，冷了以后脆香，快要到鼓楼的地方，又有一家酥饼店。要是到新华书店，就要从学校门口向左转，走过一段深巷，一排高高的围墙，拐弯上坡的地方有一家小饭馆，能闻到炒菜的浓香，下坡有很多摊铺，有现做宫廷桃酥的，现做鸡蛋糕的，现做蛋卷的，有卖夹心饼干、冬芙蓉糕、麻酥糖、油金枣、沙琪玛、山楂片的，有卖苹果、香蕉的，有卖菜的，有一家杂货店，店老板笑呵呵地忙个不停，好像跟谁都很熟悉。过了十字路口,又上坡,又有饺子店、小笼包店、福建羹店、砂锅煲店,烧开的砂锅扑哧扑哧地冒着热气,又下坡,又有小饭馆,能闻到滚烫的烂松菜豆腐的浓香。再过了十字路口,向右拐弯的大街上有夜排档……无论哪个方向,无论哪里,到处,如果吃得不够饱,都会让人感到饥饿。而李淇岸和关晨风经常都是吃不饱的。

"一顿早饭就能吃几个包子馒头。"

"中饭晚饭都是八两一斤的米饭。"

"一个月只有三十斤饭票,哪里够吃?"

"只吃到半饱,买最便宜的菜,也就能撑半个月。"

"家里说读师范不要钱,还有补助,一块钱都没有给我,我连回家买车票的钱都没有。"

"家里刚刚给我送来几十斤米,骑自行车,骑六十多里路送来,还骑错了方向,多骑了五十多里路。"

"吃不饱。"

"吃不饱。"

"饿。"

"饿。"

李淇岸和关晨风现在亲如兄弟,就像关晨风过去没有打过李淇岸,就像关晨风过去打过李淇岸反而彼此亲厚了。饥饿,也成了关晨风和李淇岸现在共同的困难。

音乐课。学生齐唱：

1=C 1 2 3- | 3 4 5 - | 5 6 5 4 | 3 2 1 - ‖

　　miyiya　　miyiya　　miyiyaha　　hahaha

老师也是班主任，严肃，时刻注意形体、站姿，就像一只苛刻的大天鹅，皱着眉头打断，说："你们都从农村来，都没有经过练习，都是白声，真难听。"老师让学生一个一个站起来唱一段歌，又一个一个坐在琴凳上弹几个音。老师说，这个素质不错，这个素质还行。学校传统的歌咏比赛人人都要参加，老师把素质不错的还行的分成高声部和低声部，其他学生按高矮分到声部里，指定韩贝锦领唱，李淇岸伴奏，关晨风指挥。老师又说："你们以后都要回到农村去，一个学校可能就只有你一个老师，什么课都要会教，也要会教音乐，学校课桌椅坏了，门窗坏了，都要自己修理。一个师范生就可以办一个小学。你们必须注重音乐、体育、美术、普通话、三笔字这些素质，必须学好基本功……"学生恍然大悟，原来师范重视的是素质和基本功，从此为之神魂颠倒。

银杏树在风中静默。树叶一半已经黄了，一半就要黄了。一只鸟飞过来，又一只鸟飞过来。有人在把"四"读成"十"，"船"读成"床"，"梨"读成"泥"，"时间"读成"石阶"。有人在几十上百遍地练习一笔斜点一笔悬针竖。有人在为一个茶杯的素描发愁。有人坐在琴房里举着手不知所措。有人在费尽心机地寻找舌根抵住软腭气流从鼻腔流出声带颤动的感觉。有人在模仿打哈欠练习发声，仿佛受惊似的

"啊——啊——啊——"不停。有人在用湿毛巾捏过粉笔头小心翼翼地写下一个字。有人在为一个笔画的提按举棋不定。有人在为一句绕口令坐立不安。韩贝锦在听音乐。戴着新买的随身听。坐着也听，站着也听，走路也听。反复听：雪皑皑，夜茫茫，高原寒，炊断粮……李淇岸在琴房练琴。李淇岸只要有时间的罅隙都在琴房练琴，没有不在琴房练琴的。李淇岸只穿校服，除了校服就没有别的衣服，只能穿校服。只能穿校服的李淇岸在练琴的时候就像纳西索斯一样迷人。韩贝锦第一次看到李淇岸练琴就陷入了等待，等待，等待，就像等待倒映在水中的水仙。韩贝锦又来找李淇岸排练。李淇岸伴奏，韩贝锦独唱：

雪皑皑

夜茫茫

高原寒

炊断粮

……

一遍。

一遍。

夜自修快要下课，琴房也快要关门。韩贝锦到小卖部买了两个刚刚出炉的撒着稀疏的黑芝麻的一口咬下去又烫又香的葱饼，两个都给李淇岸。李淇岸晚饭只吃了半饱，已经很饿。韩贝锦大笑，李淇岸也笑。韩贝锦理解李淇岸怎么笑了。李淇岸理解韩贝锦怎么笑了。韩贝锦和李淇岸相互理解。李淇岸说：

"我连一块钱都没有。"韩贝锦说:"我的生活费都节省下来买了随身听,还要节省下来买磁带。饭票都有多余,以后都给你。"韩贝锦把用牛皮筋扎得整整齐齐的一沓饭票交给李淇岸。一沓饭票不止是饭票,它是微薄的,轻如鸿毛,它又重如泰山,它是纯洁,是憧憬,是渴望,是韩贝锦从此不顾一切地踏上了找回英雄的征途,不惜颠沛狂奔,不惜危险地爆炸,几乎粉身碎骨。

清早。大家不仅要到操场上晨跑,还要到校门口跑上坡,从坡底一口气跑到坡顶,跑很多趟。关晨风最喜欢跑步,是全校跑得最快的,就像猎豹一样风驰电掣,只有自己才能破自己的纪录。关晨风陪霍藜跑上坡,霍藜跑不动了,左脚跟腱刺痛,走路都刺痛。校医说:"是跟腱炎。不要再跑步。到医院挂青霉素。"关晨风借来自行车带霍藜去医院。自行车经过深巷,高高的围墙。拐弯。上坡。下坡。再拐弯。又上坡。又下坡。

"跑步最可怕。"

"跑步的时候不只是在跑步。跑步的时候最自由。可以什么都想。可以什么都不想。猎豹、羚羊、斑马都只有在奔跑的时候才最舒展、优美、充满诗意、无拘无束。人也只有在奔跑的时候才最自由。"

"音乐课也可怕。"

"声音都是有意义的。骑自行车的声音,走路的声音,跑步的声音，写字的声音，翻书的声音，擦黑板的声音，打开毛边纸的声音，前面那个人喊人的声音，刚才经过的小饭馆炒菜的声音，风的声音，你看那片树叶落下来的声音，阳光洒在树叶上的声音，没有声音的声音，都是有意义的。音乐就是凝结了声音的意义，它就像古诗，很难翻译，也很难讨论。有的人会唱歌，会跳舞，会弹琴，但是不懂声音的意义。你是会写文章的人，你写到了很多声音的意义，你比很多人更懂音乐。"

"你为什么不把这些写下来？"

"我最怕写文章。"

"你可以多看书。"

"我也最怕看书。"

从医院回到学校。传达室有霍藜的两封信。一封是霍藜的文章发表了，一封是霍藜的文章获奖了。霍藜写了文章以后都交给关晨风抄写，抄写以后按照报纸上杂志上征文启事的地址邮寄出去，有的会发表，有的会获奖。霍藜说："还是去抄写文章吧。"关晨风说："我都舍命陪君子。"同学说："老大，打球去。""老大，出黑板报去。""老大，看录像去。"关晨风都不去，就在抄写文章，抄写在淡绿色的方格稿纸上。一字一句，一段一段，一个标点都不会涂改。关晨风的字有晋人的风骨，清俊，骄傲。字如其人。

"葳蕤。这两个字怎么读？"

"wēiruí。"

"氤氲。这两个字又怎么读?"

"yīnyūn。"

"泥淖。这个字又怎么读?"

"nào。"

"这些词语我看都没看到过。"

"你就是看书太少了。你怎么就不肯去看书呢?"

霍藜把用牛皮筋扎得整整齐齐的一叠饭票交给关晨风。一沓饭票不止是饭票,它是彼此的信赖、欣赏、爱惜,是无论假以时日身在何方光阴荏苒都依然可以莫逆知心肝胆相照的彼此的爱慕。

丘城,也是一座有火车的城市。火车站白天拥挤,晚上拥挤,什么时候都拥挤。拥挤的人拥挤在候车室,过道上,走廊上,墙脚下,水池边,厕所边,台阶上,广场上。有的疲倦地站着,无奈地靠着,茫然地坐着,麻木地蹲着,有的蜷缩着,躺着,有的扛着箱子,拖着麻袋,用扁担挑着蛇皮袋,有的背着棉被,抱着包裹。火车是绿色的。天桥是黑灰色的。交错的铁轨是铅灰色的,不知道从哪里开始,也不知道到哪里结束。火车从天桥下"轰隆——轰隆——"开过来,又从天桥下"轰隆——轰隆——"开走了。不知道从哪里来的拥挤的人不知道到哪里去了,又有不知道从哪里来的人拥挤的人来了。火车"呜——呜——"地长鸣,就像在悲泣,一团团的蒸汽就像浓雾，就像模糊了的眼泪。龙淑慎和霍藜都已经走到了广场上，都已经看到了售票处。拥挤的人拥挤过来又拥挤过去。一家旅店门口站着一个把头发盘得很高的女人。一家寄存店的老板在呵斥一个疯疯癫癫的流浪汉。一个披头散发的女人拖着一个孩子焦急地叫："火车就要开走了，让一让，让一让。"售票处排着黑压压的长队。

"去不去呢？"

"你说去不去呢？"

"……"

"……"

"还是不去吧。"

"那就不去吧。"

霍藜的文章又获奖了，又是最高奖。霍藜第一次获最高奖，可以去参加不用自己出钱的领奖的夏令营，但是获奖通知寄到学校的时候，已经放暑假，霍藜没有收到。霍藜又一次获最高奖，学校的橱窗里张贴着大红的喜报，为了喜报上应该写谁是指导老师，校长亲自请霍藜到校长室耐心了解，霍藜也没有去领奖。龙淑慎说这次一定要去了。龙淑慎都已经带着霍藜到火车站来了，走走又停下来问，去不去呢？霍藜说你说去不去呢？龙淑慎说去吧。霍藜说你说去就去。要是去要坐火车，来回都要坐火车，要住宿，要吃，不知道得多少钱，不是买一件两件滑雪衣的钱，要卖很多火炮的钱，不是做火炮要半来年做的钱，可以用来办很多事情的钱。龙淑慎来都已经来了，还是走走停停,停停走走,还是不敢去。霍藜就还是没有去。龙淑慎都已经看到火车了,可还是没有去坐火车,就回去了。龙淑慎以后想起来一次就对霍藜说一次:"领奖都没有给你去——"

8

韩贝锦要去参加市里的独唱比赛,精心地化妆,戴上假睫毛,涂上睫毛膏。歌咏比赛的时候,韩贝锦第一次精心地化妆,问李淇岸:"好看吗?"李淇岸说:"像天使。"韩贝锦现在又像天使一样到琴房找李淇岸。李淇岸疯狂地练琴,经常连晚饭也不吃,就在琴房练琴,韩贝锦说:"是不是连命也不要了?"李淇岸也置若罔闻,仿佛走火入魔。韩贝锦敲琴房的门,很久,门才开了。

"晚上就要比赛,再给我伴奏一次。"

"我还要练琴。"

"就一次。"

"不是说过不要再来找我了吗?"

"我把饭票放在你的抽屉里。我给你的信看到了吗?"

"你不要影响我。"

"再给我伴奏一次。"

"我还要练琴。"

"就一次。"

李淇岸伴奏。

韩贝锦独唱：

　　一座座青山紧相连

　　一朵朵白云绕山间

　　一片片梯田一层层绿

　　一阵阵歌声随风传

　　……

李淇岸说："我不能再回到农村去，我要争取保送上大学，至少也要留城，你不要再来找我，你不能影响我。"李淇岸就是疯狂地练琴，好像只要疯狂地练琴，就能保送上大学，就能留城。李淇岸就像无情的纳西索斯，无论韩贝锦一次次地把饭票放在抽屉里，把信放在抽屉里，旁若无人地跑到男寝室给李淇岸洗衣服洗被套，都置之不理。韩贝锦黯然地到礼堂去排练。礼堂在琴房的后面，走过一小段路，僻静，老旧，木头的屋梁，木头的柱子，木头的地板，舞台也是木头的，走上去"咚咚咚"地响。舞台的线路坏了，录音机没有声音，话筒没有声音。卫景福把线路修好了，说："现在可以唱了。"韩贝锦唱：

　　一座座青山紧相连

　　一朵朵白云绕山间

　　一片片梯田一层层绿

　　一阵阵歌声随风传

　　……

卫景福到教室里修灯管，换灯管，大家都说："就是帅，就像电影演员，可惜是电工。"卫景福在学校里修这个修那个，也从来没看见过比韩贝锦更漂亮的人，卫景福虽然是电工，还是喜欢上了韩贝锦。卫景福拉着卫大康和李舜华去大会堂看韩贝锦的比赛。大会堂在老地委大院的对面。卫景福指着韩贝锦说："就是她。"韩贝锦穿着大红的礼服，胸前甩着乌黑的辫子，戴着假睫毛，涂着睫毛膏，漂亮得令人畏惧。李舜华面无表情，说："这样的女人你也敢喜欢？你是要吃亏的。"卫大康一声不吭。卫大康和李舜华一前一后地走回大院的家里。卫大康是市教委副主任，个子不高，但是威严，就快要退休了。李舜华是小学老师，已经退休了，瘦高，干瘪，头发很短但是烫卷了，不像女人，更像男人，对谁都像指挥学生一样。

"这样的女人也敢喜欢。"

"你对谁满意过？你的眼里会有满意的人吗？"

"看看你儿子什么眼光。"

"儿子不是都听你的吗？不是都听你的儿子现在才这样吗？"

"你什么时候管过儿子？儿子现在这样都是我不好吗？"

"就是你管得太多了。"

"我不管谁管？"

"不要管太多。"

"……"

卫景福回来说:"反正就是她了。"卫景福从来不会反抗李舜华。第一次反抗。李舜华喋喋不休:"漂亮有什么用?能当饭吃吗?还没怎么样呢,就这样了。要是怎么样了还了得,你肯定是要吃亏的。"卫景福还是说:"反正就是她了。"李舜华又对卫大康喋喋不休:"我是管不了了,你自己管。"

杂货店里有烟,有酒,有雀巢咖啡。店老板笑呵呵地说:"买酒吗?四特酒、汾酒、洋河大曲都可以。买烟的话,红塔山、阿诗玛、牡丹都可以。"李淇岸窘迫地看来看去。李淇岸写信给东方昆说为了保送上大学或者留城需要两百块钱,东方昆汇来了两百块钱,李淇岸拿着两百块钱却窘迫地不知道该买什么好。

"是学生吧?是要毕业了吧?是要送礼吧?"

"不知道送什么。"

"是能上大学还是留城?"

"还不知道。"

"别说上大学,要是能留城,这点钱很快就能赚回来,不要舍不得。你们学校很多学生我都熟悉,像你这样到店里来的学生年年都有。"

"家里也没有钱。"

"读师范的学生有几个家庭条件好的,是不是?关键的时候也只有咬咬牙,是不是?那么多学生上大学能留城的有几个?一般的人想都不敢想,是不是?是年纪大的还是年纪轻的?一个就够了吗?"

李淇岸先买了两瓶四特酒和一盒雀巢咖啡。店老板好像和李淇岸已经很熟悉了,笑呵呵地说:"需要再来。听我的不会错。"

暮春。实习。在丘城实验小学。樱花谢了,枝叶有的褐红,有的紫红,依然有绰约的风致。游泳池的池水就像天空一样碧蓝。老教学楼只有两层楼,红墙,白窗,窗外绿树掩映,仿佛只有童话中才会有。低年级的学生在小操场爬竹竿,有十多根错落的竹竿,学生伶俐地爬上竿头又咻溜地滑下来,也有在爬云梯的,一个小男孩涨红了脸迟疑了很久终于从梯顶翻过去。一个班级在中操场上练习一分钟跳绳,快的飞快,慢的容易绊倒绳子,老是要停下来慢吞吞地整理绳子,彩绘的大象滑滑梯上画着一只欢乐的唐老鸭,跷跷板是果绿色的,都静悄悄的,一到下课就会被学前班的小朋友完全占据。大操场在旧城墙上,不仅开阔,而且有丰茂的树木草地,高年级的学生在跳大绳,迎面接力赛,跳高,跳远,有的摔到沙坑里,有的蹭破皮,有的流鼻血了,校医穿着白大褂,戴着老花镜,慈祥地笑,说不要紧不要紧。图书馆的桌子是矮矮的,椅子也是矮矮的,都是浅粉色的,一个端庄的女老师领着学生在安安静静地看书,一排排的书架整整齐齐,图书管理员在登记书目,打字员在"嗒嗒嗒"地打字。一个男老师在体育馆给学生排练合唱,头发花白,风度稳重,拉着手风琴,沉醉地伴奏。一个女老师在娓娓地上数学课,个子不高,穿着灰色的西装,一双矮跟的皮鞋,短头发,头发也已经花白。男老师和女老师都是特级教师,都和别的老师一样一辈子教学生,一辈子和学生在一起,如果没有人介绍就没有人会知道他们是特级教师,就是知道了也没有人会以为他们和别的老师有什么不一样。霍藜在音乐教室上音乐课,教唱:我们的祖国是花园,花园里花朵真鲜艳……指导老师很好脾气地说:"音乐课也上得像语文课。"

放学以后,深深的弄堂就像贵族一样从容安详。一群年轻人不紧不慢地走过去,有两个戴着眼镜,应该都是才毕业不久的大学生,穿着干干净净的皮鞋,斯文又很有礼貌的模样,不知道说了什么,在轻松地哗笑。两个报社的女记者骑着自行车,裙裾飞扬。一个雍容华贵的女人从一辆黑色的轿车上下来。一群背着书包的学生天真地说,新老师好,新老师再见。一个实习小组的同学连连叹气。

"我自己画画是最糟糕的,美术课都不知道是怎么上完的。"

"我最怕数学课,我只上了半节课就被叫下来了,指导老师说哪里这样上数学课,我还是不知道我哪里讲错了。"

"只有十分钟我就把一节课的内容都讲完了。"

"突然有别的老师来听课,我站在讲台上半天也说不出话。"

"我的笔顺都写错。"

"学生突然提出一个问题,我回答不出来。"

"嗓子已经喊哑了。"

"还有半个月实习就结束了,我这样以后教得了书吗?"

"听说以后都是需要你教什么就要教什么,不是你喜欢什么就可以教什么的。"

"以后也不知道会到哪里去?"

"不是从哪里来就回到哪里去吗?"

回到学校,传达室有一封霍藜的信,是东方昆的信。信上说星期六东方昆要到丘城,要霍藜务必和东方昆去见一个老同事。东方昆来了,说:"对于大多数的人能够毕业当个老师,以后再当个什么主任校长之类,人生也就算精彩了,但那不是你的精彩。对于大多数的女人动不动哭哭啼啼,计较柴米油盐,一辈子就这样糊里糊涂地度过了,但你不会是一般的小女子。再好的天赋和才华,如果没有好的条件和环境,也会被消磨。人生是消磨不起的。很多的人一辈子也就白白地消磨了。人要有自知之明才不会被消磨。你是要写文章的人,你应该保送上大学,至少也要留城。我虽然无权无势,还是要为你奔走相告。我过去和这个老同事也就是君子之交,他现在是副市长,我已经给他写过信。我自己一辈子不求人,只有为了学生才会去找找人。看到一个好的学生就像发现一件绝好的作品一样高兴,我一直记挂你,怎么也要想办法为你举荐。"

副市长住在老地委大院最里边一栋楼的一楼。家里除了普通的桌椅，没有其他的布置。副市长看起来很粗犷，但是亲切随和，仔细地看了霍藜获奖的证书和发表的文章，对霍藜说："来找我帮忙的人很多，我不是什么人都会帮的，但是我会帮你。"副市长也穿着布鞋，把东方昆和霍藜送到大院门口，又送到弄堂的拐弯。霍藜送东方昆到车站。东方昆叮嘱霍藜，说："什么叫师范？范就是模范，模范不是短时间就能成就的，你以后不管到了哪里，都要记住先做人再写文章。"上车以前，东方昆交给霍藜两百块钱，说："需要的时候该用就用。"车开走了。转了一个弯，又转了一个弯，就不见了。周围都是人，拖着大包小包，行色匆匆，每个人似乎都只是茫然地淹没在人群里，茫然地各奔东西。霍藜也是茫然的，茫然地挤出人群，茫然地走在路上，从来没有这样茫然。

教室。操场。寝室。每一扇窗户。每一个枝头。每一片树叶。每一缕空气。一切。都充满离别的苍茫。广播在播放：伤离别，离别虽然在眼前，说再见，再见不会太遥远……晚上，毕业聚餐。教室里的课桌全都拼起来，菜是食堂的师傅烧的，从来也没有过那么丰盛的菜，师傅还搬来啤酒，一箱又一箱。会喝酒的不会喝酒的都喝酒，有的哭了，有的又哭又笑。霍藜没有喝酒，拿着照相机给大家拍照片。何黄喝多了，脸红，眼睛也红，站在走廊上捂着脸哭，一个穿着红背心的男同学搭着何黄的肩膀咧着嘴笑，霍藜也拍下来。关晨风突然过来打了何荑，说："去死吧——"旁边的人也没有更多注意，只是说，老大喝多了，喝多了。何荑是班里唯一不是从农村来的同学，细眉细眼，虽然不好看，但是白皙，高挑，家就在丘城，家里就有钢琴，每天都能吃一个又大又红的苹果，是班里最优越的女同学。何荑拉住霍藜又是哭又是笑，说："你知道关晨风为什么打我吗？他说你才应该保送上大学，说我抢了你的名额。"霍藜没有保送上大学，但是留城了。韩贝锦也留城了，卫景福一定要卫大康让韩贝锦留城。李淇岸没有保送上大学，没有留城，李淇岸是定向生，只能无条件地从哪里来回到哪里去。韩贝锦也喝多了，抱着霍藜痛哭："别人都说我就是为了留城才和一个电工谈恋爱，只有你知道，我没有。我只喜欢李淇岸，我没有喜欢过别人……"韩贝锦比赛以后，拿到奖励的五十块钱，给自己买了一直都想买的磁带，给李淇岸买了一件米黄色的夹克，又买了一大袋宫廷桃酥，一大袋苹果，约李淇岸在公园见面，李淇岸始终也没有来，那天晚上韩贝锦也是这样抱着霍藜痛哭。也许喝了酒，就能放肆地哭，也许就是为了放肆地哭，才要喝酒，越喝越哭，越哭越喝，淋漓尽致。可是霍藜没有喝酒，霍藜以后也没有喝过酒，从来不喝酒，任何时候任何人都没有能让霍藜喝过酒，从来没有。

第二天，中午过后，同学陆陆续续都走了。李淇岸来找韩贝锦，说："我还可以喜欢你吗？"李淇岸帮韩贝锦整理箱子，箱子里有一窝小老鼠，李淇岸扔了小老鼠，说："你也只有由我来保护，以后都让我来保护你。"韩贝锦和李淇岸一起走了。雨终于停了,丘江满大水,浮桥完全淹没了。江水一直满到老城墙脚下。江水浑黄,两岸的房子都像被晕染过一样。江水拍到霍藜的凉鞋上。关晨风说,再陪你看一次满大水。

"你会分配到哪里去呢?"

"分配到哪里就到哪里去。就像蒲公英一样,吹到哪里就落到哪里去。"

"你还没有给我写毕业留言。"

"一直没有想好写什么。现在想好了。我就写:待到山花烂漫时,她在丛中笑。以后我还能为你做些什么呢?你以后要是写书,一定还是要我来给你抄写。"

两只江鸟在飞呀飞,一会儿飞高了,一会儿飞低了,一会儿飞近了,一会儿飞远了,高高低低,远远近近。它们是从哪儿飞来的?为什么要飞呀飞?它们是偶然才相遇的吗?它们会一直厮守吗?它们为什么不开口说话?它们是在用自己的语言说话吗?它们孤独吗?它们是不是只有飞呀飞才有活下去的意义?它们会飞到哪里去?关晨风问霍藜:"你会永远记住这两只飞鸟吗?不是别的飞鸟,就是现在在飞的那两只飞鸟。"霍藜说:"我会记住的。永远。"

9

从丘城实验小学走出弄堂,就是街路。街路边有一个炒面的排档,三轮车上架着一块平板,平板上摆着碗筷瓢盆,炉子靠近三轮车,两只水桶靠近炉子,旁边放着几张白色的塑料圆桌,都围着几张白色的塑料方凳,炒面的是姐姐,端面的是妹妹,姐姐和妹妹都有四十多岁,都是下岗工人,都烫过头发,一个来不及地炒面,一个来不及地端面。对面是一家银行,银行隔壁是一家卖电话机的窄窄的小店,柜台上有一个枣红色的公用电话,一个夹着公文包的男人已经打了很长时间的电话,一个脸色灰黄的男人在等着打电话。转弯就是丘城最繁华的地方。霍藜吃了一碗青椒肉丝炒面,韩贝锦吃了一碗青菜肉丝炒面,想吃炒面就能来吃的生活,对于霍藜和韩贝锦似乎不是真实的,但就是真实的。回学校。宿舍在游泳池更衣室的隔壁,原来是一间仓库,能看到中操场东边五层教工楼的一角。窗户左边的高低铺是霍藜的,右边的高低铺是韩贝锦的,下铺是床铺,上铺放杂物,窗户外面就是游泳池。床铺前各有一张书桌,书桌靠着书桌,书桌边上分别有一个木头方凳,一个淡绿色的电炒锅，一把红色的热水壶，一个烧水的热得快。韩贝锦在备课，霍藜也在备课。

"只有三个拼音，要上两个课时，要怎么上？"

"只有三个拼音，能上什么？一个课时都不到就上完了。"

"我备不下去。"

"我也备不下去。"

"我追着老教师问，还是不懂。"

"我没有问。"

"你是怕难为情吗？有什么好难为情。关键是问了也不懂。"

天黑了。游泳池，操场，教学楼，教室都是黑的。有人骑着自行车出去。有人骑着自行车回来。有人走路出去，又走路回来。没有人再出去，没有人再回来。教学楼的大门是锁着的。韩贝锦和霍藜从窗户爬进教室。从教室到办公室，打开老教师的办公桌的抽屉，拿出老教师的教案，跑到弄堂的另一头的路口，上坡，拐弯，文印店还没有关门，复印了两本。又从窗户爬进教室，到办公室，把备课本放回抽屉。霍藜抄教案，韩贝锦也抄教案。霍藜说："千万不要被发现。"韩贝锦说："我应当当音乐老师。我的语文也不好，我哪里会教语文？我的梦想是上大学学音乐，我要去考大学，我要去学音乐，我不可能就当语文老师。"

李淇岸分配回到高山小学。学校是祠堂，楼下是教室，楼上放着棺材，屋顶漏水，薄薄的楼板已经腐败，有的豁开了很大的破洞，可以看到棺材。学校离家里只有十几米路。家里只有两间泥土房，一间高一间低。高山脚村的人说："你不是已经考出去了吗？怎么又归来了。"命运仿佛改变过，又什么也没有改变。从高山脚村到县城一个星期只有一趟车，其实也不是车，是三轮卡，邮递员一个星期也只有来一次，李淇岸天天都在等邮递员，都在等韩贝锦的信，也在等给韩贝锦寄信，只有等信寄信还是李淇岸的慰藉。

韩贝锦回到高山脚村，坐轿车，是家长的轿车，家长还在车后厢塞了两箱苹果，两箱胡柚，两瓶椰岛鹿龟酒。家长说："哎呀呀，底盘刮伤了。"又说："韩老师是山沟沟飞出来的金凤凰。"高山脚村还没有轿车开到村里来过，高山脚村的人说："怎么当老师都能像当官一样？"王如英把苹果、胡柚、酒都藏起来。王如英把家里的大豆、玉米、芋头、番薯都藏起来，鸡蛋也一个个藏起来，霉了，烂了，臭了，也舍不得吃。韩贝锦说："东西藏起来不吃干什么？"王如英说："一生世什么事都会碰到，说不定什么时候就没吃的了。"韩贝锦读师范以后韩飞蓬就不读书了，就去做油漆，韩贝锦的生活费都是韩飞蓬寄的，韩飞蓬自己连辆自行车都舍不得买，韩贝锦给韩飞蓬两百块钱，说去买辆自行车。韩贝锦也给王如英两百块钱，王如英一张一张地数过，放在铁匣子里。韩贝锦背了一个宝蓝色的斜挎包，包里放着钱夹，钱夹里有一张李淇岸的照片，照片掉出来。高山脚村的人说，在县城的车站看到韩贝锦和李淇岸手拉着手，李淇岸的信都是韩贝锦寄来的，王如英都不相信，现在相信了。王如英和孙苦叶吵架。

"空佬佬的，也不想想自己哪里配得上？"

"我们至少不是电工。"

"真是活佛像。"

"真是活佛像。"

王如英对韩贝锦说："你就是找电工也可以，就是不能找李淇岸。"韩贝锦说："我只喜欢李淇岸。"王如英说："没良心的东西，把你养大了，翅膀硬了。"王如英哇哇地哭："活不下去了——活不下去了——"

星期六，早上。门把手上还是挂着一袋早餐：面包，牛奶，茶叶蛋，香蕉。是卫景福挂的。卫景福来看过韩贝锦。一次给韩贝锦买了一条藕色的连衣裙，但是太小了。一次给韩贝锦买了一个碎花的被套，说我看你还少个被套。一次给韩贝锦买了一床毛毯，说我看你也没有毯子。韩贝锦说："你不要再来看我，我说过多少次，我不会喜欢你的。"卫景福以后就只是天天给韩贝锦在门把手上挂一袋早餐。韩贝锦去倒痰盂。传达室的大爷在扫地，说："那个男的又给你送早餐来了。天天一大早就要给他开门，叫他不要再送了。"韩贝锦对霍藜说："他什么时候才会死心？"韩贝锦烧水，洗头，吹头发，披着蓬松的头发，戴上假睫毛，涂上睫毛膏，然后就像天使一样守在宿舍等李淇岸。李淇岸要坐三轮卡到县城，再坐车到丘城。

有时候三轮卡不通车，有时候错过一班车，有时候堵车，李淇岸就不知道什么时候才会到，韩贝锦都只有守在宿舍等李淇岸。

胡炎火突然来了。胡炎火来学习。别人为了转正想了很多办法，一个给胡炎火买了一双皮鞋一套西装，要胡炎火给他投票，转正以后又追着胡炎火要把买西装皮鞋的钱要回去，一个晚上开会说要转正了，有人连夜拿出一千块钱不知道给了谁，第二天文件下来就不是他了，最后就只有胡炎火没有转正了。芦琼玖说："会哭，会骗，会送礼的，都转正了。你也不想想办法。"胡炎火从鼻孔里出气，说："我绝对不会想办法。我教书又不比别人差，政府不会亏待我的。"不久，省里说民办教师任教都有几十年了，政府其实早就已经发给他们了合格证，要率先给民办教师全部转正。教办就通知胡炎火来学习，说："到丘城教育学院学习一个星期，就给你算高中学历，就给你转正，你多少运气。"胡炎火从鼻孔里出气，说："我说过政府不会亏待我的。"胡炎火就到丘城来了。胡炎火没有到过丘城，没有住过旅馆，先来找霍藜。

韩贝锦说："你们班不是有家长在市府招待所吗？你不是可以去找家长吗？"霍藜到传达室给家长打电话。传达室的大爷把锁住电话机的木头盒子打开，又锁起来。霍藜带着胡炎火到市府招待所。家长给胡炎火安排了一个房间，雪白的床单，雪白的被子，雪白的毛巾，有电话，有电视机，铺着地毯。胡炎火说："要多少钱哦？住不起的。"家长说："就是一个房间，哪里还要什么钱。"霍藜带着胡炎火到弄堂口上坡的小饭馆吃饭。

"还要你请吃饭。"

"已经是吃饭的时间。"

"我自己哪里会到饭馆吃饭，吃不起的。"

"想吃什么？"

"有肉就好。最好是辣的。"

霍藜叫了一盘辣炒鸡丁，一盘鱼香肉丝，一盘青椒肚片，一盘酸辣土豆丝，又叫了一瓶花雕酒。胡炎火以后提起来就说："都是当老师，怎么就这么不一样？一生世什么人没见过？见过多少人？这么多人里，我只相信霍藜。"

霍藜赶到车站，回到县城，已经是下午四点多了。关晨风在候车室等霍藜，从还不到中午一直等到下午。关晨风分配到高山初中。关晨风坐三轮卡到学校报到，自行车挂在三轮卡后面的铁杆上，经过一条山垄，又一条山垄，不知道多少条山垄。关晨风给霍藜写信：……学校在常县的最山里，在常县最高的山脚下。住的房间没有窗户，掀掉一些瓦片换成玻璃，采光才能好一些。没有电话。没有电视。有钱也没有地方用，吃的菜是自己种的。星期天进来就要星期五才能出去。晚上实在无聊，和李淇岸关起门来学公鸡叫，整个村的公鸡都被激怒了……只要霍藜在信上说好了要回来，关晨风就会在候车室等霍藜，有时候要多等很久，也一直等。霍藜都要坐最后一班车回丘城。很快就是最后一班车了。关晨风说："我和你一起坐车送你回丘城。"霍藜没有离开车站，又和关晨风一起坐上回丘城的车。

丘城和县城是两个世界。丘城和高山脚村更是不同的世界。商店的橱窗上贴着一朵一朵纸雪花，门口的圣诞树上挂满彩灯，几个小孩戴着红红的圣诞帽，一个年轻人抱着一只很大的圣诞袜，塞满了鼓鼓的圣诞礼物，一个服务员打扮成圣诞老人在分发什么。霍藜和关晨风在街边的排档吃炒面。去看演唱会，门票是家长送的。到体育馆，跟着潮涌的人群排队，检票。绕了一圈才找到东区双号入口。找到座位，座无虚席。演唱会开始了，越来越热烈。几乎所有的人都在跟着唱：我要抓起你的双手，你这就跟我走，这时你的手在颤抖，这时你的泪在流，莫非你是正在告诉我，你爱我一无所有……潮涌的人群散了。去电影院看了最后一场电影，再也没有地方去了，只有到处走，上坡，下坡，十字路口，夜排档的砂锅还在扑哧扑哧地冒着热气。几辆黄包车在等生意。一个十多岁的小女孩在卖玫瑰花："买花吗？买一枝吧。"关晨风买了一枝玫瑰花送给霍藜。拐弯，再拐弯。常江边，没有风，但是冷。从这一头走过去，从那一头走到回来。走过去，走回来。好像可以一直一直走下去。

"你知道青蛙是近视眼吗?"

"不知道。"

"你知道乌龟对色彩特别痴迷吗?"

"不知道。"

"你知道鳄鱼是色盲吗?"

"不知道。"

"生物大灭绝的时候,青蛙存活下来了,就像公主亲吻了青蛙一样。"

"是什么拯救了它们?"

"它们被大灭绝遗忘了。"

……

关晨风说。

我们是不是就能这样走到天亮,可惜没有下雪,要是下雪,而且是很大的雪,以后一定会很难忘。

霍藜说。

就这样也已经很难忘。

凌晨,更冷了。路上也没有车。一辆三轮卡突突突地开过来,关晨风和霍藜坐上三轮卡。关晨风说:"回到县城天也亮了,我再和你坐最早的一班车把你送回来。"三轮卡突突突地颠簸,摇摇晃晃,挡风的帘子拉上,又被吹开。关晨风抱着霍藜,霍藜睡着了,不知道冷,不知道疲倦,没有恐惧,没有忧虑,仿佛坐在驯鹿拉的雪橇上,圣洁,平安。天亮了,关晨风送霍藜回到了丘城,没有离开车站,又坐上了回县城的车。车开走了,转了一个弯,又转个弯就不见了。车把一个世界带到了一个世界。又从一个世界去了一个世界。它缔结世界,又阻隔世界。霍藜看不见车,哭了。

韩贝锦等待。等待。等待。天黑了。李淇岸也没有来。韩贝锦骑自行车到车站,没有看到李淇岸。韩贝锦骑自行车回到学校,没有看到李淇岸。韩贝锦到弄堂这一头的路口,那一头的路口,没有看到李淇岸。看到了卫景福。韩贝锦说:"我要回常县,但是没有车了。"卫景福借来一辆皮卡车,送韩贝锦回常县。

"为什么急着回去?"

"你不要问。"

"有什么急事吗?"

"我不想说。"

"也许我能帮你。"

"你帮不了我。"

除了车灯是亮的,路上都是黑暗的。田野黑暗,群山黑暗。路边的村庄还亮着几盏灯。一家停车住人的饭店也还亮着一盏灯。转弯,不知道为什么堵车了,很长的队伍。终于缓慢地爬行。县城一定是被圣诞老人遗忘了,车站早就已经关门,黑暗,空无一人,路边的公共厕所还亮着灯,偶尔有人进出,一辆黄包车吱嘎吱嘎地踩过去,一辆摩托车轰轰地开过去,车上的女孩裹着白棉衣,短裙,露着腿,腿上裹着肉色的袜子,就像没穿袜子。韩贝锦说:"回高山脚村。"又说:"还是不去了,还是回丘城。"韩贝锦坐在车上痛哭。睫毛膏哭花了。用纸巾擦,纸巾是黑的。终于不哭了。

"你可以唱首歌。"

"谁还有心情唱歌。"

"我如果会唱歌就给你唱首歌,我就是不会唱歌。"

"谁要听你唱歌。"

"以后有事情就找我。"

"我不会来找你的,你也不要来找我,我说过我不会喜欢你的,你怎么就不死心?"

"除非你跟别人结婚了。"

回到学校,李淇岸在传达室。李淇岸和关晨风一起到车站,坐上车,刚出车站,看到李淇梁在和一群人打架,跳下车,李淇梁抢别人的包被抓住就打起来了,李淇岸一起到派出所,赔了两百块钱才把李淇梁带出来。李淇岸看到一班车刚出车站就跳上去,车抛锚了,一辆车也不肯停。李淇岸搭了一部拖拉机,拖拉机不能进城,不到丘城就只能放下来,李淇岸是走过来的。韩贝锦说:"本来可以去看演唱会。"韩贝锦用电炒锅烧方便面,加青菜,加鸡蛋,加油豆腐。韩贝锦说:"我以后一定是贤妻良母。"长夜。韩贝锦拿出家长送的化妆盒,有三层,有很多种颜色。韩贝锦说:"这么多种颜色是干什么的?"李淇岸把每一种颜色都试着涂在韩贝锦的脸上。韩贝锦说:"肯定像魔鬼。"李淇岸说:"像天使。"长夜。李淇岸从窗户爬进教室,把桌子拼起来,睡在桌子上,李淇岸来看韩贝锦都睡在教室的桌子上。韩贝锦把被子递给李淇岸,说会不会太冷,李淇岸说不会。长夜。韩贝锦起来,敲窗户,说是不是太冷。长夜。李淇岸和韩贝锦躺在床上。李淇岸抱着韩贝锦。李淇岸说:"以后你就是我的妻子了。我要是对不起你,一定会被天打雷劈。我一定要调到丘城来,我调到丘城就来娶你。"长夜。有多少人在发誓,有多少人背弃了誓言,有谁能未卜先知:人就是因为会发誓才会有背弃。

天亮了。韩贝锦给李淇岸装好新买的高领毛衣、围巾、袜子,装好梳打饼干、开心果、苹果。到菜场。菜场从巷子里一直延伸到马路边。巷子和马路都湿漉漉,没有不湿漉漉的时候。熟食铺的老板娘在打哈欠。送菜的三轮车挤来挤去。一个老人蹲在路边卖菜,都是自己种的菜。买了香肠、卤鸡爪、白切羊肉、鹌鹑蛋、笋片、油豆腐。韩贝锦说:"应该够吃一个星期了。"韩贝锦送李淇岸到车站,车开走了,转了一个弯,又转了一个弯,就不见了。韩贝锦骑着自行车追,一边追一边哭,车还是不见了。

舞厅,不知道为什么会有那么多人,什么人都有。坐不下的都站着,站不下的挤在门口。一对中年的男女,男的梳着油亮的头,女的像莫名高傲的花母鸡一样翘着脖子,每天晚上都来,每一支舞曲都第一个起舞,旁若无人,看起来就不是夫妻,比夫妻更亲密。一对青年的男女,男的顾长,女的也顾长,把舞池当作舞台,每一支舞曲都像在表演,应该是一对恋人,但是似乎从来不和对方说话,跳舞不跳舞的时候都不说话,好像一对冷漠的木偶。韩贝锦和霍藜都不接受别人的邀请,都是韩贝锦带着霍藜跳舞。两步。三步。四步。探戈。恰恰。迪斯科。摇摆。摇摆。摇摆。忘记了白天的哭泣。回到学校。大门口的铁门已经关了。传达室的门也已经关了。韩贝锦从门头翻进去,再打开传达室的门让霍藜进去。学校开教工会议,校长说:"一个老师拒收家长送的提货券,值得表扬。有的年轻老师天天去跳舞,跳到半夜,还有精力教学吗?"霍藜说,原来家长的东西是不能收的。韩贝锦说,原来不能天天去跳舞。

10

九月,阳光还是猛烈的。操场上的泥土都像盐渍一样发白,也没有风。操场上的两棵水杉,石阶旁的一棵石榴树,一棵樟树,都纹丝不动。教室里没有电风扇。窗外的山崖像曝光的照片一样刺眼。来报到的学生都还穿着背心、短袖,趿着凉鞋、拖鞋。关晨风清点人数,少了两个学生。数学老师说:"一个来说过,不读了,家里带出去到养猪场养猪了。"又说:"王大车是来过的,怎么一声不吭又走了?"第二天,王大车来了,黝黑,光脚,长袖长裤,衣领乌糟糟的油光发亮,衣服没有纽扣,随随便便地敞开,歪着头,什么都无所谓的样子,看到关晨风就像没有看到。

"昨天到哪里去了?"

"回家了。"

"如果没有纪律,就不要读了。"

"不读就不读。"

"有本事不要回来。"

"不回来就不回来。"

王大车转身就走。第三天，又来了。关晨风说："你不是说不回来了吗？"王大车又转身就走。第四天，又来了。关晨风在上课，王大车一脚把门踹开。关晨风冲过去就打，说："去死吧——"关晨风把王大车甩出有十几米，甩到了操场上，王大车逃走。第五天，王大车跟着父亲来了。父亲跟校长告状，跟村干部告状，说："这样的人怎么能当老师？从来也没有见过这样的老师。"

校长说："多照顾一下。"

村干部说："也是可怜的人。"

关晨风说："要是想读书，不能歪着头，不能敞开衣服，不能什么都无所谓。"

王大车说："算了，不读了。"

王大车又转身就走，以后就不来了。关晨风想到王大车就睡不着觉。关晨风去高山岭村，去家访。骑了一个多小时的自行车，又走了十几里山路。村里全是泥土房，窗户全都像黑洞洞的小方块，就像黑洞洞的瞎了的眼睛，有的房子瓦背和路面相平，有的比路面还要高一截。王大车不在家。家里没有床，只有一块木板，铺着稻草。母亲死了。父亲想找条凳子给关晨风坐，找不出来，想找个杯子给关晨风倒水，也找不出来，找了一个罐头瓶，用水冲过还是脏的。父亲说："家里是最早的万元户。摸彩中过一万块钱，但是很快就花光了。以后再也没有钱，一点钱都没有，学费也交不起。他自己不想读就不读算了。"王大车躲在外面放牛，躲到天黑也不肯回家。关晨风又去家访，给王大车买了一双回力球鞋，两双袜子，对王大车说："老师对不起你。老师怎么可以这样对待你？你也不要自卑，要更坚强，还是回来读书，学费老师帮你解决。"王大车回来读书，不再歪着头，不再敞开衣服，不再什么都无所谓。关晨风对王大车说："不是老师教育了你，是你教育了老师。"

就要冬至了，起风，门吱呀吱呀。教研员要来听课，教研员很少会到高山小学来听课。李淇岸备课，要用小黑板，但是没有。关晨风给李淇岸裁卡纸，裁了十多条，用墨汁刷黑，晾干，把李淇岸要讲解的重点句用白粉笔一句句抄写起来，重点词另外用红粉笔抄写。李淇岸在给卡纸的背面贴双面胶，说："也只能这样了。"关晨风说："这样也不错。"李淇梁来了。李淇梁个子不高，探头探脑，跷着腿，坐在床上抽烟。李淇岸说："又很久没见到你，你又到哪里去了，你怎么有钱抽大红鹰？"李淇梁说："想不想赚钱？我现在在做直销，能赚很多钱。当老师才几块钱工资？一个月就三四百块钱，就是当一辈子老师又能有多少钱？就是到工地上搬砖，半天都能有五六十块钱，你们这点钱有什么用？要是做直销，只要投入三千块钱，就能赚三十万都不止。带我们做直销的都是大学生，西装笔挺，比你们还有文化。很多人都让我带带他们，我叫了一辆大客车，过些天就要带他们去听课。要是想赚钱，就准备好三千块钱,跟我去听课,哪怕就当去玩一趟。这是改变命运的机会。"

关晨风不会相信李淇梁的话。李淇岸说:"一起去看看,就当去玩一趟。我们好不容易从农村考出去,又回到农村,一定要再离开农村,就靠我们自己谁知道什么时候才能离开。如果是真的,说不定就能改变命运。"关晨风没有三千块钱,找舅舅借钱,舅舅是杀猪的,说他再去借点钱也一起去看看。舅舅的连襟是剃头的,说他也去借点钱也一起去看看。李淇岸也没有三千块钱,让李淇水把要订婚的钱先拿出来。李淇水终究没有考上大学,田畈的生活也不愿意做,去学木工,木料不是劈小了,就是劈歪了,都废掉了,师傅破口大骂:"读书有什么用?没有见过这么没用的人。"师傅的女儿马采蓝却看上了李淇水,只要三千块钱就能订婚。孙苦叶笑说:"真个好。"李淇水说:"那么黑,眼睛那么小,有什么好。"李淇水把钱给李淇岸,说:"也不是我想要订婚。我也一起去看看。"

李淇梁把满满一车人带到一个谁也没有去过的县城,带到县城最高的楼里。楼里都是人,都是一车一车不知道从哪里带来的人,除了讲台上的人,几乎都是农民。讲台上的人穿着西装,雪白的衬衫,扣着背带,西裤的前缝拉得笔挺,挂着鲜红的领带,两个亢奋地说自己是大学老师,两个亢奋地说自己是大学生。一个大学生亢奋地举起一块牌子:$。说:"这是什么?这是美元。"又举起一块牌子:亻。说:"这是什么?这是人。"又把两个牌子举在一起,说:"这是什么?这是佛。

人要是有了钱,就能像佛一样。"又说:"只要用三千块钱就能买一块瑞士进口的手表。只要再有三个人跟着你用三千块钱买一块手表,你就能赚回三千块钱。只要再有人跟着用三千块钱买一块手表,你就能够赚不知道多少个三千块钱,以后你就是坐在那里就有钱赚。我以前就是一个穷学生,我就是这样改变了命运。"手表一看就很粗劣,一看就是假的。关晨风说:"不能买。"楼里的人却都很亢奋,几乎都买了。李淇水对李淇岸说:"我的钱我自己买。"李淇岸对关晨风说:"你不买,钱先给我买。"关晨风的舅舅,舅舅的连襟,也都买了。回去的路上,满满一车人都说:"就这一个人没有买。怎么这么傻?"

还是春寒的时候,天已经不是那么冷了,但也还是冷的。山上的泥土疙疙瘩瘩,有的像石头一样坚硬,有的像刀尖一样锋锐,好像还没有解冻一样。孙苦叶在给桃树松土,施尿素,施粪水。三只羊又都生了三只羊,贾百谷在放羊,干枯的杂草都还只有隐约的返青,羊在啃树叶。贾百谷和孙苦叶又在唱戏。一个唱:看经念佛弥天谎,谨遵五戒真荒唐,大小菩萨爹娘养,你我成家本应当……一个唱:僧家难把头发养,尼姑五戒不可忘,成家立业没有份,双关话儿你去想……又有人来找李淇梁。找不到都来找孙苦叶。孙苦叶说:"我也很久没见到他了,我能见到他的时候很少,我很难见到他,李淇水都没有钱订婚了,也找不到他。"又来找李淇水。李淇水说:"我也没想要订婚,这点钱本来可以造房子了,造了房子不怕没有人和你订婚，现在我自己也没办法了。"又来找李淇岸。

"不是直销，是传销。"

"公安局都封锁了。"

"骗人的。"

"我们要退手表。"

"我的钱都是借来的。"

"我一分钱都没有赚回来。"

县里要举行小学语文教学研讨会，李淇岸要上公开课。教研员说："研讨会也为参加市里的优质课评比遴选老师。优质课代表一个县的教学追求和水平，一个县只有一个老师参加评比。市里的教研员也要来听课，好好准备。"李淇岸都在准备，没有时间对付，说："都是自己要去的，都是自己要买的，也不能怪李淇梁，我们也赔钱进去了，找我们又有什么用，就不应该来找。"

关晨风的舅舅跟关子昌说："我要杀多少头猪，才有三千块钱？"舅舅的连襟也跟关子昌说："我要剃多少个头，才有三千块钱？"关子昌跟关晨风说："我过去当老师的时候，村里老老小小都很敬重，到了过年家家户户都要找你写春联，到现在还来找你写，家里只要请酒都要请你去吃酒，家里有点菜也要拿给你吃。当老师是很光荣的。你是当老师的人，说话要踏踏实实，不能有半句空话。"关子昌要关晨风尽快还钱，还要尽可能替舅舅他们承担一些钱。为了帮关晨风一起还钱一起承担，关子昌也去打矿。矿洞已经被矿管局用铁丝网封住，又偷偷地剪断，偷偷地打矿。一起打矿的人举着手臂指着矿洞的矿石说："这些全是钱……"矿石砸下来，一起打矿的人的手臂砸断了，关子昌砸死了。

送葬。没有人不哭。有的人睡着睡着死了，有的人生病死了，有的人被拖拉机撞死了，有的人喝农药死了，有的人摔死了，有的人砸死了，送葬的人在送葬的路上经历从生到死的最后过渡，幡然领悟生死的软弱，强大，令人心碎，满目疮痍，很难不哭。单实秀哭了又哭，说："都是我没有用。"关晨风回去上班了，单实秀嵌在家门口送，关晨风回来了，单实秀嵌在家门口等，单实秀好像永远都嵌在家门口。单实秀告诉关晨风大衣柜的抽屉里还有八百多块钱，单实秀怕关晨风钱不够用，说："在外面工作，没钱用不像样子。"单实秀手肘肿，膝盖肿，手肘和膝盖里都有碎骨头，吃止痛片也没有用，走路也痛，但也只有走路能感觉舒服一点，医生还是说："不知道是什么病。"单实秀忍着痛走到田里割九头芥，走到水库边，滑到水库里，淹死了。

林间滴酒空垂泪。

不见丁宁嘱早归。

关子昌砸死的时候，关晨风自己给关子昌洗澡，修脸，铺地箪，铺布带，铺被盖，铺衣服，没有新衣服，只有旧衣服，一件是关子昌自己叠起来放在一边的，好像是关子昌为自己准备的，抱起关子昌，就像抱起杀死了的羊，放在衣服上，穿衣服，捆手，捆脚，含铜钱，垫脚垫，盖被单。单实秀淹死以后，也是如此。关晨风就像一个完美的外科医生，冷静，精确，温柔，就像在最巨大地爱，在最懊悔地赎罪，在最竭尽全力地给逝去的人最高的尊荣。单实秀的坟和关子昌的坟合在一起，新泥夹着杂草，杂草经历过暴风暴雨，已经连根拔起，还是青绿的，还在风中摇来摇去，好像在和坟前的亲人招手。生亦何欢，死亦何惧。怜我世人，忧患实多。

未知生，焉知死。

未知死，焉知生。

龙淑慎已经实现了最强盛的雄心，霍韭考上工商大学快毕业了，霍葵高复两年以后也考上了医学专科学校，龙淑慎却还是一天都没有掉以轻心。霍葵每次写信回来都要钱，说要买鞋，要有品牌的，说过年买的牛仔裤已经不能穿了，要再买一条，说有的同学都买了电脑，也想要买一台，没有一封信不要钱。火炮厂已经歇了一段时间没有做火炮，县里说要市里批过才能继续做，要想市里批下来要重新造厂房，厂房重新造了一半又说还要省里批过才能继续做，能不能批下来，能不能继续做，都很渺茫。生活并没有因为所有的子嗣都已经读书读出去，就可以掉以轻心。

立冬。霍韭忽然带着杨岵回来。杨岵就像黑炭一样黑，就像黑炭，是矿区车队的司机，在矿区开五十铃大矿车，霍韭从学校回来都搭杨岾的车。霍韭说，杨岾是北方人，一个人在矿区，家里有兄弟三个，愿意做上门女婿，杨岾还有五万块钱存款，能在县城买一套房子，还有钱装修，毕业以后就准备和杨岾结婚。龙淑慎在烧菜，在切干辣椒，切生姜，切腌肉，切笋干。龙淑慎切得咚咚咚地响，好像不是在切菜，是在砸砧板，好像不是在砸砧板，是在砸灶台。龙淑慎菜也不烧了，不给杨岾吃饭，不给杨岾喝水，把杨岾拎来的香烟和酒都扔到大路上。霍韭和龙淑慎顶撞起来。

"是矿上的工人。"

"矿上的工人有什么了不起？"

"有五万块钱存款。"

"五万块钱算什么？"

"以后小孩可以姓霍。"

"谁说一定要姓霍？"

"三个女儿总要有个上门女婿。"

"谁说一定要有上门女婿？"

"谁都这么说。"

"读书都读到哪里去了？读书都白读了——"

霍韭拉着杨岾走了。一个非嫁不可，一个非娶不可。龙淑慎气得不会吃饭，说："一个工人，一个大学生，怎么配到一起？读了这么多年的书，还就只有这点脑筋，连农民都不如。读书都白读了——"霍于田说："不要这样。别人既然到家里来了,总要客客气气。"龙淑慎骂:"你最好,你对什么人都客客气气,你就是什么主张都没有,什么都不担心思,天头地脑——"

黍村的人已经开始掸尘,洗被套,洗床单,八仙桌也拆下来洗,条凳也背出来洗,椅子、板凳也拎出来洗,屋檐下,楼梯下,地沟,角角落落,都彻底大扫除,有的已经到矿区的浴室洗过澡,有的就要去洗澡。卖出去的火炮很多都要到年底才能收账。龙淑慎还在收账,还是关晨风骑摩托车带着龙淑慎去收账。到县城。两家大的批发部说:"一年到头只有这个时候钱才最旺,都给你付清。"一家没那么大的批发部说:"还没有都销掉,就要过年了,还是都给你付清。"到镇上。一家小批发部说:"还没有都销掉,先付一半,另一半等过了十五迎灯以后再来看看。"到村里。一个代销店说:"最好过了清明再来。"摩托车轮胎扎破了,还有一段路才有修理店。关晨风推着摩托车。龙淑慎扶着车上新买的年货,就像一对母子。龙淑慎说:"我是把你当儿子的。我不是不中意你,差距太大了。要是真的为了霍藜好,我最好还是把你当儿子。"关晨风说好要到丘城接霍藜,但是关晨风没有去。关晨风说好要来黍村一起过年,但是关晨风没有来。关晨风不是不想去,关晨风不是不想来,但是为了霍藜好,关晨风不去了,不来了。

11

老宿舍楼是清水泥的三层楼,墙过于旧了,看起来是黑灰色的,墙上的爬山虎一直爬到窗台上。院子里有一个小池塘。池塘用砖头矮矮地围起来,一边有两个自来水池,水池上有暗绿的青苔,一边的空地上停着十多辆自行车,有黑的、红的,有的龙头上精巧地装着藤编的筐子,一边是食堂。只有单间的房子,有的住着还是单身的老师,有的也住着一家人,有的已经退休了,也有的不是学校的老师。走廊是L形的,有些地方拉着电线,有些地方拉着绳子,绳子上晾着白色的背心、蓝色的睡裙,挂着几个空的衣架,有铁丝的,有竹子的。霍藜和韩贝锦住在隔壁。霍藜带了两个学生,做完作业会被接走。韩贝锦也带了两个学生,晚上也住这里。霍藜和韩贝锦都在公用厨房烧晚饭,不止烧给自己吃,还要烧给学生吃。霍藜烧红烧鲫鱼,芹菜炒豆腐干,炒牛杂,都放辣椒。韩贝锦烧韭菜煎鸡蛋,炒藕片,炒墨鱼片,没有放辣椒的。

"你还坐黄包车去买菜,那点钱都够买菜了。"

"我喜欢坐黄包车。"

"戴老师一个人就带了六七个学生,她爸爸妈妈就来帮她管学生。"

"不是规定只能带两个学生吗?"

"都不止带两个。"

"怎么带得过来?"

"下个星期,大会堂有市里的观摩课。都是市里优质课一等奖的老师上的课。李淇岸也要来上课,我也要去听课。"

"我都不知道。"

"是教导主任安排的。"

霍藜找教导主任,说:"我也想去听课。"教导主任说:"你去啊。你有票吗?你进得去吗?"教导主任喜欢韩贝锦,不喜欢霍藜。韩贝锦只要空课就拎着凳子去听老教师的课,听完又让老教师指导,只要指导过的就叫师傅,走到哪里都能听到韩贝锦在叫:"师傅——师傅——"霍藜不会叫谁师傅,也没有师傅。教导主任说:"年轻人就应该像韩贝锦这样谦虚,霍藜最不谦虚,从来也没有见过这样的年轻人。"教导主任已经安排韩贝锦上过几次公开课,霍藜一次也没有上过公开课。教导主任说:"近水楼台先得月。观摩课就到我们学校借班上课,你们班也可以安排借班,借班的这节课你可以跟进去听。"借班的就是李淇岸。

讲台在舞台上,就是舞台。李淇岸站在讲台上,就像演员,就是演员。舞台上就像教室摆着整整齐齐的课桌椅,坐着整整齐齐的学生,就像道具,就是道具。舞台下坐着密密麻麻的老师，有几百上千的老师，有丘城的老师，有从各个县远道而来的老师，能来的都是骨干老师，只有骨干老师才有机会来，就像观众，就是观众。李淇岸是最后一节课，上《月光曲》。李淇岸大段大段地范读课文。李淇岸说："究竟是什么打动了贝多芬的心，让他创作出传世的《月光曲》？先听老师读课文。""贝多芬从兄妹俩的对话中听出了什么？再听老师读课文。""贝多芬为什么要给这位姑娘再弹一首曲子，他心里究竟在想什么？听老师读课文的最后三个自然段。"……最后，李淇岸弹奏《月光曲》。李淇岸就像纳西索斯一样迷人。

"小学老师里很难得有这样的男老师。"

"就像是美男子。"

"普通话标准。"

"声音好听。"

"还会弹琴。"

"基本功好。"

"素质好。"

……

霍藜带着学生先回学校。韩贝锦在等李淇岸。评课。评课的是权威，是市教研员，是白有榆。白有榆就像从画中走出来的人。白有榆又轻又慢一字一句温柔地评课。白有榆在任何时候都是温柔的，就是不容置疑深入人心就像能点石成金地评课的时候也是温柔的。韩贝锦从来没有见过比白有榆更温柔的人。白有榆是大家崇拜的偶像，也是韩贝锦崇拜的偶像。白有榆也听过韩贝锦的课,听完以后也指导过韩贝锦,韩贝锦也叫白有榆:"师傅——师傅——"舞台落下了帷幕。李淇岸在给白有榆提包,白有榆温柔地在吩咐李淇岸什么。韩贝锦叫:"师傅——师傅——"白有榆又轻又慢一字一句温柔地说:"以后你也会有机会上这样的观摩课。"韩贝锦拉走了李淇岸,就像拉走了一个英雄。

搬到老宿舍楼以后,李淇岸还没有来看过韩贝锦,李淇岸开始的时候回信说,要试教,要上公开课,太忙了,后来连信也不回了。房间里铺着大花的压着木耳边的床单,挂着大花的压着木耳边的窗帘,窗帘系着蝴蝶结。韩贝锦说:"进来呀。"李淇岸进来。韩贝锦说:"坐呀。"李淇岸说:"不坐了。一起来听课的老师还在等我一起回去。"韩贝锦说:"我送你。"李淇岸说:"不用,不用,不用送我。影响不好。"李淇岸就走了。韩贝锦对霍藜说:"我从来没有想过他到学校来看我会有什么影响不好,我就是去送送他,他都怕影响不好。"韩飞蓬来了,穿着一件很大的棉袄,就像是被谁收养了的流浪的小狗。

"我在丘城做油漆,已经做了一个多月。"

"你怎么会到丘城来做油漆?来了也不说?"

"卫景福叫我来的。我就住在卫景福的房子里,就和卫景福住在一起,棉袄也是卫景福的。"

"谁让你和卫景福住在一起?你快给我搬出来。我说过我不会喜欢他的,他就是不死心。我喜欢的是李淇岸。"

"李淇岸不是要结婚了吗?"

"李淇岸要和谁结婚?"

"你不知道吗?村里的人都知道李淇岸要和一个大十岁的女人结婚了。"

大十岁的女人是白有榆。白有榆是离婚的,带着儿子白硕,白硕才到丘城实验小学上学。李淇岸获得市里优质课的一等奖以后,就和白有榆一起坐轿车回到高山脚村。轿车是白有榆安排的,白有榆还在车后厢塞了两箱苹果,一箱烟,一箱酒,一箱龟鳖丸。高山脚村的人说:"李淇岸是要当官去了吗?"不久,李淇岸给家里造起了两层楼的房子,一层给李淇水,一层给李淇梁,钱也是白有榆给的。孙苦叶拉着白有榆说:"煞对得住你?"白有榆又轻又慢一字一句温柔地说:"应该的。"高山脚村的人说:"原来李淇岸是要和大十岁的女人结婚了。大十岁呐。"孙苦叶却笑嘻嘻地说:"真个好。我不也比别人大十岁吗?"

韩贝锦连夜就要赶回高山脚村,但是还要带两个学生。韩贝锦一早就要赶回高山脚村,但是没有请假。韩贝锦请了假就叫了出租车赶回高山脚村。高山小学已经不在祠堂。已经造起了簇新的希望小学,有四层楼。李淇岸不在学校,也不在家里。孙苦叶笑嘻嘻地说:"归来啦。什么时候回去啊?"就是不说李淇岸在哪里。李淇水已经和马采蓝结婚了,说:"等你有能力把李淇岸调到丘城了,再来找李淇岸。"李淇梁已经很久都没见到人了,就像失踪了,就像人间蒸发了。王如英和孙苦叶吵架。"真是活佛像。""真是活佛像。"关晨风说："李淇岸没有告诉你吗？李淇岸不是说什么都告诉过你了吗？李淇岸到县城去上公开课了。"韩贝锦赶到县城，找到李淇岸。李淇岸说："马上就要上课。"李淇岸上课，韩贝锦站在走廊上，站在窗户外，等李淇岸。韩贝锦就像在等待水中的水仙，等待，等待，等待。李淇岸上完课，说："你在这里影响不好，我送你到车站。"车站。人来。人往。车来。车往。

"你说过你一定会来娶我的。"

"不要刻舟求剑。"

"你说过我只有要你来保护的。"

"谁来保护我？"

"你应该是最心疼我的人。"

"谁来心疼我？我自己能离开农村吗？我自己能调到丘城吗？"

"我该怎么办？"

"那是你自己的事情。"

白有榆不是白有榆，是一个象征物，一个比拟，一个隐喻。它就像幻觉，却让韩贝锦危险地爆炸。它似乎不存在，却让李淇岸扔下了韩贝锦。它不是白有榆，是人类有可能存在的不能弥合的分歧，也是人类有可能达到的天真和肆无忌惮。韩贝锦回到丘城，到老地委大院找到卫景福，仿佛只有卫景福才是能拯救韩贝锦的英雄，说："你愿意和我结婚吗？越快越好。"李舜华面无表情，说："我们是什么人家？想要嫁给我们儿子的人都可以排队了,也没有见过要自己这样送上门来的,也不怕难为情。"卫大康说:"来来来,一起吃饭。"卫大康从来没有给家里任何人盛过饭,但是给韩贝锦盛了饭。卫大康安排轿车,跟李舜华一起陪韩贝锦和卫景福回到高山脚村。卫大康问王如英有什么要求,王如英说为了韩贝锦读书,韩飞蓬都不读书了,一生世都亏欠,应该给韩飞蓬在县城买套房子。李舜华要说什么,卫大康拦住了李舜华。卫大康答应了。韩贝锦很快就和卫景福结婚了。结婚前一天,韩贝锦才叫霍藜陪着一起到丘城大世界买了一身大红的衣服,韩贝锦抱着霍藜痛哭:"别人都说我爱钱,爱慕虚荣,才和一个电工结婚,只有你知道,我没有……"

　　大雪,天寒地冻,两个学生放学就被接走了。霍藜到丘城大世界买了一件棉袄,白色,带帽,中长,加厚,是给关晨风买的。关晨风给霍藜写信:我应该不会离开常县,和父亲母亲在一起的时间太少了,留在常县,就好像还在他们身边,就能离他们近一些……关晨风和霍藜还会通信,只有通信,没有再见过面。只有一辆摩的肯去高山脚村。司机拿了两件军绿的棉大衣,自己穿一件,霍藜穿一件。雪越来越大。摩托车似乎骑得很快,又似乎骑得很慢。不知骑了多久,经过一条山垄,又一条山垄,不知多少条山垄,不知多么漫长,才到了高山脚村。高山脚村是黑暗的,因为下雪又是明亮的。在黑暗中,在明亮中，霍藜把棉袄交给关晨风。霍藜说："明天还要上课。"在黑暗中，在明亮中，霍藜走了，就像没有来过高山脚村。

霍藜在多功能教室上课，在对着空气上课。霍藜说："同学们好，请坐。"就像空气中坐着整整齐齐的学生，坐着密密麻麻的老师。霍藜说："请同学们打开课本，自由地去读一读课文的第一段，读着读着，你觉得哪些语句让你感动，就把它画出来。"霍藜走过一排课桌，停下来看看，又走过一排课桌，停下来看看，就像学生都在读课文，都在一边读一边画。霍藜说："现在，我们来把自己最受感动的句子读给大家听，说说你为什么感动？看看谁的朗读能让大家听了也深受感动。"霍藜停下来倾听，就像有学生站起来朗读。霍藜说："你已经体会到了人们的悲痛。有没有谁体会得更深刻？请你带着你的体会，再来读一读这个句子。"霍藜停下来倾听，就像又有学生站起来朗读。霍藜说："大家理解得很全面，也很深刻，我们一起再来读这感人的场面。"霍藜停下来倾听，就像学生都在整齐地朗读。霍藜说："我们一起再来看看总理生前的感人事迹：这是总理呕心沥血工作的情景；这是总理和孩子们在一起，这个小女孩就是飞机遇险时总理不顾个人安危救护过的小扬眉；这是总理踏上还在颤抖的土地，走在残垣断壁上看望受灾人民，问寒问暖的情景；这是总理出访南非，受到热烈欢迎的情景……总理的一生鞠躬尽瘁为人民，当总理离我们而去的时候，江河流泪，山岳低头……"霍藜缓缓地播放图片，讲述，哽咽。没有学生，没有听课的老师。霍藜就像站在孤独的舞台上，孤独地演出。一遍，一遍。

关晨风也骑摩托车到丘城来。霍藜说："就要上公开课。还是第一次上公开课。还在试教。"关晨风说："我能为你做些什么呢？我就陪你试教。"霍藜继续对着空气上课。霍藜说："你给我提意见。"关晨风提意见，霍藜改教案，继续对着空气上课。关晨风继续提意见，霍藜继续改教案。继续对着空气上课。继续。继续。关晨风睡着了，霍藜把关晨风叫醒继续提意见。继续改。继续上课。继续。继续。关晨风睡了又醒，醒了又睡。霍藜都在字斟句酌，设想教学现场会出现的种种可能，预设学生可能会有的表现及其评价。继续，继续。天亮了，两只鸟扑棱棱地飞到窗台上，默默地伫立。

"听了一个晚上，我都能去上公开课了。"

"我去听课的时候，会在笔记上把老师的课堂语言记下来，比如，承上启下时候的用语，对学生的评价，解说问题的用词。我去看书上杂志上的优秀教案，也会摘录这些内容。自己上课的时候也就会这样去思考，但是要做到却很难。"

"有两个外科医生都很有名。一个医生手术的每一个动作都很漂亮，就连伤口的包扎都非常完美，年轻的医生都很崇拜他。一个医生手术的每一个动作都最简单，看起来没有什么起眼的地方，年轻的医生都很疑惑他为什么也那么有名。他对年轻医生说，如果手术台上的病人是你自己的亲人，你肯定只想尽量减轻他的痛苦，还会去想自己的动作是不是漂亮吗？上课其实没有那么复杂。"

"有的老师上课很朴素,课堂语言很干净,那是经过千锤百炼的。"

"一个老师的课是一个老师全部人格的总和,是不能复制的,是学不会的。"

"我平时上课教室的门都开着,有的老师走过听到了说我每节课都像在上公开课。公开课不应该和平时上的课一样吗?"

"能陪你试教很满足。"

"你就是来陪我试教的吗?"

"我应该再来看看你。"

"你就是来看看我吗?"

"还是对你不放心。你要让我放心。你其实是没有什么能让人不放心的。你一定要比我先结婚。只有你先结婚了,我才会放心。"

两只鸟飞走了,又扑棱棱地飞回到窗台上,默默地伫立,对视。一只蹴了半步,一只也蹴了半步,一只低头似乎在沉思,一只也低头似乎在沉思。又伫立,又对视,又飞走了。关晨风说:"鸟都比人会谈恋爱。"

李淇梁到了很多地方偷了很多人家的东西,坐牢了。孙苦叶和贾百谷去看李淇梁。孙苦叶提着一袋衣服,一袋茶叶蛋,贾百谷背着一袋米。高山脚村的人说："又去看李淇梁？李淇梁啥光景？"孙苦叶笑嘻嘻地说："真个好。"高山脚村的人说："空佬佬的，去看坐牢的儿子，还好像去看当官的儿子一样，真是疯子。"李淇水又打马采蓝，马采蓝又哭着回娘家。李淇岸说："去叫回来。"李淇水说："说不上几句话，笑也不会笑，还不如一块木头，叫回来干什么？"李淇岸说："还不去叫回来。"李淇水去叫马采蓝了。李淇岸和关晨风一起喝酒。李淇岸说："一份人家没有一个像样的，要是没有我，怎么办？"关晨风说："喝酒，喝酒。"酒喝多了，关晨风拿出一个小纸箱交给李淇岸，说："韩贝锦让我带给你。韩贝锦说你的信还是都还给你。"李淇岸抱着小纸箱哭。

"我有什么办法？我们这样的人有什么办法？"

"你不是说你都告诉过她的吗？"

"我没有办法。"

"你这样不是害了她吗？"

"你不也一样吗？"

"我和你不一样。"

"有什么不一样？不都一样吗？"

关晨风打李淇岸，说："去死吧——"李淇岸还是抱着小纸箱哭，关晨风也哭。只有喝酒还能哭，就是为了能哭才喝酒。李淇岸说，喝酒，喝酒。关晨风说，喝酒，喝酒。

教坛新秀评比四年一届。先评区县教坛新秀，能评上的很少。再评市教坛新秀，能评上的更少。再评省教坛新秀，能评上的凤毛麟角。工作满五年才能评比，以前评比过，已经是区教坛新秀、市教坛新秀的，还想要评比，也一起评比。韩贝锦说："我不想参加评比。我想考大学。我已经找好声乐老师，以后每个星期都要去上课。"李舜华说："已经怀孕的人，还考什么大学。"卫大康说："考大学还不知道会怎么样。四年才一届，谁知道四年以后会怎么样？现在我还有一些关系，一定要争取。"学校组织全体老师一起听课，一起评分。校长说："教坛新秀代表学校的水平和荣誉，要选拔出最有希望的老师代表学校参加评比。"全体老师都像鸟儿爱惜自己的羽毛一样爱惜学校，都公允地听课，公允地评分。霍藜是语文学科评分最高的。校长说："我们是全市最好的学校，多给了一个评比的名额，语文是老师最多的学科，名额就给语文学科。"韩贝锦就和霍藜一起代表学校参加评比。

评比要说课。提前半天抽签。全市都还没有组织过说课，没有任何说课的指导，没有人知道应该怎么说课。霍藜和韩贝锦也不知道。霍藜翻出一大堆《小学语文》《中国小学语文教学论坛》《中小学教材教学》《教学月刊》《小学语文教学名师精品录》《课堂教学艺术精品集》……迅速地翻，查，找，摘录，整理，梳理出说课的框架。霍藜对韩贝锦说："你就按照这个框架准备说课稿。"说课。老师们说的都是怎样上课，几乎就是讲了一遍教案，就像在上课一样。霍藜说了怎样上课，也说了为什么要这样上课。霍藜说。**我的教学观和教材观**。古人说："读书百遍，其义自见。"我国古典语文教学就是以重视诵读这一优良传统培育出了一代又一代灿若群星、直至今天我们依然难以望其项背的语言大师。新《大纲》也在关于阅读教学中指出："要让学生充分地读，在读中感知，在读中感悟，在读中培养语感，在读中受到情感的熏陶。"这一切都在昭示我们：阅读教学应当以读为本，重视学生语文素养的整体提高，朝着回归阅读教学本质的方向而努力。叶圣陶先生说："课文无非是个例子。"本课的教学旨在以课文为例，体现自己在追求阅读教学本质回归上的尝试。**我的教学目标和教学设计**。基于以上的认识，确定本课的教学目标为：……为了有效地达到教学目标，设计了以下教学流程：……**我的教学特点**。本课的教学着力体现以下三个教学特点：……总之，本课的教学，立足"以读为本"的教学思想，追求阅读教学的本质回归，也渴望这样的追求能够成为阅读教学中一种价值无量的返璞归真。霍藜和韩贝锦都评上了区教坛新秀，继续参加市教坛新秀的评比。

评比要上课。提前半天抽签，上课以前不能接触学生。老师们上公开课都习惯提前亲近学生，了解学生的基础，调动学生的情绪，有的让学生先熟悉课文，有的把重点内容和学生提前交流，有的预先指定某个学生完成课堂上的某个内容，就像演员演出前的暖场，对台词，彩排，为的就是能够像演员一样完美地演出，不能接触学生，就不能完美地演出。霍藜就像无数次站在孤独的舞台上孤独地演出一样,就像平时一样,上完了课。霍藜和韩贝锦,还有李淇岸,都评上了市教坛新秀,继续参加省教坛新秀的评比。

评比全程隔离,参加评比的老师封闭在宾馆里。一个人一个房间,房间的电话线切断,手机上交,不能对外联系,不能外出,不能带任何参考资料,不能有任何人指导。不采用教材中的课文。就要评比了,霍藜发高烧,校长说:"你什么时候都可以生病,怎么能在这个时候生病?"霍藜要输液,两个工作人员一直跟随,防止霍藜作弊。霍藜拔掉针头就上课。韩贝锦上完课,早产,生下了女儿卫尔思。评比结束,李淇岸和白有榆结婚了。白有榆是评比全程的主评委。李淇岸抱着白有榆,却感觉白有榆是那么陌生,就像一幅陌生的画,就像一幅画,仿佛白有榆不像女人,也不像男人,就像不是女人也不是男人的人。白有榆又轻又慢一字一句温柔地说:"有的县从来还没有评上过一个省教坛新秀,也不是每个学科每一届都能有老师评上省教坛新秀,一个学校一个学科一届就评上了两个省教坛新秀,从来没有过。一个学科一届就评上了三个省教坛新秀,也从来没有过。"霍藜和韩贝锦,还有李淇岸,都评上省教坛新秀,都成名了。

12

仲春。樱花开了,像一丛丛的浮云,粉白,粉红,很快又谢了,就像浮云刹那消逝。空气温热起来,夹杂着不能遏止的躁动,一切植物,动物,都在不能遏止地复苏,生长。李淇岸已经调到丘城另外的学校。市里组织中青年优秀教师教学巡回展示,就像巡回演出。李淇岸和霍藜都参加,白有榆带队,巡回到第五个县,还是在县城,还是在最好的学校。学校的大门口,教学楼的外墙上,走廊的栏杆上,还是都悬挂着红艳艳的横幅。多功能教室坐满密密麻麻的老师,坐不下的挤在过道上,门口也挤满了,姿态优雅一些的应该是县城里的老师,从农村学校赶来的老师就要拘谨一些,有的虽然有一些年纪了,但是神色羞涩,都带着听课笔记,都全神贯注,都舍不得错过每一节课每一个老师的一个表情,一个眼神,一个笑容,一个读音,就像虔诚的观众,倾慕,赞叹,神往。

还是盛情款待。副县长说:"我们县经济不发达,但是历来很重视教育,你们都是贵客,你们要多来给我们传经送宝。"教育局局长说:"我们的老师能评上市教坛新秀的都很少,十几年都没有一个,希望下次教学巡回的时候也能有我们的老师。"县里的教研员说:"我们的老师也有在冒出来,但是要到市教坛新秀就太难了,就是出不来,都觉得反正评不上,反正没希望,对整个教育的发展很不利,很遗憾。"校长说:"白老师和李老师珠联璧合。"陪同的老师说:"是啊,是啊,珠联璧合。"这个说:"这是只有我们这里才有的蕨粉皮。"那个说:"这个泡鲞在别的地方是没有的。"这个那个说:"这是糯米肠煎鸡蛋,也只有我们这里才有。"相互敬酒。霍藜不喝酒。白有榆又轻又慢一字一句温柔地说:"能评上省教坛新秀的老师都能左右开弓,没有不能喝酒的。"你敬我,我敬你,都喝得满脸通红,也就忘了霍藜还是不喝酒。一起敬完最后一杯酒,县里的教研员还拉着白有榆要说什么,李淇岸和霍藜先走。

夜风熏人。李淇岸就像面粉发酵一样突然胖了,虽然不像过去那么笔挺,也还是英俊的,而且很爱笑了,笑容满面,笑得很腻,也笑得很缜密,仿佛可以用笑容掩饰一切。路边的排档还很热闹,有的在煎饺饼筒,有的在摊糊拉汰,有的在烧扁食。走过来两个人。一个惊叹地说:"你是李淇岸吗?我听过你的课。你是我的偶像。"一个惊叹地说:"你是霍藜吗?我听过你的课。你是我的偶像。"两个人都惊叹地走了。

李淇岸说:"现在这样的人生还是很有成就感的。"

霍藜说:"我的人生不会都是这样的。"

李淇岸陶醉在人生的成就感之中,没有在意霍藜说的话。

霍藜也并没有想过自己的人生会怎么样，应该怎么样，能怎么样。只是脱口而出，不会都是这样的。

全省青年教师课堂教学大赛也是四年一届。一个地市只有一个老师参赛，参赛的老师代表一个地市的教学追求和水平。白有榆想过是选送李淇岸，但选送了霍藜。白有榆又轻又慢一字一句温柔地说："一个老师要真正成长为名师，只是评上了省教坛新秀是不够的。"霍藜开始了漫长的征战，和白有榆并肩作战。白有榆亲自调教霍藜的板书，示范板书的笔画、结构、大小、间距，教霍藜把粉笔微微浸湿，第二天再板书就能丰盈饱满。请来电视台的主持人指导霍藜的朗读，收气声、轻重音、停顿、稍快、稍慢都做最专业的指导。一起深度分析教材，一起进行教学思想的讨论，一起推敲教学目标，一起琢磨教学语言。教导霍藜每一次试教都用录音机实录，一段一段回放，对照，修改，直到能够精确到几分几秒地把握每一个教学环节的时间。霍藜说："一篇课文原来就像一个人，都有自己的个性特点，只有准确认识才能驾驭。教学目标原来是教学的宗旨，表述的一字之差都会造成方向的背离，不能随意。课堂的时间原来都是珍贵的，一个环节，一句话，一个字，都要有明确的指向，都不能浪费。上课原来远远不止是上课。"白有榆说："每一次这样和老师共同磨课的时光，就是我人生中最幸福的时光。每一次自己指导的老师站在讲台上，讲的每一个字，每一句话，就像是从我自己的心口蹦出来的一样。"霍藜无数次修改教案，改着改着睡着了，醒过来又改，改了又睡，睡了又改，有过许多不眠之夜。霍藜无数次试教，学校的班级都试教过了，到别的学校的班级试教，到处上公开课当试教，马不停蹄。霍藜没有过师傅，只有白有榆像师傅一样打磨过霍藜，霍藜和白有榆休戚与共。

又一次试教。霍藜又没有时间到自己的教室，又没有时间给自己的学生上课。霍藜提着录音机要到别的学校去，遇到学生家长。学生家长说："对我们来说，老师还是不要成名的好。"试教了，陌生的教室，陌生的讲台，陌生的学生，都像是道具，也像是武器。霍藜已经不知道这样重复了第几次，已经机械了。一切就像没有休止的战场。又一次试教。是全国课堂教学多种风格展示会。在盛大的大剧院，霍藜站在盛大的舞台上，脑子瞬间一片空白，就像被删除了记忆，嗓子干涩，极度地想要喝水，最好是清凉的水，就像在苍凉的沙漠上炙烤了很久很久，整整齐齐的学生密密麻麻的老师都仿佛远在天边，仿佛在摇晃，仿佛在飘荡，就像失去了意识，什么也听不见，什么也看不见，似乎在惊悚的梦魇中，似乎在滑稽地歌唱飙高了音的咏叹调，似乎是木偶。霍藜上砸了，就像演员演砸了一样。又一次试教，白有榆请来省里的专家指导。专家是大赛的评委。吃饭，喝酒，唱歌，跳舞。白有榆说："还不快喝酒。"霍藜没有喝酒。白有榆说："还不快去跳舞。"霍藜没有跳舞。

"一节课需要重复上这么多次吗?"

"有的名师一辈子就上一节课。"

"重复这么多次反而好像不会上课了。"

"一个真正的名师都是身经百战成长起来的。"

"一个老师已经不属于自己的学生了,还是老师吗?一个老师为什么要成为名师?"

"一个女人最大的不幸,是乏善可陈地度过一生。一个女人要是不想乏善可陈地度过一生,需要有大义。如果你和撒旦也能相处,你就真的是上帝了,你也才能有权威,才能拿起屠刀,为着更多的人去战斗,去奉献,去牺牲,这才是大义。我从前当老师,把学生培养好就不枉为老师,到了现在,看到老师成长起来就是我最大的成就,但仅仅这样是不够的,一个人应该实现更大的价值,起到更大的社会作用,影响更多的人,改变更多的人,这就需要:权威。如果没有权威,就是金子也会被当成垃圾,如果有了权威,就能保护自己,保护自己认同的人,保护跟随你的人,只有掌握屠刀才能压住撒旦,没有屠刀怎么抗衡?谁都说我偏爱你,我就是在人民大会堂也能说我就是偏爱你,因为你很纯粹,一个人能够纯粹很不容易,但是社会不都是纯粹的,不纯粹也都正常。你太爱自己了。如果你有大义,你就不会只在乎自己的感受,不会自命清高,不会怕俗气,不会怕破坏自己的形象,就算一辈子活在别人的流言蜚语和忌妒里也都大无畏。你还缺少大义。你需要有大义。你要有这样的使命感。"

台上一分钟，台下十年功。霍藜获得了一等奖。教师节庆祝大会，霍藜做青年教师代表发言。在体育馆，密密麻麻的老师，领导，记者，万众瞩目。霍藜站在空旷的舞台中央，仿佛感受万丈荣光。在空旷中，霍藜的声音响起来，又消失，就像风，像空气，稍纵即逝，虚无缥缈。电视台跟拍霍藜备课，上课，试教，公开课，和学生在一起，举手投足，一颦一笑。电视中，霍藜出现了，又消失了，似乎是一个陌生的演员，昙花一现，虚无缥缈。霍藜要风得风，要雨得雨，却感到了空虚，厌倦，无限的孤独。没有人告诉过霍藜，没有人能告诉霍藜，人生不会都是这样的，那又会怎么样，应该怎么样，能怎么样。

火车缓慢。哐当，哐当。丘城，从高到矮的山峰，连绵的田野，田野里的稻茬，一垄垄的菜地，挽着裤脚的菜农，田埂，村庄，几间白墙黑瓦的房子，宽的河流，窄的河流，都在不慌不忙地后退。哐当，哐当。太阳出来了，又被云遮住，又跑到山后面，又跑出来。一直在不慌不忙地跟着火车跑啊跑。哐当，哐当。霍藜想念学生。学生这个时候在广场上开运动会，运动员应该都检录了，跑步的应该已经换上跑鞋，跳高的应该已经在热身，跳远的应该也记得吃过巧克力，迎面接力赛千万不能掉棒，看台上的同学应该都在激动地呐喊。有的应该给运动员送水去了，有的应该在抱着运动员换下来的衣服，有的应该在写广播稿,有的应该在检查看台的卫生,有的应该在维护纪律。帮忙的家长应该比老师还要耐心细致。运动会不止是运动会,是老师的叮咛,是学生的汗水,是辛勤,是勇敢,是成长,是凝聚,是同呼吸共命运。霍藜这个时候应该和学生在一起,是最应该和学生在一起的时候。可是霍藜没有。霍藜要到宛城参加全国教学研讨大会。霍藜只能想念学生。哐当,哐当。

停靠站。有人慌张地提着大包小包下车,有人慌张地提着大包小包上车。站台不算大。一个拖家带口的男人在寻找车厢。两个年轻人从站口飞奔过来。一个穿着白色工作服系着花围裙的大婶推着车在卖快餐。一个彪形大汉下车买快餐。几个一起出差的大叔下车抽烟。一个穿着超短裙薄丝袜的姑娘在眼泪汪汪地送别。又哐当,哐当。有人坐在行李上,有人坐在地上,有人靠在一个车厢到另一个车厢的通道边,有人一直站着。一个小孩哇哇地哭。检票员又来检票。穿着蓝色制服的列车员推着小车子懒洋洋地喊:"瓜子饮料矿泉水,香烟啤酒火腿肠,来,让一让,让一让。"霍藜在修改研讨会要交流的论文。霍藜拿出一沓参考资料,又翻,又看,又修改。张聿坐在霍藜的对面。张聿把小桌子上的矿泉水、苹果、八宝粥都收起来,都让给霍藜放资料。霍藜旁边坐着一个络腮胡子的男人,一直靠着椅背睡觉,张着嘴巴,打呼噜,睡醒了就抽烟。张聿把车窗拉开。风啪嗒啪嗒地吹动霍藜的资料。张聿又把车窗拉下来,留了一点微风。一个撸着袖子的大爷不管不顾地要坐下来，坐在张聿旁边的大妈不愿意，张聿往里面靠了再靠挤出一些地方，大妈嘟嘟囔囔地给大爷让出了巴掌大的一块地方，大爷不客气地坐下来，又把大妈往里挤了挤。哐当，哐当。铁路两旁的房子越来越多，越来越密，越来越高。宛城到了，所有人都要下车。霍藜要站到座位上拿行李架上的行李。张聿说:"我帮你拿。"张聿不疾不徐，穿着白色的毛衣，看起来还像个大学生，实际已经三十多岁。张聿个子高，伸手就拿下了行李。

"这么重，都是书吗?"

"都是要用的资料。"

"我帮你提。你是到宛城来出差吗?"

"来开会。"

"星星文化大厦就在我们家旁边，我和你一起打车过去。"

"我还要先找个地方打印论文。我自己过去。"

"我知道那里就有一家文印店。我带你过去。"

张聿和霍藜一起排队，队伍很长。坐上出租车，张聿坐前排，霍藜坐后排。经过湖边，湖水平静，湖边停靠着一片手划船，一条划动了，三两条划远了，几只灰黑的野鸭在浮动，几只灰白的银鸥在低飞，也平静。湖堤的古柳就像从不开口说话的老人，也平静。堤上的古桥就像从不叹息的先知，也平静。三三两两的游人背着包走走停停，有的在拍照片，有的坐在椅子上，好像已经坐了很久，也平静。路边的梧桐树虬枝交错，树叶开始泛黄，有几片落下来，有一片落在了车头上，也平静。电车晃动着长长的辫子,两个人一前一后地从面包房走出来,面包房就像童话中的房子,也平静。下车。张聿说:"这就是星星文化大厦。隔壁就是文印店。我们家就在文印店前面的小区,就是粉红色墙壁的那个小区。以后到宛城可以来找我。"张聿和霍藜相互留了电话。张聿说:"再见。"霍藜说:"谢谢。"也平静。是的。张聿就是一个能让人平静的人。

张聿爬楼梯,到五楼。张无聪在做酥鱼,调卤汁。田稚在做千张包,用棉线扎作三个一捆。张无聪说:"今天火车没晚点。"田稚说:"再等等就可以吃饭了。"张聿找出一盒录像带,坐在沙发上看录像:……好好的一颗咖喱鱼丸,让你做得是既没有鱼味又没有咖喱味,失败。萝卜没挑过,筋太多,失败。猪皮煮得太烂,没咬头,失败。猪血又烂稀稀的,一夹就散,失败中的失败……张聿哈哈笑。张无聪说:"都不知道看了多少遍,有什么好笑的。"田稚说:"有时候还看动画片,也看得哈哈笑。"吃饭的时候,张无聪拿出新买的单反相机给张聿看,说:"退休就是退休,要开始学摄影了。"田稚说:"退休了人生才真正属于自己了,我也要去学琵琶了,已经预定了一把琵琶。"张聿说:"我今天在火车上遇到了一个很纯洁的女孩子。"张聿一直不肯结婚,谁来介绍都说不满意还不如不结婚,要结婚一定要最满意的。张无聪和田稚说:"要是满意就带回来吃饭。"

张聿在区政府上班,是区府办副主任,中午要跟着副区长一起参加接待用餐。张聿请假,到星星文化大厦门口等霍藜。

密密麻麻的老师都出来了。霍藜也出来了。霍藜说:"今天听一天的课,明天上午交流发言,交流完就回去。"张聿说:"今天晚上到我家吃饭。"霍藜说:"我和你又不熟悉,怎么能到你家吃饭?"张聿说:"吃饭以后就熟悉了。"吃饭。饭桌上有笋干老鸭煲,酥鱼,千张包,狮子头,油爆虾,香菇菜心。张无聪和气地说:"当老师好。女孩子当老师最好。"田稚和气地说:"我去过丘城。吃过砂锅煲。吃过酥饼。"张无聪和田稚都和和气气地说:"张聿还是第一次带女孩子回家来吃饭,以后多来吃饭。"好像霍藜和张聿本来就是熟悉的。好像霍藜是回到了熟悉的家里吃饭,好像就是熟悉的家。

霍藜要调到宛城去。校长沉吟良久,说:"丘城实验小学从来没有老师调出去,只有调进来,只要进来了就都是在这里退休的。"教育局局长重感冒,到医院输液才回到办公室,说:"你是丘城小学语文教学的一面旗帜,哪里能调走的?"区长是学生家长,区长夫人对霍藜尤其褒爱,说:"别人都说大树底下好乘凉,别人是没有大树,你是有大树的人,为什么要调走?"白有榆又轻又慢一字一句温柔地说:"特级教师是教师中的奥斯卡。下一届特级教师肯定就轮到你了。要走也等到评上特级教师再走。"韩贝锦生了卫尔思以后也胖了,韩贝锦说女人不能胖,不能老,又瘦了。卫尔思胖墩墩,扎着一根冲天辫,就像年画娃娃,快会走路了。霍藜让卫尔思靠在墙上，往后退几步，张开手，说："到阿姨这里来。"卫尔思呀呀叫着不敢走，终于才鼓足勇气冲到霍藜的怀里。韩贝锦说："你要是走了，我怎么办？我连能说话的人都没有了。"学生一个个打电话给霍藜，在电话里哭，说霍老师不能走，舍不得霍老师走。霍藜的嗓子容易哑，学生就会带润喉片放在讲台上，霍藜因为学生闯祸大发雷霆，学生就会懂事地看着霍藜，乞求霍藜原谅，霍藜错误地责罚了学生，学生也会原谅霍藜，霍藜是和学生一起长大的，霍藜也哭了。霍藜和张聿结婚了。还是调到宛城去了。

13

原来的常县三中用作别的学校,新的常县三中是几个乡的初中撤并起来的,高山初中也撤并在一起。学校在田野中,没有围墙,只有一栋教学楼,一栋寝室。食堂盖了不到一半,没有锅炉房,看起来像个残破的小作坊。操场原来就是一片菜地,地上很多砂砾,就像废弃的河床,下雨的时候就像河流哗哗流水。牛在教室窗外吃草,老母猪领着小猪窜到走廊上。种菜的农民从教室的窗前经过。东方昆只想当老师,不愿意当什么主任校长,教育局要东方昆当教育科科长,东方昆也不愿意,几顾茅庐,东方昆才答应了,也快要退休了。讨论校长的时候,东方昆举荐关晨风,说:"班主任当得好的老师,也能当得好校长。常县就这么小的地方,像我这样眼力的人有几个?我不会看错人。"关晨风就从普通老师直接提拔为常县三中的校长,就是东方昆带到学校任命的,任命以后,东方昆说:"以后我每个月来一次学校,支持你的工作。"

关晨风当了校长以后,没日没夜地工作,对工作忠诚克己,仿佛原来只有工作才是关晨风心底的绝世佳人,才凝结着关晨风对于人生在世所有的悸动，情深意长，以及百转千回，而这个绝世佳人其实集中了一切女性可能有的一切魅力和愚蠢，不乏千娇百媚，可也刁蛮任性，而且没完没了，反复无常，一刻也不停止对关晨风的折磨，导致关晨风的生活长期清寂，可是关晨风也宁愿只和她耳鬓厮磨，长相厮守，并且也宁愿为她鞠躬尽瘁，清规戒律，不以物喜，不以己悲，几乎到罪孽的地步，旷日长久。关晨风就像一个没有阿喀琉斯的脚踵的人，无懈可击。如果关晨风其实也有阿喀琉斯的脚踵，似乎只有是：工作。

早自修。关晨风又最早在学校一圈一圈地走。一圈。一圈。班主任都只有从办公室到教室去，都不敢在办公室，就在教室，有的索性把办公桌搬到了教室。关晨风随堂听课，拎着凳子，走到一个教室，进去，坐下。学生在和老师吵架，都面红耳赤。学生说："五道题目，老师讲错了三道。"关晨风说："备课笔记拿过来看看。"老师没有备课，没有备课笔记。下课了，关晨风又拎着凳子，走到又一个教室，进去，坐下。教室里学生在喊，在叫，在从这张桌子上跳到那张桌子上，没有人发现关晨风坐在了教室里，老师也没有发现，过去了半节课，老师才发现了关晨风，红着脸，讲不下去。关晨风说："不用这么紧张。我是来向你学习的。"下课了，关晨风又拎着凳子，又走到一个教室，进去，坐下，一直坐到下午的最后一节课。关晨风也没有都在听课,有的课关晨风也听不懂。关晨风就在听课笔记本下放一本书,一边听课一边看书。

听了一天的课,关晨风都没有看到涂周行。老师说:"涂周行能怕谁?谁都不怕。天天夜里和村民打麻将,喝酒,土匪一样。让他去评教坛新秀,还是打麻将打到天亮,空着手去上课,书都没带,还要到隔壁教室借教材。肯定又去打麻将了,肯定又是酒喝多了,起不来了。"学校没有教师宿舍,租了村里的房子作宿舍。宿舍离学校有段路,要走过一条乱石路,走过一片桑树地,再拐三个弯,穿过半个村子。是两层楼,单间,破旧,楼前有个窄窄的院子,有一个公用的水槽。关晨风来看涂周行。涂周行块头大,而且黑,就像一座黑铁塔,还躺在床上。

"好一点没有?"

"喝多了。头痛。"

"要不要到医院?"

"你不是来批评我的吗?"

"以后注意就行。晚上开会宣布中层干部的调整,安排你是教导主任,能不能起来开会?"

涂周行马上就起来。涂周行当了教导主任。老师都说,这样的人,土匪一样,怎么能当教务主任?

夜自修。老师在给学生上课,关晨风准备开会。东方昆来了，布鞋上，黑衣衫黑裤子上，都溅着黄泥浆。东方昆到学校检查工作都不打招呼，也不找校长，校长都惶恐。东方昆只有和关晨风最默契。东方昆没有先到教室和寝室检查，还是先找关晨风，关晨风还是让涂周行通知老师马上停下上课。

"老师在上课吗？"

"你来了就不上了。"

"你在和我玩猫捉老鼠的游戏。"

"农村的苦孩子，只有苦读书。"

"读书本来就是苦的。"

"读书不算苦。不读书才是真的苦。学校如果不能出成绩，对不起学生和家长。"

"这么破烂的学校要能出成绩，只有苦读书。学校要能出成绩，都只有苦读书。常县就这么小的地方，也只有苦读书才有出路。说是检查，我也就是装装样子。"

"一个班主任在教室里贴了一句话：今天努力你将圆梦，今天荒嬉你在做梦。我让每个班都贴起来。"

关晨风和东方昆不谈还在修路，修了几年的路，怎么就修不好，还要多久才修好，路怎么难走，路不修好没有两个小时到不了学校，路上的自行车、拖拉机、中巴车没有不溅着黄泥浆的，不谈任何空话，就谈学生、老师、学校、教学。东方昆搭一部送货的拖拉机回县城去了。老师又继续给学生上课。关晨风开会，讨论：规范学校考勤工作。关晨风说："每个人先用半个小时备会。讨论的时候，都要发表意见，不管对错，畅所欲言。"书记说:"校长说怎样就怎样,不用讨论,哪里还要备会?从来都没有听说过。"还是开始讨论。

"这么破烂的学校,怎么考勤?都是农村的老师。正式的本科生就只有一个。家里都还要种田,一家人都要他养活,下课就要到田里去,有时候还要叫几个学生回去干活。有的资格老,教书也不错。有的像流氓一样,流里流气,在村里都很有名气。不好考勤。"

"要考勤就要有效。"

"要有奖惩。"

"要怎么扣钱?扣多少钱?"

"要得罪人。不好得罪。"

"校长说怎样就怎样。没有意见。"

关晨风说:"对不同的意见每个人再讲讲不同的想法。"书记说:"算了吧,有几个人赞同就好了,不需要反复。"还是反复,反复。书记说:"从来都没有开会开这么长久,我身体不好,先走了。"还是反复,反复。讨论出了结果:教导处每天对老师进行不定时不定次点名,点名结果每周公示,缺勤一次扣一块钱。夜深。漆黑。没有路灯。回宿舍。关晨风提着打狗棒走在前面,涂周行打着手电筒,也提着打狗棒,其他人跟在后面。经过桑树地,几条野狗冲过来。关晨风让大家都蹲下,狗以为要捡石头砸它,退了几步,又冲过来。大家又蹲下来,狗又退了几步,又冲过来。大家又蹲下来,狗扑过来。大家发疯似的逃跑,都说:"哎呀,好狗就怕三次蹲,真正厉害的狗不怕蹲。"第一周考勤公示。一个老师扣了一块钱，和涂周行拍桌子："这么破烂的学校还考勤？我天天都在学校上课。没道理扣我的钱。也不是钱的问题。"涂周行也拍桌子："我是秉公办事。点名的时候不在就是缺勤。"老师夺走点名册，到关晨风的办公室拍桌子："也不是钱的问题，这样点名不负责，点名册该撕掉。"关晨风说："有本事现在就撕掉给我看。"老师就把点名册撕掉。关晨风就打老师，说："去死吧——"老师都说，从来也没见过这样的校长，这样的人怎么能当校长？

下霜。光秃秃的桑树，草茎，乱石，泥土，菜叶，都挂着白霜，田野都是淡淡的白色的，就像下过薄薄的雪。放学，班主任又催学生交学费，又把还没有交学费的学生名单读了一遍，说："名单上的同学，星期天回校先交学费。"回校。一个学生又说，家里说等猪卖了以后就交学费。一个学生又说，家里说等山茶油卖了以后就交学费。不知道说了多少次了。一个学生的爷爷把自己扎的几捆扫帚搬到学校来，说只有用扫帚抵学费。班主任都说，能用扫帚来抵已经不错了。关晨风开会就像别人抽烟、喝酒、打麻将似的放任，一个会议接着一个会议，说工作一言堂布置下去就会不理解不执行，什么都要大家各自考虑酝酿，反复，反复，都要开到很迟，仿佛会议中就含有不可名状的尼古丁、乙醇、稀哗稀哗的麻将声，不能自制，几乎令人发指。已经是下午，还没有吃中饭，关晨风才开完会，讨论了教师候课管理工作，晚上还要继续开会讨论班集体建设工作。涂周行说："不能不吃饭，去小饭店吃碗面。"关晨风说："不去了。几个晚上都没睡好。回宿舍睡一会。"

　　关晨风刚刚睡下，易德音来了。易德音就是高山岭村的人，比关晨风迟两年分配回到高山小学。易德音回家就买米，买油，买拉手，买水龙头，买灯，买窗帘。房子说是在县城，其实在县城边上的田野里，是农民的自建房，要五万块钱，虽然有三层楼，但是每一层都不大，没有装修就住进去，断断续续才贴了地砖，做了柜子，做过墙漆，等到装上灯和窗帘，也就算装修好了。关晨风两个星期都没有回家，易德音还是先来给关晨风洗衣服，再回高山小学。"怎么这个时候睡觉？""隔壁的董老师家里困难，家属卖废纸，又有洁癖，一到夜里就开始洗装废纸的塑料袋，半夜三更还在洗，一点两点还在洗，太吵了，睡不着。""没有跟他说吗？""也是为了生活。算了。"关晨风睡了。易德音备课，准备等关晨风醒来再洗衣服。一个家长喝过酒，闯到宿舍来，吵着说："让校长出来——校长该打——"关晨风起来，易德音不让关晨风出去，说："你出去要打人的，不能再打人。"涂周行吃完面回来，冲过来拦住家长。

　　"干什么？"

　　"找校长。"

　　"我就是。"

"你是校长,该打。"

"你敢打。我让你站着来,横着回去。"

"你们每个星期都要小孩子回家要钱。小孩子没面子。我也没面子。不要每次都和小孩子讲。"

"上学交学费天经地义。要是收不起学费,班主任补贴都要扣光。"

家长号啕大哭。走了。关晨风说:"能免的都已经免了,也不能再免了,办学经费已经很困难。"涂周行说:"大家都委屈,都不容易。"易德音说:"今天是你生日,晚上也去吃碗面。"涂周行说:"他这个人就知道工作,好像他就是学校,学校就是他。哪里还知道生日?你也应该一起去吃。"易德音说:"我洗完衣服就走,不然就没车了,只有辛苦你再陪他去吃。"关晨风要送易德音去坐车。易德音说:"你去忙你的,下个星期家里就装修好了,你要回家吗?"关晨风说:"回家。"

关晨风和易德音结婚以前,听过东方昆的意见。东方昆说:"每个人都有自己的境遇,都有自己的想法,也就都有不同的生活,都有不同的命运得失。我过去看到和自己年龄相当的人为着恋爱,一会卿卿我我,一会要死要活,还要费尽心机,还可能反目成仇,失去理智,精神涣散,在最不该浪费时间的时候白白浪费时间,就觉得很可惜。我看书也喜欢看那些有斤两的书，一个人要是没有斤两，心胸狭窄，无病呻吟，又莫名其妙地找个人生活在一起，一辈子纠缠不清，那还有什么用？老话都很有智慧，鱼和熊掌不可兼得，一个人如果不想终生独身，就还是要结婚，但是最好不要浪费时间。结婚不都只是为了如胶似漆，柴米油盐，最好还要能够相互扶持做一些更有意义的事情，一个人的生命是有限的，恋爱婚姻是人生重要的部分，但不是全部，人活着还有很多有意义的事情值得去做。"

结婚的时候，关晨风和易德音约定：不买电视机，不谈论人过是非，不谈论家长里短。任何时候，无论有什么不满意，甚至愤怒，也不能说出"离婚"这两个字。不整天只知道穿衣打扮，涂脂抹粉。不像废料一样只会说，说，说，只会吃，吃，吃。不贪图便宜，不为几块几毛几钱斤斤计较。除了可以源源不断地买书，不给家里添置任何多余的家具……易德音对关晨风的约定不抗拒，不反对，不委屈。易德音深知女人才是家，女人即便和男人一样当老师，上课，备课，教学生，有知识，有文化，有气度，有胆略，也还是要操持几乎是全部的家务。易德音也深知一个人负责自己的人生尚且不容易，遑论要负责别人的人生。易德音不赞同那些说人生一切不幸的原因都在丈夫身上的女人，还有那些说嫁给了一个人从此终生就必须要他负责了的女人，易德音就不是那样的女人。易德音对关晨风的工作也从不嫉恨，从不干涉。易德音因此不仅保持了自己的平和，也保持了关晨风的平和。易德音就像是一个可以给关晨风最强大保护和安全的子宫。

结婚以后,易平林和俞木桃也住在一起。易平林很少说话,俞木桃一个字也不认识,看起来都要比实际年龄老很多。易平林和俞木桃不要关晨风一分彩礼的钱,买房子贷款,装修也是最简单的,易平林和俞木桃还都说这样已经很好了。易平林在菜场租了一个小摊位,天天挑一担菜去卖,俞木桃在楼下整饬了一块小菜地,种些青菜、番茄、葱、大蒜、生姜,还在菜地里养了几只鸡,又都说这样已经很好了。易平林和俞木桃开着电视机听戏:他、他、他,伤心辞汉主;我、我、我,携手上河梁。他部从入穷荒;我銮舆返咸阳……还是都说这样已经很好了。买房子的时候,东方昆给关晨风一万块钱,东方昆说别人已经什么条件都没有提了,总不能连房子也没有。结婚当天,霍藜让韩贝锦带给关晨风一万块钱的红包。没有多余的一个字。情深义重。不能推辞。没有比霍藜更了解关晨风的人。没有比关晨风更了解霍藜的人。但是霍藜和关晨风都和别人结婚了。

14

矿区倒闭了。矿区的工人就像遭受突袭的鸟群飞散了。有的到很远的别的省的矿区去了。有的不知道到哪里去了。只有尘肺的病人还住在医院里。医院的病房里、走廊上、楼道口都摆着氧气瓶,病人随时都可以吸氧气。病人说:"这么个矿区,几千个人,几十眼矿井,不管是发钱还是发粮票都要比别的单位高很多,就这么散了。过去只知道拼命干活,放炮以后粉尘那么大,立刻就下井搬矿石,虽然有口罩,粉尘还是会灌进来,鼻子嘴巴都塞满粉尘,眼睛上也全是粉尘,谁知道粉尘吸进去是会得尘肺的。没有这样的医院了,不留下来能到哪里去。"所有的地方忽然都空荡荡。连绵起伏的宿舍楼也空荡荡,五百块钱就能买一间,黍村的人说,都已经没有人住了,买来干什么,也不会有谁会住到那里去。黍村的人没有离开黍村的,没有会住到不是黍村的地方的。不止黍村如此,别的村也如此。溜槽也空荡荡,不再有像瀑布一样的矿石哗啦哗啦溜下来。矿井的井口用水泥封死,做成了平坦的水泥地,就像没有过矿井。轨道寂静,大地磅寂静。一辆跟着一辆的翻斗车,一辆跟着一辆的五十铃大矿车,都消失了。墨绿的邮局里还有人在工作,但也已经突然寂寥下来,就像不是过去的墨绿的邮局。三十亿年以前,月球的熔岩就已经停止了喷发,就已经死亡,人类仰望到的美丽的月亮其实就是一个死亡的天体,就是死星。在浩瀚宇宙的时间长流里,一定有很多难以计量的死去的星。曾经无与伦比的矿区也在时间的长流里死去了,如果不是因为还有残留的遗骸,甚至无法让人确信它原来真实地存在过,仿佛它从来就只是一颗死星。

结婚仿佛指点了霍韭的迷津,或者是让霍韭从一个迷津又陷入到了另一个迷津。霍韭在结婚以后立刻发现自己一个大学生,一个国土局的公务员,竟然只嫁给了一个司机,从此对杨岵颐指气使,在杨岵面前就像骄傲的白天鹅。杨岵对霍韭无可奈何,却并不都顺从,霍韭让杨岵去下面的国土所开车,杨岵说是临时工还不自由,就买了一辆车开出租车,杨岵就像娶了一辆车,对车比对霍韭更顺从。霍韭生孩子。杨岵说:"要姓杨。"霍韭说:"说好姓霍的。"杨岵说:"我又不是上门女婿。"霍韭说:"说好是上门女婿的。"杨岵就是说要姓杨,霍韭就是说要姓霍。霍韭说:"离婚,离婚。"龙淑慎说:"嫁鸡随鸡,嫁狗随狗。既然结婚了,是能把离婚挂在嘴上的吗?姓杨能怎么样?姓霍又能怎么样?跟谁的姓有什么重要,要什么上门女婿,读书都读到哪里去了?"霍韭说:"那就叫霍杨蓁蓁。"杨峃还是不答应。霍韭就掀桌子，掀凳子，摔锅，摔碗，摔盆。杨峃虽然答应了，龙淑慎还是忧虑，还是说："读书都白读了。"

也许就是因为忧虑，也许霍韭本来就是龙淑慎的软肋，龙淑慎对霍韭越来越百依百顺。火炮厂没有批下来，不能做火炮了。霍韭说："不做火炮最好，来给我带霍杨蓁蓁。"龙淑慎和霍于田就离开黍村到县城，龙淑慎带霍杨蓁蓁，霍于田在国土局当门卫。霍杨蓁蓁喜欢要龙淑慎抱，只要龙淑慎抱就不哭不闹，龙淑慎抱着霍杨蓁蓁从房间走到客厅，从客厅走到阳台，走来走去，又抱到楼下去，又抱上来，抱上抱下，只要龙淑慎逗弄，霍杨蓁蓁就咯咯笑。霍于田说："门卫的工资月月都会打到存折上，不用怕有今天没有明天。"靠着做火炮，所有的子嗣都读书读出去，龙淑慎和霍于田也没有向别人借过一分钱，没有欠过一分钱的债，这些年还余了几万块钱，黍村的人有点钱就造房子，龙淑慎和霍于田有点钱都要供孩子读书，现在可以造房子了，龙淑慎就打算把蘑菇场拆了造房子。霍韭说："造什么房子，我们都不可能再回去住，没有人会回去住的，不如在县城买房子，就住在县城，以后也方便照顾。"龙淑慎就没有造房子。

霍葵如果是一朵花，就是一朵无知无畏的花。霍葵上几天班就请假。上班还没有请假多。又到霍藜家来。又打车去做面膜。技师说:"你的睫毛这么长,真好看。你的头发是做过的吗?这么柔顺,都可以去做广告。做不做面膜就是不一样,你看你的脸就像鸡蛋一样又白又嫩。"霍葵又打车回来。小区就在河边,河边修了游步道,有桥,有亭子,有各式的健身器材,种了水杉、构树、樟树、海棠,草坪之中又种了八仙花、毛杜鹃、茶梅、扶桑、锦葵、蜘蛛兰,就像公园一样,比公园更好看。司机说:"我们去的地方多了,市中心的地方也有,但是没有这么安静,安静的地方也有,但是没有这么市中心,又是市中心又安静,这样的地方是很少的。你住在这个小区吗?能住在这样的小区是身份的象征。"霍葵说:"就是。就是。"霍葵揿门铃,坐电梯,电梯就像丝滑一样静谧。霍藜在烧菜。霍葵打开酒柜的抽屉,打开书桌的抽屉,打开化妆台的抽屉,打开衣柜的抽屉,翻来翻去,翻出巧克力、酱鸭舌、数码相机、面霜、面膜、围巾,都放起来。张丰要加班,霍藜叫霍葵先吃饭。

"我和你说过不能再随便翻抽屉。"

"你也不缺这些东西,都给我了。"

"也不能随便翻抽屉。"

"这个面膜我在宛城大厦看到过,一片就要上百块钱,说有些人用了一次还要在冰箱里放起来,再用第二次。我一个护士,哪里买得起这样的面膜。"

"谁到别人家里会随便翻抽屉。"

"你们家又不是别人家。"

"也不能随便翻。"

"土豆丝是怎么炒的？好吃。"

"放了咖喱。"

"牛肉汤是怎么煮的？好喝。"

"放了香菜和胡椒粉。"

"我和宋远也要调到宛城来。宋远做幕墙设计，在常县没有活做。你帮我们想想办法，你肯定有办法。你看你的生活，就像杂志上的生活一样，多少人都羡慕。"

也许就是因为无知无畏，也许霍葵本来也就是龙淑慎的软肋，龙淑慎对霍葵也百依百顺。霍葵和宋远调到宛城以后要买房子，宛城买一套房子在县城能买一个单元，不是谁都买得起，龙淑慎把原来要造房子的钱都给霍葵。霍于田说："房子不应该都是男方家里买的吗？"龙淑慎说："宋远只有一个寡妇娘，家里能有几个钱？他们两个都才工作，能有什么钱？都是为儿女。"霍葵又要龙淑慎把蘑菇场也卖掉，说："留点老房子就好，不会有人回去住了，现在钱先给我们，以后我们有钱会给你们在县城买房子，以后你们也可以跟我们一起住。"龙淑慎就要卖蘑菇场。芦琼玖说："不能卖。房子哪里能卖的？你们以后总要回到黍村来的，你们老了也不回来了吗？老了肯定要回来的。"龙淑慎说："现在都要听儿女的了。"芦琼玖说："老四想造房子，说要是不造房子就到矿上买两间房子，矿上的房子买来有什么用，还是要住在黍村的。就卖给老四吧。"龙淑慎又把钱都给霍葵。龙淑慎从来不要三个女儿拿回家里一分钱,为了霍葵也对霍韭和霍藜说:"霍葵还小,你们要帮帮她,能出也出一点。"霍葵和宋远付了首付,买了一套二手房,房子很小,小区很旧,电梯就像空酒瓶一样哐啷哐啷。宋远看起来忠厚、温驯,其实和霍葵一样无知无畏,说:"我们就只能住这样的房子吗?"霍葵说:"那你就去赚很多钱,给我买大房子。"

谷雨。雨,一阵,一阵。龙淑慎来看霍藜。龙淑慎染过的头发又已经白了,脸色很难看。龙淑慎说:"可能是坐车累了,也没什么力气。"霍藜要上公开课,要到学校改课件。龙淑慎说:"我好不容易来了,你就不要到学校去了,陪我说说话。"霍藜还是不得不去。霍藜让张聿陪龙淑慎去湖边,一起先经过菁菁小学。学校在一段逼仄的弄堂里,只有一栋四层的教学楼,一栋两层的办公楼,一小块操场。龙淑慎说:"这么小的学校,比丘城实验小学差很多。别人调工作都是越调越好,你怎么调到了这么个学校?"张聿说:"这是宛城的名校。宛城是省会城市,寸土寸金,学校都这么小。"霍藜说:"我原来也不知道这个学校,张聿说挑个离家最近的学校,就挑了这个学校。"张聿陪龙淑慎去坐船。船不大,能够坐五六个人,放着靛蓝细花的坐垫。湖水荡漾,一群灰白的鲦鱼仿佛要浮到水面上来了,又沉没下去,一群柳叶似的鲌鱼仿佛受惊了,迅速地游远,一条螺蛳青忽然跳跃起来,忽然又不见了。

船夫说:"儿子孝顺,知道带娘来坐船。"龙淑慎说:"不是儿子,是女婿,比儿子还要好。"

晚饭。张无聪和田稚烧了一桌菜:香椿苗拌核桃仁、黄豆芽拌莴笋丁、豆豉菝麦菜、韭菜薹炒螺片、姜葱炒肉蟹、黑椒牛仔骨、清蒸鲻鱼、清炖甲鱼……霍葵和宋远空着手来了,霍葵和宋远都是空着手来的。龙淑慎说:"没有大小,不像样子。"张无聪说:"不用讲究。都是家里人。"田稚说:"亲家公怎么不来?应该一起来。要常常来。"龙淑慎说:"门卫就是这点不好,一步都走不开,有点事情都要请假,也不能多请假。"张无聪和田稚都给龙淑慎夹菜,龙淑慎却也吃不多,脸色还是不好看。龙淑慎说:"可能是坐船风吹的,刚才爬楼梯也没力气。"张无聪说:"等到星期一到医院去做个检查。"龙淑慎说:"说好明天要回去,蓁蓁没有人带。"霍藜还在改课件,改字体,改字号,改一个词语一句话的出现方式,图片还要再选择,配乐还要再剪辑,改来改去,就要很多时间,就不知道要到什么时候,常常如此。张聿去接霍藜,都吃得差不多了,才接回来。张无聪说:"当老师也辛苦。"田稚说:"我们让亲家母明天不要回去,留在这里到医院做检查。"宋远要赶着画图纸,急着要走,霍葵也要走。霍藜说:"你就在医院,你怎么就不知道要妈妈留下来做检查?"霍葵说:"我就是个护士,我知道什么?"

第二天,一阵雨,又晴了。霍藜陪龙淑慎染头发,又在河边走。一个瘦瘦的四十多岁的男人挑着担子在卖小鸡、小鸭、小兔子，几个小孩拉着大人围在边上不肯走。龙淑慎买了一只小兔子要带回去给霍杨蓁蓁。走到桥上。桥上也有亭子，坐着两个老人，一个絮叨一句什么，另一个也絮叨一句什么。桥下有人在钓鱼。水坝哗哗流水。龙淑慎说："你是有福气的，张聿会对你好的。杨峪和张聿不能比，开出租车不稳定，经常三更半夜还不回家，也从来没有叫我们坐过他的车，霍韭没有你有福气。霍葵和宋远都太会用钱了，我最担心的还是霍葵。我晚上睡觉的时候会想，她们两个加起来也不如你一个。你在我们身边的时间最少，最给我们省心。你以前就已经很出名了，我有多少替你高兴，多少体面。你也不要太辛苦。有空我就会再来，我还是想来看看你，也来看看霍葵。"张聿准备了西洋参和铁皮枫斗，又提了一袋水果，送龙淑慎去坐车。张聿说："本来就不要回去了。你们以后也可以住过来。最好尽快回来到医院做检查。"龙淑慎说："我是说霍藜是有福气的。"虽然霍藜没有什么要龙淑慎百依百顺，也是龙淑慎的软肋，都是软肋。

胡炎火退休了，整天在蘑菇场打扑克。矿山的矿洞都封死了，黍村的人只有到外面去找活路，有的也到很远的别的省的矿区去打矿，有的到县城开店，有的到工厂打工，有的去做保姆，有的也不知道到哪里去了，还在黍村的人也整天在蘑菇场打扑克，不打扑克的也来看打扑克。芦琼玖不养猪以后围了一丘田养鱼养藕，还是有做不完的生活。芦琼玖骂胡炎火："以前要教书，现在要打扑克，田畈的生活就是一点也不做，没有抓过一条鱼，没有挖过一节藕，一根鱼草都没有割过。要是哪天死了，叫你起来打扑克，你还会爬起来。"胡炎火从鼻孔里出气，说："我自己有退休金，还要做什么生活？"芦琼玖骂："恨不死的——杀他的心都有——"不知道是谁在蘑菇场看到火药，去跟公安局说，公安局说这是黑火药，要拘留。火药说过要上交，龙淑慎准备卖给别的能批下来的火炮厂，也能卖几千块钱，就先放在蘑菇场的楼上，放在一个不用的米桶里，盖上盖子，没有来得及卖，却要拘留了。

芦琼玖说："煞好？煞好？"

胡炎火说："无冤无仇，也不知道是哪个去说的。"

霍于田说："知道哪个去说的，要拖来打。"

龙淑慎说："天头地脑——"

霍葵说："想想办法。"

霍藜说："常县总是霍韭熟悉，让霍韭先想想办法。"

霍韭说："我就是一个会计，我能有什么办法。"

张聿说："已经是认定的事实，也没有什么办法。"

张无聪和田稚说："要注意身体。"

霍藜给关晨风打电话。关晨风说："我能为你做些什么？"易德音的表舅认识公安局的政委，关晨风去找政委，说："能不能不拘留？"政委说："县里在专项整治民用爆炸物品，非法买卖存放都要严查，不能不拘留。只能在里面照顾一些,不安排干活。"关晨风送龙淑慎去拘留,又接龙淑慎出来,龙淑慎的脸色更加难看。关晨风买了软卧送龙淑慎到宛城。火车缓慢,哐当,哐当。什么都在不慌不忙地后退。太阳不慌不忙地跟着火车跑啊跑。龙淑慎靠在枕头上,还是没有力气。关晨风说:"躺下来会好一些。"龙淑慎说:"你不要怨我,我是把你当儿子的。"

龙淑慎到医院检查。做B超,肝脏上有肿块,是肝癌。做栓塞,肿块没有变小,转移,扩散,手术已经没有意义。痛。挂白蛋白。也痛。打杜冷丁。还是痛。龙淑慎说:"让我回家。"龙淑慎回到黍村。回到老房子里。蘑菇场已经拆掉在造新房子。院子里杂草萋萋,台阶上长了一棵碧绿的青菜。霍杨蓁蓁已经会走路,走到龙淑慎跟前叫:"外婆,外婆。"龙淑慎打开衣柜,拿出两个红肚兜,肚兜上绣着一个"福"字,旁边又绣着"长命百岁"四个字,两件小衣服,红布细格,系带,两个银手镯,交给霍藜和霍葵。龙淑慎说:"我早就准备了的,给你们的小孩的。"龙淑慎嘱咐霍藜:"霍葵还小,要带带她。爸爸还是让他自己当门卫,要照顾好。"龙淑慎就是像武则天一样,就是像女皇一样,就是实现了雄心,就是一天也没有掉以轻心,就是坚不可摧,也还是死了。

宇宙是很有耐心的,四十六亿年以来,宇宙中的时间步履最多只改变过几个毫秒,微乎其微,几乎可以忽略不计。宇宙又是最没有耐心的，霍藜还没有来得及陪龙淑慎说说话，还没有来得及知道龙淑慎想要说些什么话，还没有来得及问问龙淑慎过去为什么会和霍于田结婚，还没有来得及问问龙淑慎为什么龙淑慎最痛恨霍于田喝醉酒又年年都还要给霍于田酿酒，还没有来得及问问龙淑慎除了去看看火车还有没有过别的梦想，还没有来得及问问龙淑慎有没有想过特别想要去的地方是什么地方，还没有来得及问问龙淑慎有没有想过特别想要吃的东西是什么东西，还没有来得及问问龙淑慎在拘留的时候恐惧吗悲伤吗孤独吗，还没有来得及问问龙淑慎痛有多痛，还没有来得及问问龙淑慎那么痛为什么还一定要回黍村，还没有来得及问问龙淑慎黍村对于龙淑慎有多么重要为什么重要，还没有来得及问问龙淑慎对活过的这个世界是不是有无限的眷恋，眷恋什么，为什么眷恋……宇宙就让龙淑慎消逝了。仿佛龙淑慎也是一个天体，可能是幸运，应该就是幸运，宇宙曾经把它带到霍藜的生命里，又把它带走了，好像它也成了一个死亡的天体，成了一颗死星。死星也许并不是死了，死星也许还是活着的，是不死的。霍藜给关晨风打电话。关晨风说，我能为你做些什么。霍藜恸哭。

15

霍藜要在体育馆上观摩课,是作文课。全国各地的权威、专家、骨干教师都要来听课。备课。霍藜准备上:妈妈。区教研员慈眉善目,委婉,说:"太俗套了,多少人都写过了,都已经是写烂的题材了。"市教研员牙齿不好,说话漏风,说:"公开课就像时装秀,就像走秀,走秀的服装通常都不会用来日常穿着,必定都有新意,没有新意,还是走秀吗?"省教研员圆融,客气,说:"我们都能理解你对母亲深厚的感情,不过,这不是一般场面的公开课,如果仅仅出于个人喜好,就太自我了。"试教。霍藜上的就是:妈妈。邀请来赫赫有名的权威指导,权威个子不高,戴着眼镜,面容冷峻,咄咄逼人,说:"一个学生站起来说妈妈跷着腿坐在沙发上,一会要我给她递水,一会要爸爸给她剥山竹,就像不可一世的女王。一个学生站起来说妈妈的腰比水桶还粗,惨不忍睹。用语不尊重,内容不正面,老师也没有加以引导。为什么还要让学生读那么深奥的诗?还是小学生,能读懂什么?"体育馆,人如潮涌,密密麻麻,四周挂满红艳艳的横幅,像盛大的演出。霍藜上的还是：妈妈。

上完课。

说课。

霍藜说。

上课就像写文章一样，也有动机，我上课的动机，往往来源于我自己最渴望向学生传达的意念和情感。我偶然读到《凯风》，受到感动，我很想通过某种形式把这首诗推荐给他们，不求甚解，但能有所捕捉，产生共振，留下痕迹……我上课的动机也体现我自己对作文学习一直以来的理解。

第一。人类学指出："经历、故事、语言——这就是人类生活的全部内容。"每个人都有自己独特的经历，独特的故事，都在用自己的语言讲述自己的一生。口语的讲述，就是说话，书面语言的讲述，就是作文，它们是两种不同的语言形式，会说话不等于会作文。作文的本质，就是运用书面语言，讲述个人的生活，同时它也是组成个人生活的一部分。

第二。说话不是一句一句教会的。作文也不是一句一句教会的。生活自在不休地上演，一切见闻、感受、遭遇，积微成著，随时恭候作文的讲述。儿童很小，但有自己的世界，有他们自己对世界的认识和感受，以及由此产生的情感和态度。耳熟能详的触手可及的人、事、物，虽然普通陈旧，然而真实可感，是儿童生活最丰富最真切的一部分，是最弥足珍贵、经久不衰而永恒的作文题材。要让儿童能够用作文讲述生活，首先就要能够调动他们既有的生活，这样的习作才能透发儿童生命的本真。

第三。苏霍姆林斯基说:"关于一个人,一种行为,一种现象,一种事,你心里怎么想就怎么说,任何时候也不要去猜测别人听了你的话会对你怎么样,这样猜测会使你变成一个虚伪的人,阿谀奉承的人,甚至是卑鄙的人。"习作的过程,如果不珍惜生活的恭候,总是试图用经过组织的游戏、活动等虚设的情境和刻意的营造替代生活,过于执着篇章段落的技巧、方法、分析,过于整齐划一,过于教条地对儿童倾吐的内容做错与对的道德评判,儿童就不能向生活取材,不能迅速地感受用作文讲述生活的魅力,就会堵塞源泉,丧失兴趣,非但不以为作文本来就是生活的一部分,而且是生活多余并可怕的一部分。

我想,作文是特别个性化的行为,我宁愿我的学生写出来的文章可能粗糙,可能不成章法,但是纯真,自由,不忸怩,不造作。我希望这样的理解,能渐渐地让作文成为他们生活的一部分且是愉快的一部分。今天的教学就是我常态的作文教学,和大家探讨。

评课。赫赫有名的权威还是咄咄逼人,仿佛体育馆就是全世界,而她就是全世界的主宰。霍藜感到更深刻的空虚,厌倦,无限的孤独。霍藜再也不想上公开课了。白有榆和李淇岸是来听课的。李淇岸更胖了,笑容满面,笑得更腻,更缜密。白有榆又轻又慢一字一句温柔地说:"我以前就说过,只要给你一个讲台,你就是会发光的。你到了宛城,一样发光。你也是要去吃饭的,一起去。"霍藜没有去。韩贝锦也是来听课的。霍藜和韩贝锦去吃自助餐。在旋转餐厅,在三十二楼,可以俯瞰宛城,可以遥望湖水。服务员微笑,一道一道送来饮料、例汤、沙拉、刺身、寿司、牛排、鹅肝、意面、甜点……只要能吃,可以无限吃。

"宛城就是好。我还是第一次到这样的餐厅。我也没有吃到过这样好吃的食物。你现在的皮肤比以前更白。他们说吃宛城的水,皮肤会越吃越白。"

"我再也不想上公开课了。"

"别人抢不到上。"

"有一次上完课吃饭,上课的老师要表演节目,有的唱歌,有的跳舞,我没有节目,就要我把菜单报一遍。我再也不肯去了,今天又逃了。"

"你已经够好了。你也已经是副校长。多少人奋斗一辈子也得不到的东西你都有了,多少人梦寐以求。"

"我和张丰说过,每个人都有不同的志趣,这些肯定不是我的志趣。"

"那你还想怎么样呢?"

"我也不知道。"

"我们班的学生也很怕写作文。学生都怕写作文。很多家长说,小时候什么都会说,在家里也很能说,也不是不看书,就是不会写作文。"

"写作文不是教出来的,都被教坏了,越教越不会写。"

"我也想到宛城来。宛城的名校我都去过了，都比较过，都会要我，省教坛新秀都是绿色通道。我在丘城还有什么意思？我不想再看到他们，我要是在丘城就避免不了，上公开课和听课都避免不了，要是想评特级教师更加避免不了。我也是为了卫尔思，到宛城对卫尔思总是更好。我又能和你在一起。"

"卫景福会同意吗？"

"他都是听我的。"

霍藜恶心，呕吐。韩贝锦说："是不是怀孕了？"霍藜怀孕了。剧吐。吃什么都吐。喝水也吐。闻到油烟的味道也吐。就是听到菜的名称也吐。吐到住院。霍葵给霍藜输液。霍藜已经两天什么都没有吃，还在吐。田稚熬了米汤让张聿带到医院，霍藜闻到米汤的味道，又吐，连吐的力气都没有。霍藜说："受不了了。不行就不要了。"霍葵说："不要你肯定会后悔。不就是孕吐吗，再忍忍。"

韩贝锦在上课。教室门口有人找韩贝锦。是一个熟悉的人。是一个陌生的人。是一个一走了之很多年都已经没有了关系的人。是一个韩贝锦和韩飞蓬迫不得已去找他要过钱，但是一分钱也不给的人。是一个让韩贝锦和韩飞蓬就像没有人要的小狗一样的人。是一个韩贝锦还一直想着他如果老了，还是要回来的，还是会养他的人。是父亲，但是没有在父亲的位置上的人。是韩有常。韩有常就像疯狗一样,说:"我身上藏了刀,我准备杀人了,我已经疯了,那个女人又跟别的男人好了,我的钱都被她骗走了,我要把她杀了。马上让你妈妈跟我离婚。不离婚的话,你们都会成为杀人犯的小孩,一辈子都不清白。"不管是谁杀人都骇人听闻,都是严重的,不知道会发生什么。韩贝锦就和韩有常回到高山脚村。

房子已经是高山脚村最豪华的房子。王如英说,要再盖两层楼,要三层楼,要装修,要贴地砖,要做墙裙,要好一点的抽水马桶,外面的墙要贴瓷砖,要席梦思,要皮的沙发,要吊灯。韩贝锦就像渔夫,有点钱都源源不断地给王如英。王如英还是梳洗得干干净净,整整齐齐,又戴上金耳环,又戴上金戒指。韩飞蓬怯弱地躲在韩贝锦边上。亲戚都来了。韩有常把刀拍在桌上:"要杀人了,只有离婚一条路。"亲戚说:"只有离婚。"韩有常过段时间就会让亲戚带话要王如英离婚,王如英都不肯,说:"生是韩家的人,死是韩家的鬼。"

王如英说:"归来,不要杀人,不要离婚。"

韩有常说:"想让小孩成为杀人犯的小孩吗?想让他们一辈子都不清白吗?"

韩贝锦和韩飞蓬说:"归来,不要杀人,不要离婚。"

韩有常说:"是为你们着想。"

亲戚说:"是为你们着想。"

王如英说:"生是韩家的人,死是韩家的鬼。"

韩有常说:"离婚了那个女人才会相信我真的会杀人,才能把钱拿回来，不把钱拿回来不是便宜那个女人吗？"

亲戚说："不能便宜那个女人。"

王如英说："拿了钱就归来？"

韩有常说："拿了钱就归来。"

王如英和韩有常去离婚。拍照片的时候，韩有常笑了，高高兴兴地笑了。王如英对韩贝锦说："他在骗人。"韩贝锦说："不会的。"王如英拿着离婚证对韩有常说："拿了钱就归来。"韩有常拿着离婚证说："都离婚了，谁还要归来。"韩有常就像疯狗一样，又走了。王如英又哇哇地哭："活不下去了——活不下去了——"没有谁是英雄，谁都不是谁的英雄，韩贝锦心里抓着的稻草没有了。韩贝锦就当韩有常死了，死有余辜。

韩贝锦和卫景福带着卫尔思去荡街路。韩贝锦给卫尔思买了一件棉袄，一顶帽子，给自己买了一件灰色立领的大衣，一件紫色的针织连身裙，一件黑色的夹棉背心，要给卫景福买棉夹克，卫景福说："我够穿了，不需要。"回家。李舜华又来了，又没有打招呼就来了，李舜华从来都不打招呼就来。李舜华蒸了香肠，炒了西芹，炖了冬笋筒骨汤。李舜华指挥韩贝锦："汤勺拿过来，汤碗拿两个，筷子还少一双。"卫景福说："我来。我来。"韩贝锦又夹了几片香肠，李舜华说："不要再吃了，吃太多也不好。"李舜华把盘子挪过来，夹给卫景福，说："吃呀，吃呀。"卫景福说："不要都叫我吃。"李舜华面无表情，喂卫尔思喝汤，卫尔思不肯喝，李舜华说："不喝就要罚站。"韩贝锦整理衣服，一件橙色的针织连衣裙不见了，韩贝锦叫："有没有看到我的裙子？"卫景福说："没有动过，没有看到。"韩贝锦又叫："给我去找出来。"李舜华冲过来指着韩贝锦的鼻子骂："叫什么？谁都是由着你叫的吗？裙子我洗掉了，晒在阳台上。"韩贝锦又叫："谁让你洗了？谁让你用刷子刷了？都变形了。都洗坏了。"李舜华又骂："有什么了不起？我可以赔你，我赔得起，买那么多衣服干什么？都已经是当娘的人了，又不是还要嫁人。"李舜华呼呼呼地刷锅洗碗。卫景福去修摩托车轮胎。韩贝锦陪卫尔思一起午睡。李舜华铁青着脸坐在床头盯着韩贝锦的脸。韩贝锦醒来，惊吓。

"你干什么？"

"要和你谈谈。"

"谈什么？"

"你们不能到宛城去。"

"这是我们的事情。"

"卫景福不会去的，我们不会让他跟你到宛城去。"

"那也应该卫景福自己跟我说。"

"到宛城去干什么？在丘城什么都有了，有什么不好？到宛城去吃苦头吗？"

"我们肯定要去。"

"要去就离婚。"

"我们要是离婚,就是你拆散的。"

卫尔思吵醒了,像小火车头一样冲过来打李舜华,说:"你又骂妈妈,不许骂妈妈。"李舜华在地上打滚,又哭又叫。卫景福回来,说:"我就出去了这么一会,怎么就闹成这个样子。"李舜华说:"你到宛城能干什么?你要是跟她去宛城,肯定要吃亏的。"韩贝锦说:"你去不去?"卫景福一言不发。卫大康来把李舜华叫起来,说:"你还是个知识分子,怎么会这副样子?"又对韩贝锦说:"宰相肚里能撑船,你不要和她一般见识。"李舜华走的时候还是又哭又叫:"离婚。离婚。"

遗忘,是全人类共同的疾病,从无幸免,遗忘的来临和进展也都要比人类想象得更早更迅疾,它是对谁都从不饶恕的不治之症,人类却显然低估了它的威力。韩贝锦已经遗忘了自己原来还爱慕过东方昆,还给东方昆写过信,好像那不是事实,好像那也不是韩贝锦。韩贝锦不知道要不要离婚,不知道离婚会怎么样,就回来看东方昆。韩贝锦拎了两瓶酒,披着蓬松的长发,穿着细高跟鞋,鞋跟"嗒嗒嗒"响。东方昆到阳台上把晾在米筛上的梅干菜收进来。东方昆说:"鞋跟不要穿得太高,走路不要'嗒嗒嗒'响,你这个年纪其实不用化妆,你就是不化妆也已经很漂亮。大自然是很有智慧的,人要多向大自然学习。大自然中的花草树木都很安静,枯也好,荣也好,都是安静的。大自然中的动物也要比人安静,它们不会像人一样口无遮拦,什么话都要说出来,什么话都会说,它们就是被人宰杀了也就是号叫几声。人最不安静，一会吵着要结婚，一会吵着要离婚，其实人的痛苦既不是结婚造成的，也不是离婚能解决的，如果离婚能解决痛苦，人间还会有那么多痛苦吗？你不如把时间用在刀刃上。人很多时候就是在白白浪费时间。"东方昆就像古时候的君子，也就像一个父亲，却毕竟也不是父亲。韩贝锦调到了宛城，也调到了菁菁小学。卫景福不想到宛城，害怕到宛城，但还是跟韩贝锦一起到了宛城。卫景福说："卫尔思怎么办？她怎么办？我不去她们两个怎么办？"李舜华又哭又闹，说卫景福娶了媳妇忘了娘，也不想想自己到宛城能干什么，肯定是要吃苦头的。卫大康拿出所有的钱都给韩贝锦，说："既然去了，也要买个房子。"韩贝锦和卫景福把丘城的房子也卖掉，在宛城买了一套二手房。房子靠近高架桥，关着窗户也有清晰的轰鸣，仿佛一直都有飞机在降落，仿佛一直都有飞机在起飞，仿佛一直都有飞机在起起落落。卫景福说："每个月要还三千多块钱的贷款，怎么还得起？"韩贝锦说："会有办法的，我可以带学生。"

韩贝锦带着卫尔思来看霍藜。张溯看到韩贝锦笑，看到卫尔思也笑。韩贝锦说："爱笑的小孩聪明。小囡囡的耳垂这么大，一看就很有福气。"保姆抱张溯去洗澡。卫尔思坐在地板上看书，又拆开两个芭比娃娃，一个粉红的，一个淡紫的，又在沙发上蹦蹦跳跳，又跑来跑去。卫尔思说："妈妈，要是我们家的房子也有这么大,那该多好啊。"韩贝锦瘦了,从来都没有这么瘦。因为涂着睫毛膏,眼圈看起来特别黑。衣服是新买的,但是不合适,式样、颜色、大小都不合适,韩贝锦很会穿衣服,却穿了不合适的衣服。买房子的时候,韩贝锦最终说就买离霍藜最近的房子,却才有时间来看霍藜。

"找房子,买房子,买几样家具。摩托车也运过来了,但是不准骑,都骑自行车。家具市场太远,去一次至少半天。什么都没有人帮忙,就是一个螺丝钉也要自己跑来跑去买。打车太难了,开始不知道出租车还要交班,都是空车,就是不停,急得要哭。黄包车不好叫,太远的地方都不肯去。公交车太挤了,大伯大妈都很凶,都很会骂人。"

"我刚来的时候去坐公交车,不知道要提前准备下车,来不及挤到车门口,就坐过站了。"

"商场满多少减多少,都是人,都在算来算去。什么都好像是在抢一样。付钱要排队,队伍很长。我最后买的衣服都不知道是怎么抢回来的。"

"我到这里以后才认识到原来人与人是有竞争的,就是坐车也要竞争。"

"这里很少有老师带学生,说是不允许带,也没有学生说要老师带。我先在区里的培训班上课,上作文课,双休日都上。"

"他们也叫我去上过,我上了几次不去了。作文不是培训出来的。就算上课的时候会写了,回去还是不会写。作文最不能这样上课。"

"我自己作文也写不好,这样也逼着我不得不把课磨出来,等于双休日都在磨课。也是为了赚钱,我一个人的工资还贷款都不够。卫景福去做生意了,跟着家长做,还不知道怎么样。来的时候学校问我有什么要求,我说我就当班主任,班主任和家长最亲近,我也是为了卫景福。"

"我不想回学校去。"

"学校和我想的不一样。要检查教案,要检查作业批改,什么都要检查。要统测,要公布成绩,要排名。我到了这里才知道什么叫应试教育。也很少外出学习,都只有区里的教研活动。教导主任说有家长反映我的普通话不标准,字写得不好看,作业批改不认真,还体罚学生,把学生的脸捏红了。我是喜欢捏捏学生的脸,我是觉得可爱。我去参加区里语文教师素养比赛,比朗读,比写字,都是第一名。统测也得了第一名。他们认为我是从小地方来的,要掂量你,就是小家子气,还是丘城实验小学像大户人家。我常常做梦,梦见自己想要回到丘城实验小学,但是已经回不去了。"

"如果当老师就是当老师,我也不会不想回学校去。"

"你是副校长,我还要依靠你。"

"我就是不想回去了。"

"那你想干什么呢?"

"我也不知道。"

迁徙,是连根拔起,是漂泊,直到在别的地方重新长出根来。人性这根曲木早就预见了，在没有重新长出根以前，每个迁徙的人都要经历灵肉的流浪，流浪，从来如此，因为人性的变化是非常缓慢的，甚至几乎就没有变化过。卫景福带着卫尔思到海洋公园。卫尔思看到珊瑚，说像彩色的树枝。看到海星，说像彩色的五角星。一只海豹在仰泳，一只海豹在鼓掌，两只海豹一起顶球，卫尔思看完了还不肯走。"为什么妈妈不来？为什么都只有我们来？""妈妈要上课。""为什么妈妈双休日也要上课？""妈妈要赚钱。"……卫景福带着卫尔思回家。骑自行车。经过几个红绿灯。转弯。到一条小路。走错路了。又转弯。又到了一条小路。又走错路了。连回家的路也不认识。连回家的路也找不到，迷路了。流浪。流浪。回到家。韩贝锦说："我以为回来就能吃饭。我做好饭你们还不回来。"卫景福一言不发，吃饭也一言不发，吃完饭也一言不发。韩贝锦说："你什么意思？"卫景福说："我本来就是不想来的，我要回去。"卫尔思说："我可不回去。回去看不到海豹。"电话铃响了。卫大康突发脑溢血住进了重症监护室。卫景福连夜赶回去。李舜华又哭又叫，说："一定要用最好的药。"韩贝锦在电话里说："就用最好的药。"卫大康在重症监护室里住了半年多，都用最好的药。韩贝锦说："把房子卖掉也要用最好的药。"房子卖掉了。卫大康还是没有开口说过一句话，还是死了。韩贝锦和卫景福租房子。卫景福说："现在房子也没有了。"韩贝锦说："房子没有了还可以再买，你的父亲只有一个，死了就没有了。"卫景福说："你最好了。"

16

霍藜喜欢冬天。冬天是枯寂的，凛冽的，清澈的，疏朗的，极简的，冷静的。它并不是衰亡了，而是在蓄势待发，蛰伏着一切的可能和生气。宛城的人却不喜欢宛城的冬天，说太冷了，湿冷，阴冷，刺骨的冷，比北方的冷更冷。宛城的人喜欢宛城的秋天，宛城的秋天是短暂的，短暂得好像还没有到秋天，秋天就已经结束了。宛城要是开始落叶，无论是梧桐树叶，还是银杏叶，都舍不得打扫，都要小心翼翼地等待它们积攒起来，积攒到车开过去，人走过去，都会沙沙响，仿佛只要积攒落叶秋天就会停伫，而落叶还是打扫了，秋天也从来没有更多地停伫。任局长从部队转业，最喜欢马术，也最喜欢在秋天举办寰球教育峰会。任局长年年都要掐算时间，无论秋天是来得早了还是晚了，都能够不偏不倚地就在短暂的秋天举办峰会，从不失算。任局长翻干部培训汇编材料，翻到霍藜的发言稿，跟张聿说："教育局一直在找写材料的人，可以到教育局。"霍藜就到教育局写材料。各个教研员知道了都说："损失了一个特级教师。"霍藜什么也不留恋，一概不留恋。

又是秋天。又举办寰球教育峰会。认真地开协调会。认真地宣传策划。认真地预订酒店。认真地制作会议手册。认真地布置会场。认真地接机。认真地接待。认真地精益求精。认真地殚精竭虑。认真地忙碌。认真地不知道为什么认真。开幕式，区长主持，副市长致辞，副省长讲话，任局长和国内外专家一起做报告。材料都是霍藜认真地写的。为了写材料，霍藜看很多资料，看了以后做剪贴，做在大开本的笔记本上，做了十多本笔记本，时评的，政治的，教育的，分门别类：《没有自由就没有创造》《财富观就是一种信仰》《文化与自信》《为了大地仰望星空》《论教育之宗旨》《各国教育发展目标和战略要点》《国际社会推进教育公平的政策与实践》……任局长说："你看了很多资料，你都是为我看的。"国内外专家在报告中谈：教育革新，教育可持续发展，国际理解教育，全民教育，全纳教育，终身学习……任局长在报告中谈：原教育。茶歇。霍藜要离开会场，要去写材料。任局长说："省长的讲话稿都写过了，国际会议的报告都写过了，能学到很多东西。"

宴请安排在会所，会所在湖边，在两座短短的拱桥之间。白墙黛瓦，有庭院，有亭台，有连廊，但是只有很小的一扇门，而且很少开门，好像是很多年都没有人出入的门。门前的石板路简朴，苍古，一尘不染。路边的草并没有枯黄。鸟雀啁啾。如果没有人说就没有人会知道它是会所。随从的人认真地随从。认真地跑前跑后。认真地说谁已经到了，谁马上就到了，谁还要等一等才到。认真地等候。认真地请谁首先入座，谁坐在左边，谁坐在右边，谁坐在谁的边上。更多的时候就像影子一样默不作声，笑的时候恰如其分地跟着笑。敬酒，什么时候敬，谁已经敬过以后才可以敬，几个人一起敬，先敬谁，后敬谁，谁最后敬。喝多少酒，说什么话，怎么说。都很认真。一个年长的领导和蔼地说："在任局长身边可以学到很多东西。要好好学。"觥筹交错，客套的继续客套，似乎亲密的继续亲密，高谈的继续高谈，附和的继续附和，含糊的继续含糊，恭敬的继续恭敬。鸟雀应该知道天黑了就应该回家，应该早就已经回到鸟窝了，早就已经不再啁啾，人却不像鸟雀，不知道天黑了就应该回家。终于要走了，谁走在最前面，谁陪谁走，谁的车先开过来。谁开车门，开哪扇车门。挥手，目送。也都很认真。任局长叫住霍藜，说："你不是就来吃饭的，就是你没有喝酒，这么重要的场合怎么能不喝酒？你也是随从。不是谁都可以随从，随从也是工作。都有定位，不能缺位，也不能越位。能学到很多东西。"

　　秋天的最后几天。任局长在马会请客。霍藜在路口等客人。最先到的是何萁。何萁从车上下来，车上又下来一个男人。男人极矮，好像还没有发育过就停止了发育，还不到何萁的腋下高，男人递给何萁一条披肩，开车走了。何萁丰腴了很多，就像一条细眉细眼的白豚。何萁披上披肩，以为很有风情。何萁说："是你吗？怎么是你？你也到宛城来了？什么时候来的？我大学毕业就到宛城来了，在一个民办小学，后来学校解散了，要自谋出路，我就到报社了。我和原来的同学都没有联系。你是我很在乎的人，我心里一直都很在乎你，没想到还能见到你。韩贝锦也到宛城来了？她怎么能到宛城来？她到宛城来干什么？刚才是我先生。是不是太矮了？是不是带不出去？他在省政府上班，就是他让我到报社的，我们结婚都是家里安排的，我们是先结婚再恋爱的……"何荑看到任局长就一串一串地笑，笑得就像会缠绕的藤蔓。任局长说："你们认识？你们怎么这么熟悉？"何荑说："我们是老同学。"何荑拉着霍藜，还是笑，一串，一串，好像是多么亲热的老同学。

客人都到了。除了何荑，还有一个教育学院的院长，两个大学教授，一个教授的助理。喂马。马喜欢吃方糖，也喜欢吃胡萝卜。马对人不热情，也不畏惧，似乎对人这个物种毫无兴趣，心不在焉，漠视，傲慢，除了吃，对人的热情不理不睬，没有任何所谓。任局长介绍："这是英国纯血马，是全世界最优秀的马。这是阿拉伯马，是地球上最古老也最浪漫的马。这是霍士丹马，是最顶尖的障碍马。这是美国花马，小孩最喜欢的马。这是会员养在这里的马，不用自己养，就是定期来看看。"戴头盔，穿马靴，戴手套，骑马。休息。喝茶，喝鲜榨的橙汁，吃水果，吃点心。马会的马总说："我还有猎场，有兴趣可以一起打猎。"到菜地走一圈，丝瓜架上只剩下几个空心了的老丝瓜，芹菜碧绿，菠菜也郁郁葱葱。到鱼塘走一圈，水面上浮着落叶。到私人影音室听音乐，都是通过各个国家的使馆搜集的黑胶唱片。看电影。看《微观世界》：这是黎明时分，地球某处的一片草原，草原下隐藏的是像星球般巨大的世界，茂草变成了一片森林，小石头就像高山，小小水滴形如汪洋大海，时间以不同的方式流逝，一小时像过了一天，一天像过了一季，一季像过了一生，要想探究这个世界，我们必须保持静默，倾听这奇迹……吃饭。马总说："这是自己种的菜，这是自己的养的鱼，这是自己酒窖里藏的酒。"任局长说："今天主要不是来骑马的，主要来说说怎么写书。"任局长最在乎的不是教育：什么才是教育的根本？人为什么要接受教育？人类为什么赋予教育重任？"古之王者，建国君民，教学为先"，又是为了什么？怎样的过程才真正有资格称之为教育？教育对人类的文明史有什么意义……任局长都不在乎。但是，任局长要写书，写教育的书。

学术专家说："任局长这么有思想，是要写书。"

院长说："要是写了书，任局长就是教育家了。"

大学教授说："任局长已经是教育家了。"

教授的助理说："主要写什么？"

何蘬说："就写：原教育。"

任局长说："何蘬是名记者。书就交给何蘬写，没有更合适的人了。我在教育局安排一个何蘬工作室，何蘬可以到工作室来写。在座各位以后都要定期来马会，讨论书的进展，也可以骑马。"何蘬又笑，一串，一串，说："我能行吗？太有压力了。"任局长说："怎么不行？你不是还有老同学吗？就让老同学协助你。"何蒉说:"那就要靠老同学了。"何蒉拉着霍藜,还是笑,一串,一串,像藤蔓一样缠绕。

张聿来接霍藜。任局长说:"张主任亲自来接?张主任会安排时间。我每天都要加班,双休日也加班,没有不加班的,我已经不是我自己的了,我的工作方法肯定有问题。张主任也应该来骑马。下次一定要来。"路上积攒着梧桐树叶,银杏叶,车开过去,沙沙地响。霍藜说:"能学到什么?学起来干什么?还是不要学的好。"张聿说:"就是工作,只是工作。"霍藜说:"有什么意义呢?"张聿说:"工作和吃一样,都是为了让人能够活下去。看病,教书,管理,设计,建筑,生产,销售,修理,清洁,归根结底都是一份工作,不同的工作。只要是人就都要工作,不得不工作,哪怕是无趣的,甚至是厌烦的,否则让人干什么去?不是很无聊吗?又能靠什么活下去呢?工作,就是让每个人都有事情可以做,都有一份收入,都能谋生。人活着不一定要赋予什么意义,很多行为都不一定要赋予什么意义,真要那样的话,也就活得太理论化了。"梧桐树叶还在飘落,银杏叶还在飘落。车开过去,沙沙地响。

宛城最冷的是风。高楼旁,弄堂,路边,河边,湖边,任何地方,任何方向,风都在呼啸,而且凌厉,仅仅棉袄抵挡不住。韩贝锦给卫景福也买了羽绒服,说:"以前都不知道要穿羽绒服，都不用穿羽绒服，到宛城才知道不得不穿羽绒服。"卫景福又出门了，又对卫尔思说："爸爸去赚钱，如果赚到钱你要什么就买什么。"卫尔思的两颗门牙越长越分开，越来越难看。医生说："长了一颗横生牙，要全麻手术，要从口腔上颚手术，周边全是牙神经，只要动一下都会坏死，可能也会醒不过来。"韩贝锦还要赶回学校上课，也不敢签字。卫尔思拉拉韩贝锦的手，说："妈妈你签字，没事的。"韩贝锦上完两节课赶回医院，手术已经做完了。客厅，其实就是餐厅，就放得下一张小餐桌，房间，床边，窗前，阳台，都堆着杂七杂八的纸板箱，都装满了杂七杂八的东西，就像不是家，也就要搬家了。韩贝锦和卫景福用卖房子还余下的一些钱，又买了房子，虽然很远，但毕竟又有房子了。小书桌旁也堆着杂七杂八的纸板箱。卫尔思做作业。韩贝锦批试卷，备课，又写论文。卫尔思说："要开家长会。"韩贝锦说："你们开家长会的时候，妈妈也要开家长会，不能去开你的家长会。"

风凌厉地呼啸。放学。卫景福骑着电瓶车来接卫尔思。卫景福总是出门，总是说去赚钱，很少会来接卫尔思。卫尔思排队出来，指着卫景福对同学说："你们看我爸爸是不是很帅？"卫景福虽然还没有赚到过钱，虽然又没有刮胡子，虽然出门的时候穿什么衣服回来还是穿什么衣服，好像就只有一件衣服，可是在卫尔思眼里就是最帅的。同学嘻嘻哈哈地走了。

"你什么时候回来的？你是不是赚到钱了？"

"爸爸如果赚到钱，就给你买汽车。"

"我想吃甜甜圈。"

"爸爸给你去买。"

"我还想吃榴梿。"

"爸爸也给你买。"

卫尔思睡了，韩贝锦还在写论文，卫景福睡不着。韩贝锦也要睡了，卫景福还是睡不着。卫景福给家长担保，家长不见了，要卫景福还钱。韩贝锦到学生家里，学生的奶奶说家长也给别人担保，别人不见了，也要家长还钱，家里的房子已经卖掉了，还不够还钱，还不出钱来了，家长躲出去了，不知道到哪里去了，天天都有人来讨债，还说要到学校绑架学生，学生也要转学了，他们也是受害者。韩贝锦又把房子卖掉了，还不够还钱，还不出钱来了。卫景福给李舜华打电话，李舜华又哭又叫，说："我早就说过你要吃苦头的。我哪里有什么钱？我这点钱是要放起来以后看病和请保姆的。我这点钱有什么用？你有苦头吃了。"韩贝锦给王如英打电话，王如英说："韩飞蓬要订婚，房子要装修，韩飞蓬不是天天能开工的，那点工钱自己吃吃用用都不够，你拿多少钱回来？你也没得好，也一样没良心，自己跑那么远的地方去，不管我们了。"又收到法院的传票，卫景福也躲出去了，讨债的人天天堵在家门口，把家里的锁也用胶水堵住，卫尔思大哭，说："爸爸去哪里了？爸爸怎么还不回来？"韩贝锦说："爸爸去赚钱，爸爸赚到钱就会回来。"

风凌厉地呼啸，讨债的人跟到学校来。韩贝锦上课，跟到教室门口。韩贝锦回到办公室填写特级教师推荐材料：简历，荣誉，教学情况，获奖情况，教学方面的突出成绩，教书育人的先进事迹，课堂教学效果……跟到办公室坐着。韩贝锦到食堂吃饭，也跟着。区教研员，市教研员，省教研员，都到学校来指导，韩贝锦叫："师傅——师傅——"也跟着。韩贝锦参加座谈会，也跟着。韩贝锦哭，走路走着走着也哭，到了霍黎家里也哭。韩贝锦说："我是一个很要面子的人，我已经一点面子都没有了。"家里还有一小套老房子用来出租，霍黎说："韩贝锦胜似亲人，比亲人还亲。先给韩贝锦住。不要房租。"张聿说："这不止是举手之劳，你要想好。"霍黎不假思索，让韩贝锦搬到了房子里。韩贝锦说："我就是为了卫尔思，也要咬着牙过下去，怎么也要咬着牙过下去。"

区里的培训班不允许办了，韩贝锦就到培训机构上课，还是上作文课，双休日都上。韩贝锦已经磨出了作文课的格式，写人的，记事的，抒情的，写景的，状物的，都有格式。第一个班。韩贝锦教怎么写作文。打开PPT。打出三个开头，说："自己选一个。"打出三个结尾，说："自己选一个。"打出中间的范文，说："自己照着写，画横线的词语可以自己替换，比如'跳舞是我的生命，我的灵魂。'这个句子中的'跳舞'就可以替换。你们要是有什么好的思路就自己去写，但是我觉得你们也想不出比这更好的思路。"第二个班。韩贝锦讲评作文。打开PPT。打出一篇文章：爸爸带着我坐电瓶车兜风……说："电瓶车不能带人，违反交通规则，就不能换更正面的例子吗？"又打出一篇文章：门口的桃花树开不出桃花，天天被心情不好的人用脚踹，被狗啃，被红艳艳的横幅勒……说："为什么有人要平白无故地踹树？不合理。"又打出一篇文章：放学了，我还在发作业本，带队老师气势汹汹地催促……说："哪里有这样的老师？老师不会这样。"教育局规定在职教师不能在培训机构上课，教导主任戴着黑框的眼镜，伸着又细又长的脖子，就像一只凶悍的老仙鹤，冲到机构来排查，一个一个教室冲进去，逮到了韩贝锦。

"你不是第一次了，你都取消了特级教师的推荐，你答应不来了，你怎么又来了？"

"校长他们能用工作时间到处讲课，我们为什么不可以用自己休息的时间上课？"

"这是规定。"

"为什么大学老师都可以兼职，我们就不可以？"

"我们就是执行。"

"谁不愿意双休日陪自己的孩子？平时已经都奉献给别人的孩子，双休日还要奉献给别人的孩子，不能带女儿出去玩，经常把她也扔在培训班，假如生活条件很好，谁愿意这样？出来上课就容易吗？身体不好，刮风下雨，都要来，睡个懒觉也不可以，路上也不安全，要冒着生命危险，你们为什么就不能包容？"

"我们也没办法。"

韩贝锦咬着牙。不哭。回家。卫尔思在作业本上画小人。画了一堆小精灵，一堆魔法少女。画了两页小木偶，每个小木偶的动作都不一样。卫尔思给每个小人都编过故事，每个小人都有不同的来历，不同的特点，不同的命运，卫尔思就像是女娲在造人，就像造世主一样。手机响了，响了又响，老师说卫尔思不做作业，作业本到处画着小人，签字都模仿韩贝锦的字迹签，要检查作业，要签字。韩贝锦打卫尔思，卫尔思不认错，不哭，说："是你没有时间给我签字。"手机又响了，响了又响。"是我。"一个模糊的声音。"知道我是谁吗？"一个遥远的声音。"我是李淇岸。"一个已经遗忘的声音。第二天，放学，韩贝锦精心地化妆，戴上假睫毛，涂上睫毛膏，像少女一样披着长长的头发，穿上细细的高跟鞋，穿上新买的春装，虽然春天并没有完全到来，风里还夹着残留的微冷。到湖边。茶楼喧闹。更多的人都是来吃茶餐的，不是来喝茶的，不停地端着餐盘走来走去。到洗手间补妆，补睫毛膏，补口红，整理衣领，整理裙边。到包厢。李淇岸还是胖，还是笑容满面。李淇岸给韩贝锦倒茶，反复叮咛韩贝锦小心烫，给韩贝锦剥柚子，李淇岸就像蜜糖一样又软又甜又腻，就像韩贝锦还是从前的天使，就像没有扔下过韩贝锦。李淇岸还是迷人的，就像虽然胖了也还是迷人的纳西索斯。

"一起吃个饭的时间都没有吗？真的就只有喝杯茶吗？菁菁小学有不少省政府的家长，副省长的女儿就在菁菁小学，帮我找找班主任。就是为了评特级教师，我找不到人，就来找你。"

"你还要找人吗?你还找不到人吗?"

"白有榆自己也评了几届了,都没有评下来。"

"评特级教师有那么重要吗?"

"评上特级教师我就到宛城来。我一直都牵挂你。有所牵挂也是一种幸福。牵挂也是一种奋斗目标,我所以才一步步地奋斗。一座城市就是因为牵挂一个人而温暖。我过去拼命都要到丘城,是因为你在丘城。我现在又拼命都要到宛城来,也是因为你在宛城。很多时候,我自己也在想,我是一个功利的人,可是我再怎么市侩、俗气,内心都始终还保留着一方净土,那就是对你的牵挂。等我们都老了以后,等我们都可以了,我们也许还能在一起生活。"

韩贝锦也许一直都在等待,等待,等待,直到李淇岸就像此时此刻重新降临,就像浮出水面的水仙。就像经历了一场失忆的空难,就像找回了遗失的黑匣子,就像打开了黑匣子。韩贝锦应该哭,但是没有。韩贝锦应该有很多话都想对李淇岸说,但是都说不出来。韩贝锦和李淇岸之间依然存在着:分歧。不可弥合的:分歧。让韩贝锦危险地爆炸的:分歧。让李淇岸扔下韩贝锦的:分歧。但是韩贝锦不怨恨李淇岸,从不怨恨,永不怨恨。韩贝锦咬着牙到前台买单。回家。给卫尔思做饭。蒸蛋。蒸鳊鱼。炒西蓝花。炒青菜。刷锅。洗碗。洗衣服。批改试卷。备课。李淇岸发来一条短信:丘城因你而美丽。宛城因你而真实。我一定会到宛城来的。韩贝锦咬着牙。还是哭了。

17

李淇岸没有想到宛城原来就像一片汪洋大海，轻易就能把人淹没了。李淇岸是校长，但是宛城有太多的学校，一条弄堂就有几所学校，很多学校都很少有人知道，也被淹没了，李淇岸的学校也是被淹没的学校，李淇岸也就是一个被淹没的校长。李淇岸是特级教师，但是宛城有太多的特级教师，似乎哪里的特级教师都到宛城来了，很多特级教师也都很少有人知道，也被淹没了，李淇岸也就是一个被淹没了的特级教师。李淇岸到教育局开会，进大门，进电梯，到各个科室走一圈，到会议室，全体校长书记都来开会，散会，校长书记就像一群鱼迅速地散开，就像鱼一样不知道游到哪里去了，没有人在意李淇岸。李淇岸到学校，开车，缓慢地穿过隧道，走高架桥，堵车，从高架桥下来，红灯，绿灯，右转弯，调头，左转弯，电瓶车就像子弹一样嗖嗖嗖地飞过去，到弄堂，弄堂口的银行还没有开门，杂货店的老板娘在发呆，包子店只有一个窗户那么大，路过的人急匆匆地买包子，一辆电瓶车撞到了一辆自行车，骂人，弄不灵清，弄不灵清，没有人在意李淇岸。李淇岸检查疏散门、电源线路、旗杆、楼道、教室、实验室、食堂，处理各级各类的文件，一个老师一直不能怀孕，怀孕了马上保胎，家长对代课老师不满意，投诉学校要求换老师，一个老师也要保胎，说不行就辞职，也要找代课老师，一个考察团到会议室坐了一会，在校门口拍了几张照片，一个专家组说不清楚为什么就来听了两节课，没有人在意李淇岸。李淇岸到宛城大厦，保安像卫士，贵宾车在泊车，一辆跑车上下来一个时髦的女人，女人目不斜视，门口提示衣冠不整者不得入内，手表、衣服、鞋子、包都以为多看了几个零，都以为看错了，营业员就像橱窗里的模特，触不可及，上上下下的电梯静悄悄地滑动，没有人在意李淇岸。李淇岸不是被热带雨林般繁茂的楼房、毛细血管般绵密的道路、蝼蚁般群集的人、爬虫般蠕动的车淹没的，而是和它们一起淹没的。

　　白有榆要白硕拔白头发。白有榆穿着睡衣半蹲在窗前的靠椅上，披头散发。白硕捏着眉毛夹拔白头发，白头发都只有眉毛那样长短，也会有几根尤其长，白有榆说那都是白硕没有拔干净，都是白硕养长的。白硕把每一根白头发都放在乌黑的鼠标垫上，一根，几根，几十根，上百根。白硕像猿人一样又高又大，一只眼睛斜视，似乎永远不知道到底在看什么，永远悬疑。白硕没有考上高中，是挂读的，老师说白硕不看黑板，白硕说哪里没有看，老师就说没有看，白硕就打老师，野蛮地打。白硕不肯读书了，说去读书就野蛮地发脾气。医生诊断白硕轻度抑郁，白硕就休学了，不是睡觉，就是占据书房，坐在电脑前上网,吃饭也在电脑前吃,好像只有依赖电脑才能活下去。白硕一个星期给白有榆拔一次白头发,从小如此。白硕只有在给白有榆拔白头发的时候才会有不可思议的耐心。

"是不是很多?"

"不知道。"

"是不是更多了?"

"我就是机械地拔,不管是多是少。"

"我就是对白头发一点办法都没有,每天都在长,拔了就长,无穷无尽。"

"你什么时候才能接受你的白头发?"

"也许永远都不能接受。"

"我的眼睛斜视,肯定跟从小给你拔白头发有关系。"

"你小时候多可爱,每天都要我给你挠痒痒才肯睡觉。"

"那都是黑历史。"

"我多想你永远就像小时候那样。"

"我已经不是你的小宝宝了。"

"你永远都是我的小宝宝。"

"你对那个人真的就放心吗?"

"有什么不放心?"

"你就没有想过他会喜欢别的女人吗?"

"不会的。他最心痛的就是钱,要他的钱就像割他的肉。喜欢女人是要花钱的,他舍不得钱,他也没有钱。"

白有榆拿起鼠标垫,端详白头发。白有榆说:"这些白头发要是都长长，就太可怕了，都有几百根了，看着就伤心。"白有榆打开窗户拍掉白头发。白有榆洗脸，梳头，化妆，换衣服，又像从画中走出来的人。白有榆现在是省教研员，已经是著名的权威，不停地出差，回家就像住旅馆。白有榆又轻又慢一字一句温柔地说："我要走了。这次要到几个地市调研，要下个星期才回来。你们都要听话，不要吵起来。"白有榆也淹没了，是和没完没了的调研、评审、评课、讲座一起淹没的。白硕叫李淇岸都只叫"那个人"。白硕拒绝和李淇岸说话。白硕洗完澡还要白有榆擦干身子，睡觉前还要白有榆亲亲额头，白硕和白有榆说话的时候，李淇岸不能插话，李淇岸要是多听几句，白硕就斜着眼睛吼："走开，和你没关系。"李淇岸只有躲避在房间里趴在白有榆的化妆台上写课题报告，或者躲在厨房里坐在小板凳上看资料，好像白硕和白有榆才是夫妻，李淇岸是第三者，是多余的，是不道德的。白硕把家里所有的灯都打开，牛奶喝了几口就不喝，扔在桌上，茶几上，床头上。李淇岸要白硕吃药，一颗百忧解，一颗黛力新，一颗阿普唑仑，白硕不吃。李淇岸说："不知道关灯，牛奶不想喝就不要喝，就知道浪费。不读书的人一天到晚在书房里，一天到晚就盯着那么点大的屏幕，里面能有什么，很多内容都那么低俗，哪里像读书人家的人，人就这么废掉了。"白硕"砰"地摔上门，好像门都要被摔掉下来。白硕也被淹没了，是和电脑一起淹没的。

高山脚村已经通了公路。公路不宽，有很多转弯，有不少急转弯，很多路段都贴着山崖，但毕竟有公路了，而且都是水泥路。高山脚村的人很多都到很远的地方去开超市，有的过年也不回来，回来就造房子，三层，四层，外面的墙都贴了瓷砖，都很豪华，房子造好了又走了，又不回来了。李淇梁从牢里回来，买了一辆二手的小货车送煤气瓶，在急转弯的地方撞死两个人，又坐牢。孙苦叶笑嘻嘻地提着衣服和茶叶蛋，贾百谷背着米，又去看李淇梁，高山脚村的人说："空佬佬的，去看坐两次牢的儿子，还好像去看当官的儿子一样，真是疯子。"李淇水跟着装修队在县城做木工，不开工的时候就在家里睡觉。马采蓝说："村里，附近村里，也有人家要装修，也有木工要做，为什么不去做？"李淇水说："有几个钱？"马采蓝说："也比没钱好。"李淇水说："不会笑，说话也不好听，就知道钱钱钱。"李淇水又打马采蓝，马采蓝又哭着回娘家，去叫也叫不回来。李淇水说："不回来就离婚。"李淇水和马采蓝就离婚了。李夭夭还在上幼儿园，凌乱地扎着羊角辫。李夭夭想马采蓝的时候，就会一个人走路去找马采蓝。高山脚村的人说："这么一点点大的人要自己去寻娘，罪过。"李夭夭回来告诉李淇水，有人给马采蓝介绍对象，李淇水说："她会回来的，没有人会要她的，到头来她只有回来。"

快要过年了。高山脚村还是没有多少人，到了晚上没有几家房子亮着灯，很多房子都黑魆魆。供销社早就没有了，卖猪肉卤牛肉的铺子也早就没有了,祠堂翻修成了文化礼堂,几个老人默默地坐在门口,高山小学放假,一个人也没有,路边开了一家小超市,两个女人在门口熏豆腐干,豆腐是自己做的,豆也是自己种的。贾百谷的另一只眼睛也看不清楚了,好像也要瞎了,雇了一辆车到县城去卖羊。羊温顺地挤在车斗上,叫了几声就不叫了,有几只蹲着,有几只眼睛湿润,好像要流眼泪,也许不是眼泪,也许羊是没有眼泪的,也许羊知道自己的命运,也许羊并不想因此让贾百谷为难,也许羊比人对贾百谷有更深沉的感情,比人更能怜恤贾百谷。孙苦叶越来越矮,而且枯瘦,就像一把枯枝败叶,到山上修剪桃枝。桃树也比人对孙苦叶有更深沉的感情,比人更能怜恤孙苦叶,就是有枝梢枯死了,就是长了只会白白长叶子的树枝,就是流眼泪一样哗哗地流桃胶,只要孙苦叶稍加修剪,又会像天边的彩霞一样开花,又会挂满沉甸甸的桃子,从来都不会辜负孙苦叶,而且都默默地和孙苦叶一起忍受竹篮打水一场空的痛苦,年复一年,也许桃树是没有痛苦的,也许孙苦叶也并不痛苦。

白有榆和李淇岸回来。车后厢塞着酱鸭、酱肉、香肠、砂糖橘、桂圆、西洋参、曲奇饼干、巧克力。孙苦叶拉着白有榆说:"真个好。真个好。"孙苦叶让李夭夭叫姊姊,说:"你的名字都是姊姊取的。"李夭夭偷偷地看白有榆,说:"怎么有这么好看的人。"白有榆给李夭夭梳辫子,说:"好好读书,以后也能过上像姊姊这样的生活。"孙苦叶还住在两间泥土房里,还在泥土房里烧菜,泥土房的地有一大块凹下去,就像刨了一个坑,羊圈就在灶台旁,烧的菜好像不是给人吃的,是给羊吃的,到处都有羊的气味,好像整个房子都是羊圈。白有榆说:"不是有一层楼空着吗?为什么不住过去?"孙苦叶说:"李淇梁要回来的。"李淇岸和李淇水喝酒。白有榆说:"要开车,不要喝酒。"李淇岸说:"两兄弟喝点酒都不行吗?"贾百谷回来了,也一起喝酒。白有榆说:"太晚了,要走了,过年就不回来了。"孙苦叶笑嘻嘻地说:"真个好。真个好。"白有榆和李淇岸到县城住酒店。李淇岸通红着脸开车,急转弯,撞到对面的车,脸吓白了,赔钱,继续开车。白有榆挖苦李淇岸:"脚都还没有踩到高山脚村的土地上,就变了一个人,变回了高山脚村的人。"酒店在河边,能看到河,能看到桥,是县城最新的酒店,也是县城最好的酒店。大门慢慢地旋转,大堂挂着璀璨的吊灯,有酒廊,有咖啡座,有自助餐厅。电梯静悄悄的,服务员不会大声地说话。房间铺着地毯,床垫、棉被、枕头都是舒适的,靠椅也是舒适的。暖气充足。李淇岸泡澡,刮胡子,又变了一个人,变回了迷人的纳西索斯。

"要不要和谁见见面?"

"你和他们已经活在不同的世界,最好不要去打扰他们,最好相互都不要打扰,相互打扰也会相互刺激,何必相互刺激,你已经有更大的世界,他们已经不是你的参照系。"

"几年都没有回来过年,亲戚都没有走动。"

"你那些亲戚有什么好走动?你哪个亲戚没有找我们办过

事情？看病，找工作，读书，借钱，借的钱就没有还过。我给你的两个舅舅都找了工作，虽然是临时工，也改变了他们全家人的命运，他们会感谢你吗？每次要是给他们钱，就给你一篮鸡蛋，要是没有给钱，鸡就不下蛋了。帮再多的忙，只要有一次没有帮忙，就说你不是好人。你要是不给他们东西，或者给少了，又说你过得还不如他们，还看不起你。亲戚是最莫名其妙的人了，有什么好走动？"

"村里已经很少有人还住泥土房，该给家里再造个房子。"

"你以为你有多少钱？你这个特级教师到宛城也就给了二十万，我们在宛城的房子要几百万，二十万杯水车薪。还要给白硕买房子。白硕不可能就不读书，要是送到国外读书，一年就要多少钱？你的每一分钱都在我手上，我都清清楚楚，你能有什么钱？你们这个家就是一个无底洞，你填不满的，你不要再管了。"

白有榆睡了。白有榆的脸已经开始松弛，眼角有隐约的斑点，皮肤要比以前黄一些，就像一幅开始发黄的画。白有榆抿着薄薄的嘴唇，似乎有些冷漠，又似乎很严肃，不像女人，也不像男人。白有榆翻了个身，说梦话一样，说："抱抱。"李淇岸挪动了一下身子，伸出胳膊碰了碰白有榆的胳膊，就算抱过了，也睡了。第二天，没有过年，就回宛城了，又被汪洋大海淹没了。

宛城的春天也是短暂的，天暖起来，路边的月季花就全开了，花还没有开完，春天又结束了。春天虽然短暂，月季花却开得很招摇，一条路上都是鲜红的花，一条路上都是粉红的花，有的是黄的，有的是橙的，高架桥上也开满了花。韩贝锦找了法院的家长庭外调解，只要卫景福再还十万块钱。卫景福舅舅住的房子拆迁，房子是外婆留下的，也分给李舜华二十万块钱，李舜华把钱都给卫景福，让卫景福把钱还了，余下的钱拿去做生意，卫景福刚回来又出门了，说赚到钱回来就买房子。韩贝锦不去培训机构上课，就在家里带学生，双休日都带，上午下午都有学生。房子不大，到处堆着没有拆开过的杂七杂八的纸板箱，就像不是家，就像随时都要准备搬家。小书桌旁也堆着杂七杂八的纸板箱。学生在做阅读题。一个学生写："这句话说明了作者用词有严谨的科学态度。"韩贝锦打了红叉叉，说："应该是用词准确。表意不明。"一个学生写："'大约'的意思是大概。"韩贝锦打了红叉叉，说："应该是数量的大概。'大约'能用来形容人吗？"剩下的题目韩贝锦也不讲解，直接报答案让学生写下来，学生不知道为什么是这个答案，不知道为什么对，为什么错。韩贝锦说："这些都是标准答案。答案没有半对半错，只有对与错。你们就把题目背下来。"学生背："给带点的词换上意思相近的词……读一读，说说带点字的意思……"韩贝锦说："你们在背什么？不是要你们背标题。"韩贝锦好像从来没有想过一篇文章可以沁人心脾，可以感人肺腑，应该让人感受语言文字的情意、节奏、微妙、浩瀚，感受语文难以言表的美和张力，似乎一篇文章就只是用来支离破碎地做阅读题的。卫尔思不听课，把课本上的人的裙子都改掉，男的画成女的，还给他们化妆，老师烫了很难看的头发，卫尔思又在课本上画烫头发的丑女人，想到什么画什么，控制不住地画，老师把卫尔思的课本撕掉，又给韩贝锦打电话，韩贝锦冲到教室打卫尔思，卫尔思不认错，不哭，以后就不和韩贝锦说话，一句话都不说。卫尔思又在画小人。在字典上画，以前画过的觉得太丑了，又画一遍。在作业本上画，画了一个躺着的大妈，又画了一个蹲在地上的灰姑娘。在餐桌上画，画了又用橡皮擦掉，擦了有半块橡皮。韩贝锦说："还不做作业。"说了很多遍，卫尔思也不说话。学生走了以后，卫尔思还在画小人，韩贝锦又说："还不做作业。"卫尔思"噌"地站起来，走到阳台上，说："你信不信我能从这里跳下去。"

韩贝锦睡不着。韩贝锦从前无论经历了什么都不会睡不着。韩贝锦闭上眼睛，又睁开来，似乎睡了，又还醒着。煎熬。煎熬。快要天亮了，坐起来，编短信，编了又改，改了又删，删了又编，终于编好一条短信，装作是老师发来表扬卫尔思的。天亮了，卫尔思起床，刷牙，洗脸，吃早饭，还是不说话。韩贝锦说："这是老师的短信，老师表扬你了。妈妈向你道歉，妈妈不应该打你，妈妈是这个世界上最爱你的人，妈妈给你买个本子就让你画小人。你原谅妈妈，好不好？"卫尔思说："好。"韩贝锦还是睡不着。卫尔思要上初中了，好的初中要摇号，很难摇上，自己肯定考不上，要是能让卫尔思上好的初中，韩贝锦花再多的钱也愿意，花一百万都愿意，可是它不都是钱就能解决的，韩贝锦也没有那么多钱。煎熬。煎熬。比白天还要清醒，睡了也像醒着一样，就像没有睡着过，就是没有睡着过。

李淇岸也睡不着。李淇岸做梦，惊醒，开灯，墙上的钟指在两点十五分，李淇岸再也睡不着。李淇岸以后每天晚上都会在两点十五分醒来，就和墙上的钟一样准时。李淇岸只有在抱着韩贝锦的时候才能睡着，还会打呼噜，就像打雷一样，好像韩贝锦就是李淇岸的药。每个人的心底都有隐藏的风暴，韩贝锦就是李淇岸心底隐藏的风暴，李淇岸也留恋韩贝锦的：身体。只有身体是不会骗人的，只有身体能让李淇岸没有办法骗自己不留恋韩贝锦。韩贝锦好像也睡着了，好像李淇岸也是韩贝锦的药，李淇岸也是韩贝锦心底隐藏的风暴。李淇岸的手机响了，响了又响，李淇岸接电话，嗯，啊，好，好的。韩贝锦用长长的睫毛轻轻地刷李淇岸的脸颊，就像天使一样。

"就只有两个小时，就不能关机吗？"

"哪个校长敢关机？别的不说，时刻都要担心安全问题，安全这根弦永远都绷着，没有安全的底线还谈什么教育？谁不战战兢兢，如履薄冰，谁敢关机？为什么叹气？"

"压力很大。"

"你有什么压力？"

"连你都问我有什么压力，我还有什么可说。"

"谁没有压力？谁都有压力。"

"读个初中比买房子压力还要大。"

"有的初中一个名额要几十万，也不是钱拎去就会要你。"

"如果我向你借钱，你会借给我吗？"

"我说过我们之间没有也不能有其他的东西，我们就是纯粹的感情，否则就不纯粹了。"

"如果我遇到困难，你还会保护我吗？"

"你会有什么困难？你要什么保护？"

"如果我现在就有困难呢？"

"那是你自己的生活，我说过我的困难吗？"

"你给我买件衣服。"

"我什么都不会给你买。"

"一件衣服不止是一件衣服。"

"就因为我们之间是纯粹的，我们才又会在一起，以后也还有可能在一起生活。"

"以后是什么时候？"

"我们都老了以后。"

分歧，还是分歧，只有分歧，天真的分歧，肆无忌惮的分歧。不可弥合的：分歧。李淇岸穿好衣服，开灯，站在窗前，抽烟。李淇岸还像过去一样竭力地笔挺着腰，但是毕竟臃肿了，已经看不出笔挺的线条。李淇岸的头发少了很多，就像不可避免也已经开始沧桑了的水仙。李淇岸已经不是过去的李淇岸。李淇岸抽完烟走了,李淇岸还是过去的李淇岸。自负,冷酷,李淇岸就没有给韩贝锦买过东西,从来没有,哪怕是一件衣服。一件衣服不止是一件衣服,还是对一个人的怜惜、情义以及微薄的责任,李淇岸显然没有。韩贝锦危险地爆炸,爆炸,粉身碎骨。韩贝锦懊悔不应该在人生的泥淖里重蹈覆辙。韩贝锦感到羞耻。韩贝锦咬着牙。不哭。没有谁是谁的药,没有谁是谁的英雄。只有自己才是自己的药。只有自己才是自己的英雄。风暴平息了。韩贝锦不怨恨李淇岸。从不怨恨。永不怨恨。

回家。家没有那么大,还是别人的房子。但它也是家,能让人的灵魂安康,能让人不会在汪洋大海里漂啊漂,就是漂啊漂也知道应该漂回到哪里去,不会一直漂啊漂。在很久很久以前,人类和其他哺乳动物逃离了汪洋大海在陆地上爬行,也许因为那就是可怖之物,也许家就是陆地。卫尔思在餐桌上做作业,餐桌上摆着一个小小的蛋糕,旁边放着卫尔思自己画的生日贺卡,贺卡上画着各种各样的小人,画的都是韩贝锦,就像天使一样。卫尔思站起来去端菜:番茄炒蛋,蒸香肠,莼菜汤。又盛饭。

"今天是你生日。"

"你是上天给我的最好的礼物,上天怎么给了我这么好的礼物?"

"你不要让我到好的初中了,我就到普通初中,我以后可以读美术班。你看这两张照片,爸爸的百日照和我的百日照,我今天翻到的,是不是一模一样?爸爸是不是很帅?"

"帅有什么用?"

"你这么漂亮,以前是不是有很多人追求你?爸爸什么都没有,你就没有想过要和爸爸离婚吗?"

"没有。"

"为什么?"

"因为他不会伤害我。"

宛城大厦店庆,满多少减多少。韩贝锦给自己买了一件衣服,桑蚕丝,短袖,蓝紫色,领口缀着奢华的亮片,排队付钱的时候犹豫又犹豫,买了就后悔。路边的月季花还是很招摇。卫景福回来了。韩贝锦让卫景福去退衣服,说衣服退掉也等于把钱赚回来了。卫景福一言不发地去退衣服。床边也堆着杂七杂八的纸板箱。卫景说:"如果赚到钱,要给你买很多很多衣服,还要买很大的房子。"韩贝锦说:"只要我们一家人在一起,睡狗窝和睡酒店是一样的。皇后住在皇宫但不一定有我舒服。一个人是不是舒服不是住在哪里决定的。就是卫尔思已经长大了,不能上好的初中也就算了,总不能让她一直住在别人的房子里。"卫景福说:"你最好了。"手机响了。是李淇岸的短信。韩贝锦把短信删除。把李淇岸的号码也删除。睡着了。灵魂安康。短暂的春天也已经结束了。

18

四年了。霍藜终于写完了一本书。它也许不好,但是写完了,它就是好的。每个人的一生也许迟早都会有一次叛逆,霍藜的叛逆也许迟了,也许早了,也许不迟不早,总之发生了。任局长签批一大沓文件,一份一份签批,头也不抬,说:"你能写材料,能为社会做些贡献,不是很好吗?你想到什么岗位,都可以提出来,不都是我安排的吗?你从农村到城市,到更大的城市,又从学校到机关,人生已经实现了几级跳,你还能去干什么呢?我吃的盐比你吃的饭都多,心气不要太高。人生是要有计划的,怎么能踩西瓜皮一样滑到哪里算哪里?"霍藜还是像踩西瓜皮一样,辞职了,什么都不留恋,一概不留恋。霍藜重新装修房子,书房的墙,客厅的墙,几面墙,都做成书架,一共有均匀的四十四排。霍藜一筐一筐地买书,就像买菜一样地买。霍藜看书,传记、小说、禅宗、美学、音乐、建筑、伦理学、社会学、哲学……什么都看,又看又画,画的都做摘录,摘录在大开本的笔记本上。又买书,又看书,又画,又摘录。买了看,看了买,就像男人酗酒一样。张聿全都尊重霍藜。但是张聿一本书也不看，从来不会坐下来看书。

"看书看得这么杂乱，说明思想杂乱，书都是别人的思想，人还是要有自己的思想。"

"每次到书店买书，都觉得不是我在找书，而是这些书就在那里等我，也许一本书迟早会等到它要等的人，而有的人也不是它要等的。我好像就是非看这些书不可了，就连离开学校，就连不到单位上班了，都不觉得可惜。"

"因为那些都不是你热爱的。"

"你会不会觉得我做错了？"

"在南极的罗斯岛上，开铲车的是哲学家，厨师是电影人，语言学家在种蔬菜，研究企鹅的是水生态学家，冰河学家跑到那里去做梦，生理学家为那里的安静着迷，也有为了自由逃到那里的工程师，还有细胞生物学家、火山学家、地质年代学家、音乐家，他们说不受束缚的人一般都会掉落到地球的底部，他们就是这样到南极的。也是在罗斯岛上，别的企鹅全都在朝着开阔的水域进军，只有一只企鹅没有一起前进，也不返回栖息地，独自朝着群山直冲过去，就是把它抓住，它也会立即调头继续奔向群山，远离大海，难逃一死，不知道为了什么，就像疯了一样。"

"你是说我是那只疯了的企鹅吗？"

"也许只是我们以为它疯了，也许谁都是疯了的企鹅。"

"我如果一直都不工作，你会忧虑吗？"

"如果你能接受粗茶淡饭的生活，不要患得患失，应该还是能过的。"

霍藜就像远离大海的企鹅,开始写书。为了写书,又看书。去大学听课。去访谈。去听各种各样的人生。去长途跋涉。去医院跟着医生查房,访谈病人,访谈家属。整理资料,查资料。看。画。摘录。录入电脑。重要的加黑加粗,更重要的更黑更粗。打印。再看。再画。一个人坐在一面墙那么宽的书桌前,书桌上全是资料、书、笔记本,一个人凝视电脑的屏幕,写了几行,又都删除,又写了几行,又删除其中一行,半天过去了,一天过去了,一天一天过去了,书架上的书越来越多,均匀的四十四排都塞满了,就像几面书墙,四年过去了,书才写完了。物理学家为了研究光线在视网膜上留下的余晖,久久地直视太阳,结果牺牲了自己的双眼,变成了盲人,但他有什么错。企鹅难逃一死也要奔向群山,可是所有的企鹅终将都难逃一死,它又有什么错。霍藜用了四年,写了一本书,又有什么错。只是,四年,又短暂,又漫长,已经发生了很多事情。

杨岵又去吃索粉。索粉店在弄堂里,就在路边破开了一个不大的门。门口支着一块塑料雨篷,一摞蓝色的塑料凳上摆着一个白色的塑料盒,盒子里有牛奶、酸奶。旁边的煤球炉上煮着一锅茶叶蛋。两个煤气瓶旁边有一个塑料水桶,水桶和地一样又黑又脏。店里一张桌子也没有,只有两块台板,一块用来揉面做包子，一块用来摆放各种小菜、酱料。店里只有两个女人，年纪大的女人剪着短发围着红格子的围裙，年纪轻的女人扎着辫子穿着很便宜的短裙。年纪轻的女人给杨岵捞了一结索粉，放了杨岵最喜欢的小菜和酱料，打包。女人说："到车上吃吗？"杨岵说："在这里吃。"女人抽出一张塑料凳让杨岵坐下吃。女人说："晚上还来吃吗？"杨岵说："还来。"晚上，杨岵还来吃索粉。索粉店关门了，杨岵开着出租车带着女人开到马路上，开到火车站，开到桥头，又开回来。

霍杨蓁蓁发烧。霍韭披着杨岵的一件棉大衣，骑自行车带霍杨蓁蓁到医院输液。霍杨蓁蓁生病都是霍韭一个人带着到医院，白天也是，晚上也是，白天杨岵要开出租车，晚上杨岵说太累了要睡觉。霍韭骑自行车带霍杨蓁蓁回家，霍杨蓁蓁抱着霍韭，说："你的腰太粗了。"霍韭说："都是因为你，就是生了你以后变粗的。"红灯，出租车停在路口。霍韭看到了女人，女人在摸杨岵的脸。霍韭从来没有那样摸过杨岵的脸。霍韭让霍杨蓁蓁站在路边，把自行车摔在车前，把女人拽下来扇了两个耳光，把杨岵拽下来抓杨岵的脸。女人嘤嘤嘤地哭，杨岵也要抓霍韭的脸，霍杨蓁蓁大哭。霍韭撕心裂肺地给霍藜打电话："我今天要是死了，就是被杨岵害死的。"张聿和霍藜连夜赶回县城。杨岵的脸抓花了。霍韭把结婚照撕得粉碎，摔相框，摔水壶，摔茶杯，能摔的全都摔了。

"连卖索粉的女人都会要。"

"别人会关心我，你从来不关心。"

"一个卖索粉的女人也敢坐到车上。"

"别人比你通情达理。"

"回家什么都不管,就管自己睡觉,还说太累了。"

"我走到家门口都害怕,我都不敢回家。"

"那你就不要回家了。"

"我都是被你逼的。"

"离婚。"

"离婚。"

"现在就写下来。"

"写就写。"

"写啊,怎么不写?"

"我就是想教训教训你。"

"你要教训我什么?"

"要是蓁蓁就姓杨,我不会这样。"

"想都别想,离婚,离婚。"

张聿劝杨岾:"家和万事兴。"霍藜劝霍韭:"没有你就没有人姓霍了吗?就是没有人姓霍了又会怎么样?离婚你就能好吗?你是读过书的人,应该知书达理。你看你家里有几本书?你都不看书了,还是要多看书,人间很多悲剧都是不看书酿成的。"过一阵子,霍韭又撕心裂肺地给霍藜打电话:"杨岾差点把人撞死了。"张聿和霍藜又连夜赶回县城。张聿到处打电话找交警大队的人。霍韭说:"交警大队的队长是认识的。"霍藜说:"认识你为什么不自己打电话?"霍韭说:

"你们不是会找人的吗？"过一阵子，霍韭又撕心裂肺地给霍藜打电话："卖索粉的女人怀孕了，住到杨峀的老家去了，杨峀肯定是想生儿子，离婚，离婚。"霍藜说："听到电话都心惊肉跳。他们真有时间，真舍得把时间浪费在这些事情上。"张聿说："清官难断家务事，随他们去吧。"很多人很容易为很多婚姻忧虑：自己也不知道为什么就结婚的，年龄大了只有结婚的，没有什么话可说的，男人比女人大很多的，女人比男人大的，男人粗鲁暴躁女人忍气吞声的，女人跋扈男人懦弱的……忧虑这些婚姻不能维系。这是对婚姻的误解：一千份婚姻就有一千种模样，就有一千种维系。过一阵子，霍杨蓁蓁改成了杨蓁蓁，杨峀不知怎么处理了卖索粉的女人，霍韭没有再说离婚了。

钱能壮胆。钱能填补欲壑。钱能大开眼界。钱能抹平身份、地位、阶层。钱能让霍葵和宋远换大房子，而且是小区里有游泳池、假山、大草坪、会所、管家的大房子。钱能让霍葵和宋远买宝马，买保时捷。钱能让霍葵和宋远飞到海边、草原、沙漠、高原，飞到纽约，飞到东京，飞到巴黎，飞到冰岛，飞到非洲看野生动物大迁徙。钱能让霍葵享受殿堂级的SPA，湖边，拐弯，一小段下坡，丛树掩映，SPA会馆，套房。看得见湖面，看得见湖面上的黑天鹅，看得见湖面上的成双成对的鸳鸯，看得见湖面上飞翔的鹭鸟。洁白的按摩浴缸，技师放水，倒精油，说这是精油中的爱马仕。撒玫瑰花瓣，熏香，醒红酒。霍葵泡澡。喝几口红酒。技师端水果盘，跪在浴缸边，喂霍葵吃。淋浴，洗头，吹头发。靠在宽大的沙发上打两个电话。躺在SPA床上。嗅吸，深深地吸气，缓缓地吐气，吐掉体内的浊气。头部按摩，脸部提升护理，开背。推，点，按。敷能量石，走罐，淋巴排毒。坐在宽大的沙发上喝茶，吃甜点。技师说："女人就是要对自己好，你看你的皮肤都是剔透的，就像小公主一样。"霍葵又续了几万块钱的卡。霍葵什么都不信仰，就信仰：钱。

霍葵一进门，就好像能听见钱的声音，就好像能闻到钱的气味，好像把钱披挂在身上，好像把钱像香水般喷在身上。保姆在给张溯洗澡。霍葵说："哎呀，你又光溜溜的，下次小姨带你去做儿童SPA，你知道做一次要多少钱吗？一千块。"张溯清脆地哈哈笑，说："金子！黄黄的、发光的、宝贵的金子……这东西，只这一点，就可以使黑的变成白的，丑的变成美的，错的变成对的，卑贱变成尊贵……这是莎士比亚说的。"霍葵说："莎士比亚是谁？你从哪里看来的？你这小东西还能背下来。"张溯又清脆地哈哈笑，说："绘本上有的。"吃饭的时候，霍葵对保姆说："你知道我这个戒指要多少钱？三万。这个包要多少钱？五万。这个手表要多少钱？十万。"保姆说："听听都吓死了，在农村都能造很好的房子了。"霍藜让霍葵不要再说了。

"谁不喜欢钱？钱是最好的东西。我最想有成吨成吨的钱。有什么不能说？"

"你就掉到钱眼里了。"

"我也辞职了。"

"你怎么说都没有说？"

"护士又脏又累又没几个钱，我早就想辞职了。"

"辞职是这么随便的吗？"

"你不是也辞职了吗？"

"我和你不一样。我可以看书，写书，没有时间空虚，时间都不够用。"

"书是最便宜的东西，你看你们家要这么多书干什么？你还写书，写什么书？现在还有谁要看书？你应把自己换成钱。你要是用写书的这些精力去换成钱，可以换很多钱了。"

"有钱也不能这样乱花。"

"宋远愿意让我花，宋远愿意养我。我和宋远说了，我们要衣锦还乡。我们要回去给爸爸造房子，或者在县城买房子。不过他的房子也不是我一个人的事情，他又不是我一个人的爸爸。"

钱不是锦衣。钱能暴露无知，暴露浅薄，暴露自私。钱其实什么都抹不平。霍葵走了，保姆说："这么有钱，从来也没有给张溯买过什么，一颗糖都没有，每次都说下次小姨带你干什么干什么，从来都没有做到过。"霍藜说："习惯了，她们两个都习惯了。一夜暴富，有点钱就恨不得全天下的人都知道，都是很危险的。"宋远商业贿赂，数额巨大，逮捕了。霍葵说："你们肯定有办法。想办法找找人。"霍藜说："张聿要是什么都会想办法什么都会找人,不会到政协。我现在就是写写书,能有什么办法。也不是什么事都能想办法都能找人的,也不要乱想办法乱找人。"霍葵卖了宝马,卖了保时捷,乱想办法,乱找人,宋远还是坐牢了,七年,没收财产。霍韭说:"马上离婚,马上离开他。"霍藜说:"如果遇到问题就离婚,那算什么夫妻?以前战争年代,丈夫去打仗,杳无音信,生死不明,妻子都要等他,有的等一辈子。结婚是为了什么?为了遇到问题就离婚吗?"霍葵已经怀孕,没有离婚,生下儿子宋芇。霍葵找霍藜要三万块钱,说交房租的钱都没有,说还要给宋远买穿的,都要有品牌的,是宋远说的在牢里也要穿好一点才不会被人看不起。霍葵胖了很多,有原来两个那么胖,脸都变形了,头发剪短又烫过,烫得很老气。张溯认不出霍葵,说:"这是小姨吗?"霍藜揪心,不知道能怎么帮霍葵。张聿说:"你只是姐姐,不是娘,你已经做了很多了。你也有自己的家庭,也要适可而止。每个人都要对自己的人生负责。"

门卫不止是门卫。不止会月月把工资打到存折上,不用怕有今天没明天。而且可以让以前什么家务都不做的霍于田有耐性做笋干:挖笋,削笋,煮笋,漂笋,晒干,吃的时候先煮软,再切片,再煮,比什么笋干都鲜嫩。也有耐性做白切羊肉，卤狗肉，煎鱼块，就像厨师一样。还能让霍于田就像以前矿上的工人一样看报纸，每天都看，看国际新闻，看国家大事，边边角角每个字都要看过来。要是有人给霍于田找个伴，霍于田要么说样子太老了，要么说不清爽，要么说看看就不聪明，要么说一点不会主张，就是不想找。要是有人说："不要再做了，也该回去了。"霍于田就说："不做干什么？天不会黑的。回去干什么？村里就只有几个老人了，天更加不会黑。"霍于田好像对什么都不会难过，发生什么都不难过，霍于田说："难过什么？难过还怎么过？"霍于田就是兢兢业业地当门卫，不仅能让天会黑，还能让自己不难过。老四选上村主任，把学校拆掉造了文化礼堂，办了老年食堂，村里的老人都不用自己做饭，就等着吃饭，又要修路，路已经很好了，还要修得更直更宽。老四给霍于田打电话，说："旧村改造要拆老房子。一起拆的话一方有几百块钱的补贴。"霍于田就想回去造房子。霍韭说："再等等，现在车多了，开出租车也不像以前那么好赚钱。"霍藜说："再等等，等我写完书。"霍葵说："再等等，我自己都租房子。"霍于田说："先回去看看，就是不拆也要修屋漏。"霍于田就回黍村去了。

黍村通了公交车，早一班，晚一班，霍于田没有赶上，就坐别的车，在矿区下车。大羊乡改成了大羊镇，镇政府搬到了矿区，大羊镇的学校都撤并到了大羊小学，大羊小学也搬进了矿区的子弟学校。大会堂改作菜场。原来的菜场一带有两间理发店，一家麦饼铺，一家馄饨铺，还有几间小超市，整天有人在打扑克。因为有了高速公路，国道虽然加宽了，而且平坦了，车却不多，再也不会堵车，只有零星的车经过。路边的田野全都填埋了，全都用来造房子，房子杂乱，有一大片全是工厂。空荡荡的宿舍楼陆续有人来买走，也有来租的。医院越来越像废墟，窗户残破，墙壁爬满藤蔓，鸡跑来跑去，"手术室""放射科"这些蓝字白底的牌子都已经破旧，别的病人来看看又走了，就只有尘肺的病人，家属也住在病房，病房没有厕所，没有空调，没有电风扇，病人不是打扑克，就是插上氧气管吸氧。矿区似乎又恢复了一些生气，但都是徒劳的，已经永远都不可能再回到从前，就像人死不能复生，死星就是死星了。

  下雨了。霍于田走到大转弯，看到一个人躺在地上，已经死了，是骑电动车一头撞在围墙上撞死的，是胡炎火。霍于田给胡炎火打伞，雨就像流眼泪一样。黍村没有多少人，在外面的人赶回来送葬，送葬以后又走了，又没多少人。天空好像是安宁的，天空其实每秒都会发生二十万次核爆。胡炎火也许只是偶然地在核爆中消失的星球之一，也许它是到了另外的星系，也许它还会有自己的轨道。星球其实不止是星球，星球也会悲伤，可是黍村的前山，后山，荒芜的田畈，最后幸存的一口池塘，池塘边的老樟树，在树下睡觉的狗，从狗边上走过去的鸡，鸡踩来踩去的杂草，都不关心星球的悲伤，好像它们早就领教了宇宙的冷漠，已经不会悲伤，已经也像宇宙一样冷漠。芦琼玖还是悲伤地哭："一生世都吃他的苦头。天天都要到矿上打扑克，叫他不要去，一定要去，就这么撞没了。恨不死的——"霍于田说："人是会死的。难道还死在外面吗？总是要回来的。总是要造房子的。"霍于田没有再等等，没有修屋漏，跟谁也没说就让老四一起把房子拆了，自己也爬到房子上一起拆，摔下来，腰椎摔骨折，到宛城住院，打骨髓泥，躺了一个多月。霍葵说："不是叫你再等等吗？怎么像小孩子一样？"无论如何，房子已经拆了，只有造房子，虽然造了房子，但好像就是房子，不是家了。

四年。还有很多事情已经遗忘了。又短暂。又漫长。霍藜写完了书。出版。发布。畅销。霍藜拒绝采访。霍藜说："想说的书里都说了，没有说的就是不想说的，就是不能说的。"何荑来找霍藜。何荑去了很多次马场，但是一直没有给任局长写书，何荑说："谁知道什么时候就不当局长了，写什么书。"何荑就像藤蔓一样拉着霍藜，一串一串地笑，也要采访霍藜，霍藜也拒绝。何荑说："写书是不是很赚钱？"霍藜说："也就是能够不为五斗米折腰。"何荑说："不为名，不为利，何苦要写书？"霍藜说："我过去以为当老师是自己的理想。现在才知道我的理想是写书。现在已经很少有人谈理想了，可是我还有理想。"霍藜要风得风，要雨得雨，实现了自己的理想。但是，霍藜哀伤。因为龙淑慎没有看到霍藜写书，没有看到霍藜的书。慈乌失其母，哑哑吐哀音……声中如告诉，未尽反哺心。也许龙淑慎是不死的，也许龙淑慎是看得到的。

/ 眷恋 /

19

　　桑树浓绿。桑葚从绿变红，从红变紫，从紫变黑。每年这个时候，都是常县三中最振奋的时候。中考成绩出来，常县三中又比县城的初中还要好，又比其他所有学校加起来还要好，就连中考状元也在常县三中。又写喜报，又挨家挨户地送到各个乡镇，各个小学，各个村庄，贴在最醒目的地方。又开表彰会，给每个老师都发奖金，初三的老师发得更多。又到饭店庆功，饭店是路边的农家乐，路已经修好了，很久不下雨，灰尘很大。农家乐有两层楼，外面的墙壁没有粉刷，墙上拉着塑料布的招牌，就像拉着红艳艳的横幅，窗台上积着灰尘，已经是最好的饭店。楼上的包间全都包下来。只要有的菜全都捧上来：盐水花生，菜卤毛芋，卤猪蹄，红烧豆腐渣，酒糟炒毛芋杆，蒜泥蕨菜，清炒山枝花，剁椒松鱼头，泥鳅炖豆腐，辣炒仔公鸡，辣炒石斑鱼，辣炒黄牛肉，辣炒野猪肉，辣炒野兔肉，清炖菜花蛇段，清炖野猪肚……摆不下的叠起来，叠不下的再叠起来，叠了又叠。喝土烧酒，没有人喝得过关晨风。关晨风说："以前考上一中的一个都没有，后来就是二十三个，三十个，四十三个，四十八个，六十八个……改变了多少家庭的命运。没有人生来就是天才，天才都是下了苦功的。一个人生下来就有跳高的天赋，如果没有人发现也许就一辈子都不知道自己会跳高，二流三流的教练也许也能让他跳到一米七、一米八，只有最好的教练才能让他跳到两米，达到天赋的极限，最好的教练也就是能让人下苦功，你们都是最好的教练，我们这些农民的孩子需要你们这些教练。"涂周行已经是副校长，不说话，政教主任不说话，教科室主任不说话，总务主任不说话，一桌的人都不说话，一桌的人一起提出要调动。

"小孩要读书，在乡下读书不甘心，必须调出去。"

"在乡下对象也找不到。"

"再不调出去，迟早要离婚。"

"在乡下除了工资没有其他收入，买不起房子，想买好一点的车子也买不起。"

"小孩的教育成本越来越高，工资越来越顶不上用。"

"调不出去就是没用。如果就这样过下去，就太没有意义了。"

关晨风不同意，一个都不同意，一个一个领导来说，也不同意。关晨风说："都是学校的中流砥柱，都好不容易才培养起来，对学校影响太大，对个人的发展也不一定就好。"涂周行说："母亲生病，一年药费就要几万块钱。小孩要上培训班，真是上不起，家里一再地节省开支，也还是要负担。什么都要钱，钱从哪里来？在乡下没有人要你带学生，家长哪里舍得拿出那点钱。学校能有现在的成绩都是干革命一样干出来的,我们都是跟着你干革命的人,对学校都有感情,都很留恋,也很内疚,我们也是出于无奈。"东方昆说:"人是社会中的人。老师也有他的生活,他的家庭,他的下一代。现在已经无法阻止优秀的老师向大城市聚集,农村的到县里,县里的到市里,市里的到省里,常县多少老师都走了,培养一个走一个,都已经不敢培养。过去我们到山里调两个老师,让他们到县城来,他们很明确地不来,说他们一辈子就在这里,现在都出来了,那个学校都没有了。时代不同了。世界在变,万物皆流。我已经是退休的人,前前后后见得多了,也不要想得太严重。"关晨风关起门来看书。白天看。晚上看。最后说:"都走吧。"

关灼灼最喜欢的地方,就是楼下的一小块菜地。一小块菜地除了茂盛的菜,还有茂盛的草丛。关灼灼一声不响,就喜欢蹲在草丛边看虫子。开始的时候什么也看不到,等到蚂蚁出来以后,蚯蚓也出来了,小蟋蟀也出来了,粪金龟、蜈蚣、甲虫、毛毛虫、西瓜虫都出来了。关灼灼抓了几只蚂蚁、甲虫装在矿泉水瓶里,看着它们在瓶子里爬来爬去。一只蜜蜂停在关灼灼的手上,似乎赋予了关灼灼一种超常的力量。吃饭,关灼灼不洗手,不愿意洗掉超常的力量。午睡,关灼灼关在房间里看蚕宝宝。蚕宝宝趴在桑叶上吃吃睡睡,不像长大的蛾子要忙着交配、繁殖,什么都不思考,就像世界上最天真无邪的动物。桑叶吃得很快,有一天没有来得及摘桑叶,一条蚕宝宝就死了,应该是饿死的,关灼灼看着它死亡,看着它变得越来越短,变黄了,最后变成了黑黑的小球。关灼灼看到穿着裤衩的养蜂人身上停满了蜜蜂,想象被虫子埋没的窒息感是多么令人快乐,也想要有很多蜜蜂停在自己的身上。关灼灼就把四条蚕宝宝放在肚皮上爬,就像古时候把女人绑起来献祭河神一样,也像萨满跳大神一样,又有仪式感,又有神秘感,希望通过它们获得超常的力量,希望自己长大以后能淹没在蚕宝宝的海洋里。关灼灼看着肚皮上的蚕宝宝,一声不响。俞木桃看到了,很是发愁,对易德音说:"一个小囡,就知道看虫子,可以看半天,一天,一声不响。老师说她在学校里也一个人蹲在操场上看虫子,一声不响,说这个小孩是不是有问题。"易德音对关晨风说:"都说她一声不响。是不是我们管得太少了?会不会有问题?"

关晨风和关灼灼一起回到大羊村。乡政府废弃了,学校废弃了,供销社、卫生院、粮站都废弃了。房子还是过去那些房子,新的变旧了,旧的更旧了,有的似乎变矮了,有的似乎变小了,有的拆了,空地上堆着废弃的瓦砾,野草尽情地生长,有几株苍耳,有几丛狗尾巴草,还有几株蒲公英,一只鸡似乎在静默地聆听什么,一只鸡走了几步,也停下来似乎在静默地聆听什么。没有什么,只有静默。一个老人坐在自来水池边摘菜,水池似乎比老人更老。一个老人在屋后种菜,如果没有那些菜,谁都以为屋里早就已经没有人住了。没有关子昌,没有单实秀,只有房子,没有家。没有更多的人,就像没有人,就像整个村子都被废弃了。

"爸爸小时候喜欢看杀猪,杀羊,杀鸡,杀鸭,杀鹅。哪户人家在杀就在边上看怎么杀,还要问为什么要这样杀,这户人家杀完了又到那户人家去看,特别喜欢那些动物的构造,特别喜欢去清洗它们的内脏。我也许应该当一个外科医生。但是我以前从来没有想过要当医生,也没有人告诉你还可以当医生,也从来没有想过自己未来适合从事什么工作,那时候也没有选择的余地。也许就是这样,这个世界上就多了一个平庸的老师,少了一个优秀的外科医生。昆虫的一生是可以预见的,先是卵,然后孵化为幼虫,然后吐丝作茧变成蛹,然后蜕变成成虫,人却很难像昆虫一样去预想自己的人生。"

"昆虫其实是能听懂你在说什么。不是只有人才会说话,昆虫也有自己的语言,它只是不想让你们听到。螳螂如美女,它身上所有的线条都是黄金比例,它的腿就像人的腿一样粗细分明,它的腿没有撑开的时候好像很斯文,一旦撑开气场就扑面而来,它的头、胸、腹的比例,就像是上帝的杰作,是全世界的奇迹,绝无仅有,它是我见过的最漂亮的昆虫。有一次我抓到了一只螳螂,它割伤了我的手,我心想:呀,好泼辣的女人。蚰蜒最可爱,它是一种全身半透明的虫子,而且还很害羞,它的腿和千足虫差不多,但是更长更有力量,它的眼睛也很可爱,我会遐想:一条蚰蜒坐在椅子上跟我约会,真美好。我的想法是:螳螂只可远观不能亵玩,蚰蜒却可近观也能亵玩。天牛和金龟子的翅膀是所有的昆虫里最漂亮的,那是人类不可能拥有的颜色，人类可以调出很多颜色，但是永远调不出它们那种远近高低各不同的颜色。天牛浑身上下都很华丽，我很喜欢它的触角，它不是全黑的，它带有白色的条纹，如同缠绕着一道道银色的缎带。蚕蛾也极美，很多人说它又肥又胖，但我觉得它是杨玉环那种丰腴的美，它是一种能让你明确地感受到它在看着你的昆虫，它有修道院里的修女般的气质。粪金龟在我心里就像雷锋叔叔在人们心目中的地位，它们很坚韧，那么小的虫子推那么大的粪球，它们和西西弗斯不一样，它们是可以成功的，我从不会用手去抓它，不是嫌弃它脏，是对它有敬畏之情。我暂时还没有抓到过蝎子，这让我惋惜不已，它的钳子的轮廓很有美感，不像螃蟹张牙舞爪，既有科学性，又有观赏性，加上它尾部的毒钩，就有一种魅惑的感觉。蚊子伤透了我的心，我以前多喜欢蚊子，美术老师让大家画飞船，我就画蚊子号飞船，蚊子来叮我，我心生怜悯就让它叮，它却恬不知耻地还要再叮一个，一个晚上我就被叮了八个包……我对蚂蚁很好，我弄死一只西瓜虫给它们吃，它们却不领情，我反省自己确实不应该，我打虫子前都要超度几句，万一自己下世轮回就是虫子……马陆看起来和蜈蚣太像了，我在的沙坑里发现了它们，抓了四五条带回教室放在兰花上，同学大感惊异，老师大声呵斥要我扔出去，他们不懂得尊重虫权……"

易德音整理房间，把几本法布尔《昆虫记》放回到书架上，易德音说："这套书都不知道看了多少遍，从幼儿园就开始看，现在还在看，想到又拿出看看，都翻破了，可能就是你给她买的这套书影响了她。"关晨风说:"她有自己的世界,每个人都有自己的世界,她的世界有我们难以想象的丰富。她也比我们都要有才华。一个人的世界并不是要向所有的人都打开的,我在她身上也看到了小时候的自己。她没有任何问题,不会有问题的。"

常县的人喜欢议论。一份人家很洋气地在酒店的自助餐厅请生日酒,可以议论几天。新开了一家可以卖爆米花的电影院,新开了一家花样丰富的粥铺,一个人骗了别人很多钱,一个人欠了高利贷跑了,可以议论几个星期。一个女人和又一个女人争风吃醋打起来,一个男人抛弃了一个女人,可以从冬天议论到春天。街路上的老房子都拆掉了,有高速公路了,有火车了,可以从春天议论到冬天。常县的人也喜欢写举报信,一个教科室主任几次到校长家里,有人写信。一个副局长收了五斤海蜇头,有人写信。一个局长开了一辆新车,有人写信。关晨风要提拔副局长,也有人写信。新来的赖局长找县委书记,说关晨风有来信反映,有具体信访,不能提拔。县委书记让组织部部长直接了解,部长说:"有的说很好,有的说很差,争议怎么会这么大?要对本人负责,如果有问题该处理要处理,如果没有问题也要下结论。"又到学校调查,又找已经调走的涂周行做笔录。

"到底有没有送钱?"

"送什么钱？"

"鱼塘是怎么回事？"

"母亲生病，学校照顾我，买了母亲的鱼塘的鱼，每个老师发了五斤鱼。"

"是不是逼得老师下课也要站在教室门口？"

"那是上课铃响之前站在教室门口准备，是候课。对我来说，影响终身。"

"是不是把老师的课都停掉，不让老师到学校来？"

"老师不肯当班主任，谁做工作都做不通。会哭会闹就可以不当班主任，谁来当班主任？"

"是不是逼得老师都不敢买手机？"

"他除了工作还是工作，夙兴夜寐，晚上十二点还给我打电话，年三十都在学校。不敢买手机就是怕找他做事情。"

"是不是分了很多钱？"

"这几年学校的待遇和县城的学校差不多，别的学校发福利靠乱收费，我们都靠借读费，家长都要把学生送过来，每个乡镇都有人来借读。他自己什么津贴都不拿，每年中考奖励，他从来没有，也从来不领加班补贴，一分都不领。工作辛苦，过段时间他会请我们到小饭店吃点饭，喝点酒。他自己的生活可以说比较清苦。"

"是不是有作风问题？"

"他这个人就像宋词一样干干净净。"

"是不是把自己当领导，不把自己当校长？"

"要给他评'春蚕奖',他不要,说对他来说没有什么意义,把名额给了其他老师。要他去评特级教师,他不去,说都已经不上课了,哪里还能评特级教师?要他到镇里的党政办去,他也不去,说还是学校比较单纯。他还是很纯粹的,对我一生影响最深刻。"

赖局长又去找县委书记,说关晨风懂业务,但是沟通能力不够,最好还是发挥优势先当教育科长。县委书记说:"培养干部要全方位培养,不够更要培养。"赖局长喜欢喝酒,中午喝得晕头转向,晚上接着喝,夜宵继续喝,一天不喝酒就难受,还喜欢开大会,人越多越好,赖局长捉弄关晨风,什么具体工作都让关晨风去做,关晨风相当于要做几个副局长的工作。东方昆说:"你就没有想过要走吗?"关晨风说:"要走早就走了。现在有一家人了更不会走了。我以前就说过,我应该不会离开常县。"东方昆说:"也许在常县的土壤上你也能做出更大的成就,能对整个常县的教育做出更大的贡献。"关晨风说:"带我去跑农村的学校。去看看住校生,看看校长在不在学校。还是要抓农村学校的管理,已经不能不抓了。"星夜。路过的村庄亮着很少的几盏灯,有的就没有灯亮着,好像是空无一人的村庄。到了大羊小学,大羊小学已经搬到了新学校,新学校就像一个突兀的庞然大物。只有王大车在值班,王大车还是黝黑,也有锐气,但是闷闷不乐。

"陈校长呢?"

"赖局长叫去喝酒了。"

"怎么只有这么几个住校生？"

"下个学期就没有住校生了。陈校长说责任太大，老师也不愿意管理。他说他早就不想当校长了，就是混日子。我从毕业分配就在这里，我不喜欢新学校，以前的学校虽然很旧，但是更像学校，那时候老师都住在学校里，还像在大学里一样，是最快乐的，新学校已经没有乡村的味道。现在让我当副校长，让我管后勤，我也不喜欢，老师还是应该站在讲台上。我从教书开始就只想做一个纯粹的老师，我就是受到你的影响才一定要读师范，我的梦想就是好好做一个老师，但是纯粹会成为很多人的一根刺。"

"怎么心绪不好？"

"买房子，养孩子，家里都帮不上忙。还要养老人。一直在乡下，都搭别人的车，都坐公交车，想买个车都没有钱。"

关晨风说："我这里拿五千块。"东方昆说："我这里也拿五千块。"星夜，路过的村庄都已经没有再亮着灯，一列动车迅速地行驶过去。星辰。夜空。山峦。大地。对于人间的甜蜜与哀愁，似乎全都无动于衷，又似乎始终报以最深沉的包容，从来如此，亘古不变。关晨风说："王大车很像过去的我。"东方昆说："这也是在薪火相传。"

高山小学还剩下七十多个学生。年轻的小朱老师说："我刚来的时候去上公开课还是很有激情，后来又去上公开课就不对劲了，课堂语言组织特别啰唆重复。学生数太少，一个班只有七八个学生，和大班上课不一样，课堂气氛不一样，专注度也不一样，生源又差，课堂语言就受到影响。这种地方不能忍受。"易德音已经是高山小学年纪最大的老师，也是校长，和小朱老师一起去家访。王如英把藏起来的东西都翻出来晒，两盒西洋参已经晒过两年，莲子、红枣、米仁蛀虫了，香肠、酱鸭发霉了，就连笋干也发霉了。王如英说："孙子下个学期也要送出去读书，不在这里读书了。你们要是看到过我女儿的学校，哪里还看得上这里的学校。就是太远了，不然早就送过去读书了，哪里还要在县城读书。县城的学校也要有能力才读得起，要买过房子，要很多花费，些许点钱哪里读得起。"孙苦叶和贾百谷刚刚接生了小羊。李夭夭自己在洗衣服。李夭夭说："我想到叔叔的学校去读书，但是他们太忙了。我会好好读书，以后要像婶婶那样。"孙苦叶说："真个好。万般皆下品，唯有读书高。"也到高山岭村家访。高山岭村还在高山岭上。小朱老师开车。易德音带路。学校的保安也是高山岭村的人，也一起回去。路不宽，陡峭，一个急转弯接着一个急转弯，树枝噼噼啪啪地擦到车上。

易德音说："以前家里很苦，靠养猪赚点钱，有一年猪没有养活，我哭了很久。以前我也很会吃苦，上学都走路，都是山路，能省点车费，带出去的两块钱还能省回来一块钱。以前大家都没有什么钱，都不在乎苦不苦。村里的一些老人一辈子都在家里，一步也不出去。要是没有出去，也就不会有很多的想法。"

保安说:"以前山顶上都是田,翻过山顶还有田,十多里路都是上坡,肥料要挑上去,稻谷要挑下来,早上吃羹,中饭带到山上吃,早出晚归,两头黑。现在那些田都没有人种了,粮食都买来吃。以前很少很少买东西,读书也读不起,我就读过两年书,很多人都不读书。现在的生活总是好起来了。"

小朱老师说:"车都擦破了。"

村口,一棵高高的枫树,树上挂着广播,广播在播《卖油翁》。一个老伯伯在锄地。路还是泥土路,路边晾着一排新割下来的青菜,菜根上带着新鲜的泥土。路边的瓦背上晒着两匾番薯干,一家房前晒着一匾南瓜子,一匾芋头丝,一家门上贴着对联:芝兰君子性,松柏古人心。学生家里破烂不堪,门都要掉下来了,父亲残疾,母亲智障,学生也有轻度智障。易德音说:"像这样的学生哪里有能力送出去读书?这些孩子的教育总要有人来从事。山上还有像这样的村庄,有的还在更高的地方,都还有人在生活。如果老师在这里能够静下心来,还是能够为他们做点什么,如果心不静一件事情都做不好。"下山。易德音肚子剧痛。小朱老师说:"直接到县城的医院去。"易德音说:"熬一熬可能就不痛了,晚上还要集中学习。"晚上,还是剧痛。易德音说:"明天要出去到县城开会,明天再去。"朱老师一定把易德音送到了县城的医院。是阑尾炎,手术。手术以后,易德音一只耳朵听不到什么声音了。用激素,用高压氧,还是听不到什么声音,就戴了助听器。小朱老师还是调走了。

20

　　九月。张溯睁开眼睛，起床，又说："美好的一天又开始了。"张溯到学校报到。张溯背着黄色的小书包，还是像小马驹一样蹦蹦跳跳，一对羊角辫欢快地跳跃。韩贝锦站在学校门口迎接新生。韩贝锦穿着蓝色的短袖，齐膝的裙子，像少女一样披着长长的头发，头发已经不像从前那样蓬松。霍藜要张溯和韩贝锦合照。张溯犹疑。霍藜说："是韩贝锦阿姨啊。"韩贝锦说："以后是韩老师了。"合照，韩贝锦弯下腰，脸贴着张溯的脸，笑吟吟，不是很自然，张溯不情不愿，有些拘谨。何荑也拉着江杲来报到，也要江杲和韩贝锦合照。韩贝锦弯下腰，脸贴着江杲的脸，笑吟吟，不是很自然，江杲戴着一块擦嘴巴的围巾，就像美国牛仔一样，但是戴歪了，邋里邋遢。何荑就像藤蔓一样拉着韩贝锦，说："儿子交给老同学还不放心？"何荑穿着旗袍，一串一串地笑，笑得胳膊上的肉都在颤抖。四个教室，贴着：小花班，小狗班，小猫班，小鸟班。张溯要走到小花班。张聿把张溯拉到小猫班。张溯说："为什么不可以到小花班？我喜欢小花班。"张聿说："你是在韩老师的班里。"张溯就只有到小猫班。第二天,小猫班没有了,变成了一(3)班。韩贝锦批改拼音本,太大的,太小的,不端正的,都要订正,都要排队,队伍在讲台旁边绕了半个教室,一个个毕恭毕敬地等候订正。江杲订正了几次还是不端正,韩贝锦让张溯教江杲怎么写。同桌借橡皮给江杲,又教江杲,江杲用橡皮擦了又擦。韩贝锦说:"张溯,不是让你教江杲的吗?"张溯清脆地哈哈笑,说:"我又不是橡皮的主人。"上音乐课,排队,同学一级一级上楼梯,张溯两级两级跨大步,下课,张溯又抓着扶梯两级两级往下跳。值日班长神态像韩贝锦,口气也像韩贝锦,说:"张溯,你在干什么?不许跳。"张溯已经在往下跳,来不及收住双脚,又跳了,韩贝锦扣了张溯的一颗小星星。放学,排队。江杲的两只手不停地掏屁股上的两个口袋,扭来扭去。张溯在吐泡泡,一个泡泡,又一个泡泡。值日班长说:"保持半臂距离,立正,向前看齐。江杲,不要扭来扭去。张溯,不要像鱼一样吐白沫。"张溯不敢吐泡泡了,江杲还是在扭来扭去。值日班长冲过来打江杲的手臂,江杲要逃跑,韩贝锦抓住江杲,扣了江杲的一颗小星星。队伍一边走,一边喊:"一二一,一二一……"一直喊到学校门口,终于放学了。

星期五。霍藜给张溯扎羊角辫,刘海用彩色的皮筋扎成一节一节的小辫子,夹在左边,夹了两个粉红色的发夹。张溯吃面包,吃鸡蛋,喝牛奶。背书包,穿鞋。和张聿一起等电梯。霍藜站在门口说:"注意安全。"张溯说:"妈妈,可不可以不去上学?"张聿说:"才上了一个星期,就不想上学了?怎么可以不去上学?"霍藜让张聿先走。换衣服,穿鞋。送张溯上学。

"为什么不想上学?"

"到学校门口要向老师问好,是可以的。到教室门口也要问好,也可以。上课了还要问好,也可以。上课以后就要一动不动地坐着,要坐一节课,就太难了。韩老师要我们用腿夹住本子,如果掉下去就要罚站,也太丢人了。韩老师抱着作业本,让大家都站起来,报到姓名的坐下去,最后还站在那里的就是忘交作业的,一个一个报,听起来心惊肉跳,就是交了作业,也怕自己没有交。韩老师说下课不是让你们打打闹闹的,好的学生下课都用来做作业,我们下课也不敢出去,都关在教室里。学校里也没有小黄车,没有波波球,更没有什么玩具分享时间,我不喜欢。韩老师要我当今天的值日班长,我觉得自己也做不好。我想回幼儿园。"

"事物都有规律,小树苗长成了小小树,就不能再变回小树苗。你已经是小小树,再回到幼儿园,就违反规律了。你和韩贝锦阿姨从小就很熟悉,韩贝锦阿姨也很喜欢你,你有什么问题都可以和韩贝锦阿姨交流。"

"她不是韩贝锦阿姨了。她是韩老师。要是有人坐不好,她就会把他的背拎起来,或者把他的头摁下去,她发起脾气来就像发狂的狮子,就像恐怖片一样吓人。"

"小小树要经历狂风、烈日、暴雨才能茁壮地长高长大。

每个老师都是不同的,一定不都是和风细雨的,也只有这样,一个人才能成长得更加茁壮。爸爸妈妈只要管一个孩子,老师要管那么多孩子,那是一件很不简单的事情,要理解老师。"

"妈妈,你这样和我手拉手送我到学校门口,就会有一种美好的感觉。爸爸就不是这样的,他在路边就要我下车,就要我自己走到学校门口。"

张溯说再见。在校门口问好。小小的背影消失了。就像一个星球,虽然很小,就像宇宙的微尘,但从诞生的那一刻开始就已经在按照自己的速率在自己的轨道上运行,在数万亿的群星中,在神秘的星团、星云、暗物质中,在无限宇宙中,孤勇地运行,绚丽地运行。它和霍藜仿佛亲密无间,其实至少相隔了数千万光年,霍藜对于它的运行,除了陪伴,除了目送,无从主宰,不能主宰。从此,张溯再也没有说过:"美好的一天又开始了。"

菁菁小学搬到了新校区。在一个不深的巷子里,在一个簇新的昂贵的小区旁,就像华贵的酒店,就像暴富以后无所适从的富豪的浮夸的宅邸,就像森严的公馆,就是不像学校。不像学校的学校,对学校是很深的伤害。菁菁小学的校长到别的区去了,说有七位数的年薪,校长暂时空缺。任局长聘请区域教育改革顾问团。宴请。在尊贵的小区。前台礼貌地问询,引导,走下盘旋的楼梯,经过下沉的庭院,经过几进拱门,进电梯，入户。是私密的会所，仅有一个尊贵的大包厢。白有榆也是顾问团的顾问。任局长给白有榆敬酒，白有榆倒酒，倒满，喝完。白有榆给任局长敬酒，还是倒酒，倒满，喝完。任局长说："会喝酒的专家有，会喝酒的女的专家也有，会喝酒又这么好看的女专家很少有。"在座的都附和。继续你敬我，我敬你。觥筹交错。白有榆又给任局长敬酒，又倒酒，倒满，喝完。任局长说："有什么事情尽管来找我。"白有榆又轻又慢一字一句温柔地说："那我就举贤不避亲了。"李淇岸就到菁菁小学当校长。任局长不能再随心所欲地到马会骑马，任局长说："现在都要低调，什么都要低调。"李淇岸就在菁菁小学成立了一支马术队，就是马会的马，特别邀请任局长指导，任局长又能骑马了。

下雨。李淇岸值日，打伞，站在学校门口。要是有学生没有打伞，李淇岸就送他走几步到学校的门厅。何荑送江杲上学，江杲下车，也没有打伞，李淇岸也送江杲。何荑拍照片，照片刊登在报纸上。报纸报道：名校校长雨天提前到学校为学生打伞。李淇岸说："就是打伞，也要报道？"何荑说："名校校长也就是名校长。你现在不一样了，社会影响和社会责任都不一样了。你现在是大咖了，要多照顾老同学。"李淇岸说："互相照顾。"又下雨。学校举行首届课堂节。李淇岸上公开课，让学生都用ipad上课。一个班级三十二个学生，分成八个小组，每人都有一个ipad。李淇岸说，你们了解贝多芬吗？了解《月光曲》吗？你们知道"清幽"和"幽静"有什么不同吗……学生用ipad查找资料。

"贝多芬四岁的时候就被父亲逼着学习钢琴、小提琴，他的父亲想把他培养成莫扎特式的神童。"

"贝多芬终生未娶。"

"贝多芬二十八岁的时候听力开始减弱，晚年失聪。"

"贝多芬说，我的音乐应当只为穷苦人造福，如果我做到了这一点，该是多么幸福。"

"《月光曲》原名《升C小调第十四号钢琴奏鸣曲》。"

"《月光曲》是贝多芬为一个贵族小姐创作的，他也为此付出了很大的代价。"

"'清幽'和'幽静'都有幽雅、美和静的含义。但'清幽'有光亮的意思。"

……

最后，李淇岸用ipad播放《月光曲》。李淇岸已经不会弹奏《月光曲》。李淇岸已经不会弹琴。如果说李淇岸曾经得到过音乐的眷顾，而今李淇岸已经抛弃了音乐，音乐也已经抛弃了李淇岸。李淇岸读课文：月亮正从水天相接的地方升起，微波粼粼的海面上……就像随时需要被人膜拜的水仙。就像走秀，就是走秀。密密麻麻的听课老师议论：学校有钱，学生有钱，有钱才能这样上课，没钱的话ipad都买不起，还是要有钱……仿佛上了什么课不重要，重要的是：钱。何菫采访李淇岸："ipad用于教学会不会成为一种趋势？"李淇岸说："在信息社会，电子产品用于教学是必然的，纸质书也会被电子书替代，也会消失，如果现在还在看纸质书的人就太落后了。"韩贝锦也上了公开课。韩贝锦要比平时都和颜悦色，学生悄悄地说："就像不是韩老师。"何荑也采访韩贝锦。韩贝锦说："我不是很了解ipad。我听说国外的有些学校不准把ipad带进课堂，而且它们的教学工具很传统，就只有笔和纸，还有针线，还有泥土，它们只有在传统的教育方式解释不了的时候才会借助多媒体。我就不允许学生把ipad带到学校来。"区教研员、市教研员是来评课的，韩贝锦叫："师傅——师傅——"白有榆也是来评课的，韩贝锦没有叫白有榆。白有榆叫住韩贝锦又轻又慢一字一句温柔地说："你也是要去吃饭的，一起去。"区教研员、市教研员说："你是要评特级教师的，要多交流，一起去。"韩贝锦说："我要回家做饭。我不回去女儿要饿死。"李淇岸什么也没有说，给白有榆打伞，去吃饭，何荑在笑，一串，一串。李淇岸到菁菁小学当校长以后，就没有和韩贝锦说过什么，就是校长，只是校长。韩贝锦也没有和李淇岸说过什么，就是老师，只是老师。没有什么可说。最好什么也不说。报纸报道：教育大咖谈ipad应该成为学校的标配。没有写到韩贝锦说的话。韩贝锦把报纸收起来，就像什么也没看到。没有什么可说，最好什么也不说。

老师对江杲都很头痛。数学课，老师提问，江杲站起来自言自语。老师说："为什么又自己站起来？"做作业，江杲离开座位走来走去。老师说:"为什么又离开座位?"订正作业,队伍在讲台旁边绕了半个教室,江杲逃跑,逃出学校,保安骑电瓶车追,才把江杲追回来。音乐课,唱歌,江杲不唱。老师说:"为什么又不唱歌?"江杲又逃跑,藏在学校的车库里,保安调监控找来找去,才把江杲找出来。老师都说,如果韩贝锦能够把这样的学生管下来,就是特级教师了。韩贝锦搬了一张课桌放在讲台边,让江杲一个人坐。

"我还是会逃跑的,我还是会藏起来的。"

"你正常吗?"

"为什么要这样问我?"

"你如果不正常,我就要把你送走。"

"我正常的。"

"那我就要正常地要求你。我和你约定,你要是再逃跑,再藏起来,我不会来找你,保安也不会来找你,超过十五分钟就算旷课,严重的话就要开除。"

韩贝锦对其他同学说:"江杲不是故意要逃跑,不是故意要藏起来,不能嘲笑江杲,要帮助江杲。"韩贝锦让江杲当卫生委员,江杲没有再逃跑,没有再藏起来。江杲带了两个山竹,都要给韩贝锦。韩贝锦说:"你能不能做到上课不自己站起来,不离开座位走来走去?做不到我就不要你的山竹。"江杲也做到了。作文课,写:我最爱的人。江杲就写韩贝锦。

排课本剧。江杲是群众演员,张溯是配角之一,主角是一个又高又胖的女同学。剧本是何羮写的。何羮在班级群里最活跃，所有的班级活动都有何黉的身影。何黉冲到办公室和韩贝锦吵架。何黉说："为什么我儿子只能演群众演员？"韩贝锦说："为什么你儿子就不能演群众演员？"过了一个学期，又高又胖的女同学转学了。何黉给霍黎打电话，说："我们是什么人家？我们都是有贵族血统的，我们的孩子都应该得到礼遇，为什么只能演群众演员？为什么只能演配角？我们是怎么对待她的？她是怎么对待我们的？你知道她为什么让转学的同学演主角吗？因为家长在帮她炒股票。你知道同学为什么又转学吗？因为家长自己不炒股票了，也不帮她炒股票了，闹翻了。一个语文老师，排一个课本剧，还要我写剧本，还要家长一呼百应，要不是儿子在她手里，我就写出来让大家评论。我们几个家长都说一定要换老师，我们这个星期要一起喝茶，也邀请你一起喝茶。"霍黎没有去喝茶。霍黎在班级群里从不发言，接送张溯的时候，看到家长在喊喊喊地交头接耳，就远远地走开。张溯问霍黎为什么不积极参加班级的活动，霍黎说："你到学校就是去上学，只是去上学。"霍黎不会无事生非地去喝茶，也没有时间去喝茶。

韩贝锦批改作文。卫尔思做作业。卫尔思已经亭亭玉立，扎着两根齐腰的粗辫子。韩贝锦和卫景福才又买了很远的房子，早上到菁菁小学要两个多小时，晚上回到家都要七八点，虽然又有了房子，而且不小，但是太奔波了，也不方便带学生，又卖掉，又在菁菁小学附近买了一套二手房。房子又老又小又破，还是到处堆着杂七杂八的纸板箱，就像不是家，就像随时都要搬家。卫景福又出门了，说如果赚到钱回来就买市区的大房子。韩贝锦对卫尔思说："你爸爸每次出门就给我们画一个饼，都不知道画了多少个饼了。"韩贝锦批改到张溯的作文，还是不按照格式写，还是写得很长。韩贝锦给霍藜打电话。

"作文不要写得太长，写得越长错得越多，不要超过五百个字。我们就是应试教育。"

"唔。"

"她上次写什么渡渡鸟是因为人类灭绝的，人类要忏悔。我在网上查过，当时的水手说渡渡鸟的肉不好吃，它不可能是被人类吃完的。"

"唔。"

"作文就按格式写，不要太有想法。我知道我们有些做法是不对的，但是我们也没有办法，要考试，要排名，倒数的学校校长要被点名到台上发言，谁都吃不消。"

"唔……有的家长可能对你有些意见……"

"家长有意见的老师，都是太认真的老师，我就是太认真了。"

"说你让家长炒股票，这样是不是不太好……"

"你不知道没有钱的痛苦，你根本就不知道什么叫痛苦。我最困难的时候，省钱到什么地步？天再冷，下再大的雨，我和卫尔思都只能等公交车，都不打出租车，打不起车，卫尔思到公交车上都不站直，她说，妈妈，我不站直就不会超过一米二,就可以省一块钱,你知道这种痛苦吗?我带学生去参加比赛,卫尔思也一起去,她看到一把伞,很喜欢,很想买,我不给她买,我没有钱,一起去的家长给她买了,家长肯定以为我这个人贪图小便宜,你知道这种痛苦吗?我为了接送卫尔思买一辆二手车,买车的时候向别人借钱,别人说你要是有办法把我女儿放进菁菁小学,钱就送给你了,你知道这种痛苦吗?我还要住在你们的房子里,连房子都没有,你知道这种痛苦吗?你就像仙女一样,你可以不食人间烟火,你什么都有,你什么都比我好,你可以想怎么样就怎么样,我和你不一样,我不能和你比,但也不用你来教训我。你知道吗?我这辈子最不愿意见到的人其实就是你。"

韩贝锦挂电话,哭。卫尔思说:"你和霍藜阿姨怎么了?你们不是比亲人还亲的吗?"霍藜也哭。张聿说:"升米恩,斗米仇。大恩生仇,最记仇的往往都是最亲近的人,你要原谅她。"过年。出行。住酒店。酒店在山上。是独栋的别墅。是老别墅。两层楼。白色的扶栏。清净。两只蓝灰色的斑鸠在露台上"咕咕咕"叫。院子开阔,有一棵苦梓树,一棵玉兰树。山头云雾缭绕。吃饭,喝鸡汤,是山上农民家里养的鸡。霍葵吃饭在看手机,吃完饭还在看手机,都在看手机,好像离开手机就不能呼吸。霍葵没有回医院上班,说上班谁管宋芃,就做保险。霍葵没有再瘦下来,脸上过敏,看起来有些浮肿,头发干涩,就像不是霍葵,就像一朵花却只有过很短暂的花期。张聿走来走去。宋芃说:"张溯,张溯,我们来玩熊大和熊二的故事,我是熊大,你是熊二。"张溯说:"我是你姐姐,你怎么叫我名字?"霍葵头也不抬,说:"像我们家的人,我们都是叫名字的。"玩累了。张溯说:"怎么很久都没有见到卫尔思姐姐了?卫尔思姐姐怎么不和我们一起过年了?"霍藜说:"我也在思考这个问题。"

芒种。看不到麦田。看不到稻田。看不到有人割麦。看不到有人种田。田越来越少。零星有几丘田种着油菜。连绵几里路的山茶树林全都砍光,全都造成工厂,田也都造成工厂,只有工厂,都是工厂。赖局长邀请李淇岸回到常县讲座,关晨风主持。红艳艳的横幅,密密麻麻的老师,讲的内容已经在很多地方都讲过,已经不知道讲了多少遍。有的老师在看手机,有的老师睡着了。李淇岸兀自地讲,就像顾影自怜的水仙,就是顾影自怜的走秀。走秀以后,李淇岸说:"我们班毕业以后还没有开过同学会。应该开同学会。你是老大,要你召集。"关晨风说:"人生就像单程的列车,到了一个站点,有的人上车,有的人下车,有的人就是在某一段途程才对你有意义,他们在那时候就已经完成了对你的使命,不要强求。"李淇岸和关晨风一起去看东方昆。东方昆做梅干菜蒸肉,拿出新泡的杨梅酒。吃肉,喝酒。肉和酒都不止是肉和酒,是做人的资格。东方昆就像更加洗练的雕塑,李淇岸在雕塑面前有些手足无措。东方昆说:"桃李不言,下自成蹊。一个老师度过一生的最好的方式就是：桃李芬芳。你们能够来看我，我很高兴。但是，你李淇岸既然还记得我这个老师，我今天就还要再骂你几句。你这个人说得好听一点是会奋斗，说得难听一点就是会钻营，你看你现在穿成什么样子，浑身都是奢侈品牌，哪里还像一个老师？就像一个商人。老师就要像个老师，你这样不伦不类干什么呢？你现在是真的把自己当专家了，大放厥词，居然说现在还在看纸质书的人太落后了，你知道什么是书吗？在伊斯坦布尔圣索菲亚大教堂的墙壁上，罗马皇帝君士坦丁九世和妻子侧坐护卫着耶稣，皇帝手里捧着一袋钱，耶稣手里握着一本书，要是耶稣手里握着一个手机那成什么东西了？在西方国家，最有教养的人，家里是没有电视的，更不会捧着手机看书，现在很多人就知道捧着个手机，不知道看书，这不是书的悲哀，是人类的悲哀，是人类的不幸。你还敢给别人推荐书单，还是名师推荐书单，你自己读过几本书？你知道世界上都有些什么书？从前的人八九岁以前就已经读完四书五经，唐德刚先生说，如果学龄儿童的黄金时代给'喔喔喔'和'叮当叮'浪费了岂不是太可惜，你推荐的那些书要是被真正的有识之士看到是要被笑话的，你要是能够多读几本书，也会知道书对人是有要求的，是不能随便推荐的……老师最大的风险就是把错误的价值观传递给学生，老师要是听了你这种专家的话风险很大。我看你还是要好自为之。"

关晨风接电话，是赖局长的电话。赖局长已经接到了很多条子，都是要挑老师的条子，都是县城的初中的条子，一个老师多的有一百多个条子，挑老师越来越早挑，越挑越严重，分班都要分不出来，赖局长就宣布电脑派位彻底均衡分班，有条子的人就都有意见，又有人写信，又要调查。赖局长说："招生也是你分管的，你去说说清楚。"关晨风先走了，李淇岸也走了。李淇岸想回高山脚村，可是高山脚村已经没有什么人，只有越来越老的对什么人什么事都已经不感兴趣也已经不会大惊小怪的老人，只有不认识李淇岸的李淇岸也不认识的懵懂的陌生的小孩，已经没有人稀罕李淇岸回不回高山脚村，李淇岸就是浑身穿着奢侈品牌回去，就是浑身披挂着金子银子回去，也没有人稀罕。除了一个填不满的无底洞，高山脚村和李淇岸已经没有什么关系，它已经不再属于李淇岸，李淇岸也已经不再属于它，它就像不再是现实的，而是虚妄的，李淇岸就没有回高山脚村。李淇岸想要衣锦还乡，但是已经无乡可还。

关晨风接电话，是霍藜的电话。关晨风已经很久没有给霍藜打电话，就是收到霍藜的书也没有打电话。霍藜也已经很久没有给关晨风打电话，就是给关晨风寄了书也没有打电话。有的思念其实不需要打电话，其实比打电话更古典，更深沉，更隽永。

"书收到了吗？"

"收到了。"

"看了吗？"

"看了。"

"就是给你打个电话。"

"原来说过你要是写书,一定还是要我来给你抄写,可是现在写书也已经不用抄写了。"

"还有什么要说的吗?"

"如果是我成全不了现在的你。"

关晨风急急忙忙地挂电话,急急忙忙地去接受调查。人生都是急急忙忙的,你以为它还没有开始,其实它早就已经在行进,一直都在行进,从不停顿,急急忙忙。关晨风没有时间怅惘,来不及怅惘,也不想怅惘,也不需要怅惘。其实爱一个人并不是要跟她一辈子的/我喜欢花,难道你摘下来让我闻/我喜欢风,难道你让风停下来/我喜欢云,难道你就让云罩着我/我喜欢海,难道我就去跳海……关晨风不仅不怅惘,而且觉得幸福。也许霍藜也是如此。应该如此。

是什么？书是会变的吗？

第三部

向前走

/ 第三部 向前走 /

1

季节就是季节。季节不会认为它们是有思想的,也不会认为它们在意味着时间的流逝或者轮回。就像宛城的夏天虽然越来越漫长,但它既不是经过深思熟虑的,也不是迫不及待的,也不是模棱两可的,开始就是开始,结束就是结束,不意味着时间,不意味着流逝,不意味着轮回,什么都不意味。人类却赋予季节很多意义:创造,保存,毁灭,休眠……也许就是因为被赋予了意义,每年夏天开始的时候,就会开始传说:任局长要走了。任局长自己也是想要走的,任局长做一切仿佛都是为了要走,水往低处流,人往高处走,就是为了要往高处走,任局长才要大家认真地忙碌,认真地不知道为什么认真。可是,漫长的夏天结束了,任局长还是没有走,又继续要大家认真地忙碌,继续认真地不知道为什么认真,大家就说:"怎么还不走?怎么又不走了?"仿佛比任局长自己还要惋惜,仿佛一个教育局局长最重要的就是什么时候走。又是夏天。又传说:任局长要走了,这次不一定是往高处走,也许是要调到别的局里去了。任局长又掐算着时间举办寰球教育峰会,又认真地开协调会，所有的局领导都到了，所有的科室长都到了，所有的直属单位的负责人都到了，所有项目学校的校长也到了，李淇岸最后到。任局长说："有没有困难？"大家都说钱的困难。李淇岸说："我们没有困难，我们有钱，我们的钱用不完。"大家都说菁菁小学是什么学校，不能和菁菁小学比。李淇岸说："我现在要是到别的地方去，身价都要七位数，这不是我自己说的，是一起吃饭的时候区领导说的，他们现在就怕我走。"任局长说："不能再走了，再走就不值钱了。"李淇岸笑容满面，不介意任局长说的话，李淇岸不会介意已经要走的而且不一定往高处走的人说的话。

女人应该任性。任性可以赋予女人可怜的、可恨的、受害的、卖俏的、妩媚的、脆弱的、破碎的、神经质的、不可捉摸的、难以理解的可以对男人造成迎合和吸引的特质及情感。但是，白有榆从不任性。白硕到国外读书，白硕只要去有人的地方就心烦，出汗，头痛，手抖，又回来了，白天抱着手机，晚上抱着手机，睡觉的时候手机就放在枕头下，醒来第一件事情又抱着手机，又好像只有依赖手机才能活下去，又和手机一起淹没了。白硕喝可乐，不要冰的可乐，不要常温的可乐，只喝零度的可乐，可乐瓶扔在桌上，茶几上，床头上。李淇岸要白硕吃药，百忧解、黛力新、阿普唑仑早晚各一颗，白硕不吃。李淇岸说："一天到晚抱着手机，一天到晚盯着那么小的屏幕，只有很底层很低俗的人才会这样。"白硕斜着眼睛吼："你有什么资格贬低我？你知道什么？手机里的世界也是很广阔的。"李淇岸砸了白硕的手机，白硕野蛮地打李淇岸。白有榆也不愤怒，不悲伤，不训责白硕，也不和李淇岸吵架，好像白有榆早就知道了人间的一切都是自然的，也是必然的，一切就像是宇宙秩序的一个必要部分，忽视它是幼稚的，悲叹它是愚蠢的，它不是谁的错，不值得有任何情绪的波动和情感的浪费。白有榆只是要李淇岸离开菁菁小学，到别的地方去。

"白硕还是要回到国外去，不可能就这样在家里。白硕的房子买得太远了，还是要换。我们自己的房子也要换。都需要钱。特级教师绝对不允许有偿家教，津贴有规定，外出讲课的收入也是辛苦钱，也不是想外出就可以外出，也都是杯水车薪。特级教师只有流动起来才值钱。"

"如果到民办学校，就没有编制了，不能没有编制。其他学校都是一样的，不如不走。"

"你不能只管你自己。"

"又不是我的儿子。"

"你说过就是你的儿子。"

"也是填不满的无底洞。"

白有榆和李淇岸吵架。白有榆就是和李淇岸吵架也是无声无息的。白有榆和李淇岸互相摔枕头，摔被子，摔衣柜里的衣服、裤子、袜子，摔浴巾，摔毛巾，摔一切不会发出声息的东西，就像在演哑剧一样不发出任何声息。白有榆起初没有想过要给李淇岸生孩子,白有榆说:"如果再生孩子,一辈子就用来养孩子了。女人不是只有生孩的使命。"白有榆后来也想过要给李淇岸生孩子。白有榆和李淇岸做爱。在排卵期,不用避孕套。白有榆像一条没有生机的鱼,李淇岸也像一条没有生机的鱼。也许就是因为没有生机,白有榆和李淇岸一直没有孩子。在希伯来语中,没有孩子与黑暗一词有关,都含有缺失之意。缺失孩子,是黑暗的。白有榆和李淇岸的人生不可避免有黑暗的一部分。白有榆坐在沙发上,就像一幅画,就像没有吵架。白有榆又轻又慢一字一句温柔地说:"名和利是在一起的。有了名,利也就会随之而来。这就是名利双收。一个校长很容易自以为学校就是一个王国,其实是坐井观天,是很局限的,你要是不想到别的地方去,也不要局限在学校。他们都怕你走,你也可以提你的要求。"白有榆就是可以就像不是男人也不是女人一样冷静、自信、精明而忍耐地操纵生活。李淇岸去找任局长,说要么能有更好的发展,要么就到别的地方去。任局长是见过风浪的人,是不会被操纵的。任局长签批一大沓文件,一份一份签批,头也不抬,说:"谁都想有更好的发展,我也想有更好的发展。你已经是名校的校长,还想要怎么更好地发展?想要更好的发展,还要看时机。"漫长的夏天结束了,结束就是结束,什么都不意味,任局长又没有走,李淇岸调到了督导室,就是一个督学。

督学都是在等着退休的人,都已经像退休一样。他们会到李淇岸的办公室坐上半天,一天,数说过去的峥嵘岁月,对过去的峥嵘夸大其词,把没有的峥嵘也说成峥嵘,又说一个亲戚一年就有几千万的收入但是一个硬币都要分成两个用,一个亲戚的丈母娘住在养老院就是不肯吃饭,一个亲戚突然死了,一个校长退休以后重度抑郁,一个园长退休以后出去讲了两百多节课生病了,一个园长辞职到民办幼儿园去了,一个主任离婚了,一个教研员不知为什么胖了很多,儿子不肯结婚,女儿结婚一直没有孩子……就这样半天过去了,一天过去了。李淇岸就像汪洋大海里的一条鱼,才竭尽全力地浮出水面,吐了几个泡泡,又被淹没了。但是,李淇岸不会甘于就这样半天过去,一天过去,一天一天过去,不会甘于就这样被淹没。李淇岸又给韩贝锦打电话,又打不通。李淇岸向隔壁的督学借手机,说手机没电了,又不得不用手机。李淇岸又打电话,打通了,说:"你把我的电话都屏蔽了,就是请你喝杯茶总可以吧?"湖边,茶室,禅静。茶艺师在学佛,抄经,写毛笔字。包厢,一扇落地玻璃门,门外有草,有花,有树。茶艺师送来手写的茶水单,点茶,焚香,泡茶,送来三碟手作的点心,一碟巴旦木薄饼,一碟蔓越莓牛轧糖,一碟抹茶曲奇。李淇岸赘述。赘述过去的人、事、物、荣耀,失去荣耀的怨艾,仿佛李淇岸的肉身和灵魂全都布满过去的一点一滴,所有细节,仿佛李淇岸不是一个活着的人,而是一个活着的:过去。

"这里和区领导来过几次,区领导还是很尊重我的……

没有评上特级教师的时候一直在追求，评上以后对自己的要求更高了，也更忙了，要学术交流，讲课，带徒弟，只会沉迷课堂的不是特级教师，特级教师就是要去影响人，就是要去改变人。名校长实际上很可怜，接电话胆战心惊，亲戚朋友、曾经帮助过你的人、领导都要来找你解决问题，都不会理解你也会没有办法，如果解决就要违背原则，如果不解决就会成为孤家寡人，学校的发展不是孤立的……我想到别的地方去，不让我走，我这才不肯当校长了。"

"我所有的奋斗都是为了寻求：资源。在乡村的时候，争取县里市里的资源，到了市里以后，争取省里的资源，到了省里以后，争取全国的资源。只有资源，才能实现自我，才能让自己变得更强大。当了校长以后，最重要的也是在争取资源、整合、运用、分配资源。我都带着很强的目的跟人交往，内心很痛苦，但是为了个人、家庭、学校、亲戚朋友，只有如此，这是我要承担的责任。我就像一架战斗机不断地轰炸，内心很不安分，也很没有安全感，就像有无形的鞭子在抽打，如果不做事情，就会有负罪感，看到别人就只是上上班，看看电视，看看手机，稀里糊涂地过日子，就会想他们怎么能过这样的生活，不可思议……现在想回去，我奋斗的是什么？追求的是什么？我做的这些事情有意义吗？但是，我还是会继续奋斗。"

"人总是有回忆的。纯真的总是美好的。在夜深人静的时候，在迷茫、困惑、烦恼的时候，在没有办法跟人交流的时候，总是会很清晰地回忆过去，那个年代不像现在什么都很现实，很势利。一个人再怎么麻木，总还是有精神的需要。冷静想想，如果我曾经爱过，我只爱过你，除你之外，我没有爱过别人，至今我仍然爱着你，我不知道如果没有你，我现在会在哪里，我们之间才是真正的：爱情……过去不懂什么才是最重要的，等我们都老了以后，等我们都可以了，我们一定还要在一起生活。"

"……"

李淇岸又像蜜糖一样又软又甜又腻，就像韩贝锦虽然已经胖了也开始老去，也还是从前的天使，就是天使。李淇岸以为自己还是迷人的，试图还像过去一样迷人地笑起来，但是失败了，李淇岸的头发更少了，就快要没有头发了，就像窳败的水仙，已经不能迷人了，李淇岸已经很可怜了。李淇岸试图触摸韩贝锦的身体，李淇岸的呼吸带着干涸的浑浊的窳败的气息，就像不是李淇岸的呼吸，让韩贝锦惊骇，而且剧烈地刺痛，被瞬间的回忆刺痛。触摸会叫醒回忆，回忆太刺痛，韩贝锦不愿意回忆，一瞬间也不愿意。

韩贝锦说——

其实你从来都没有离开过我。

我也以为自己很爱你。

其实我也没那么爱你。

或者那根本就不是爱。

你也不是我最爱过的人。

李淇岸说——

但是我们是有感情的。

韩贝锦说——

你根本就不懂什么是：感情。

说话会让人褪色。李淇岸原来就像得到神恩光辉灿烂，可是李淇岸现在只要说话，就会褪色，说一次，褪一次，一次一次地褪，毫不留情地褪，褪无可褪，只剩下赤裸的：分歧。让李淇岸一再地天真又肆无忌惮的：分歧。让韩贝锦粉身碎骨又涅槃重生的：分歧。不可弥合的：分歧。韩贝锦对李淇岸的灵魂已经了如指掌：所有错把讲台当作舞台的人，如果不曾幡然醒悟，都会被惩罚只有像演员一样去度过余生，为虚名浮利所累，永无安宁，李淇岸就是如此，已经没有舞台，没有观众，还要试图继续表演。李淇岸没有反思，没有忏悔，还有幻想，全都和过去如出一辙……但是，韩贝锦不怨恨李淇岸，从不怨恨，永不怨恨。韩贝锦拿出化妆包，补睫毛膏，补口红，踩着细细的高跟鞋，到前台买单。走了。离开了：过去。

李夭夭从小就埋下了根深蒂固的信念：要像婶婶一样。李夭夭读初中，住校，拼死用功。李夭夭到食堂，到寝室，到教室，都跑步前进，争分夺秒。别的同学还没有开始吃饭，李夭夭已经吃完了，好像没有吃过饭。李夭夭最迟睡觉，最早起床，好像没有睡过觉。同学说："李夭夭可以不吃饭不睡觉。太恐怖了。"老师苦口婆心地对同学说："要用功读书。"只有对李夭夭才会说："不要太用功了。"李夭夭不仅成绩好，而且皮肤白，虽然没有什么很好的衣服，有的衣服穿了又穿，但是穿什么都好看。可是，李夭夭就像马采蓝一样不会笑。马采蓝还是没有回来，原来应该还是想回来的，时间久了，也就死心了，时间能够让人死心。李夭夭还是一个人走路去找马采蓝，李夭夭回来告诉李淇水，又有人给马采蓝介绍对象，马采蓝已经去看过人家，要嫁给别人了。李淇水去把别人送给马采蓝的衣服都剪掉，马采蓝还是嫁给别人了。

胖，就像只有这个时代才有的一种不可控的流行病，防不胜防，就是在牢里也不能阻隔，也能侵袭，不能幸免，成为折磨。李淇梁从牢里回来，也胖了，圆圆的腰，圆圆的脸，好像不是牢里回来，而是到哪里享受了回来。孙苦叶笑嘻嘻地说："真个好。真个好。"孙苦叶其实已经不认识李淇梁。李淇梁发誓，一定要赚钱，一定要造豪华的房子，一定不能再让孙苦叶住在泥土房里。李淇梁跟着李淇水在县城做装修。埋水管，埋坏了。贴瓷砖，贴坏了。刷油漆，刷坏了。业主说："以前的工人都要跟着师傅学过很多年，才能出来做生活。现在的工人，学了没几天，都没有学过，就什么都敢做，不负责任。"李淇梁没有赚到钱，还要赔钱。李淇梁让李淇岸找一份学校保安的工作，白有榆说："你也不当校长了，也不是什么好事，要是给他找了工作就是多了一个包袱。"李淇梁在县城转来转去，转到学校门口，看到有人接走十几个学生，接到晚托班，李淇梁也到晚托班负责接送学生。李淇梁和贾百谷喝酒，说："要是赚够钱，也办一个晚托班，晚托班不难办。要是再赚够钱,就可以造豪华的房子。要是造了豪华的房子,就能讨媳妇,一个人家不能有两个光棍。"

下雪。已经很少下雪。已经很多年都没有下雪。突然下雪。雪不厚。薄薄的。公路,学校,翻修成文化礼堂的祠堂,小超市,豪华的房子,曾经豪华的房子,泥土房,山,山垄,田地,河滩,都是薄薄的白色的。整个高山脚村都是薄薄的白色的。三只羊又都生了三只羊,羊在羊圈里睡着了。贾百谷也睡着了,没有再醒过来,死了。孙苦叶也睡着了,笑嘻嘻地醒过来,不知道贾百谷死了,又睡着了,又醒,又睡,也没有再醒过来,也死了。家里没有其他人,羊"咩咩咩"地叫,好像知道孙苦叶和贾百谷都死了。村里的老人发现了,才报丧,火化,停灵,守灵。灵堂就在路边,就是用地篷搭起来的。路边都是车,很多都是赶回来送葬的车。李淇水只穿了一件毛衣,在烧纸钱,烧衣服。李夭夭拿着一盒小白花,看到有人来了,就分一朵。李淇梁几天都没有刮胡子,背着一只包跑前跑后地收红纸包,记录,回红纸包。白有榆给来的人倒茶水,吩咐要多捧一会水杯。李淇岸给花圈排顺序,叫人准备抬花圈,又叫人准备敲锣。穿孝衣。戴孝帽。系孝巾。摔盆。敲锣。放火炮。撒纸钱。有人在说:"以前的雪都很厚。现在下这么点雪就很稀奇了。"有人在说:"多少年没见到了。是不是赚了很多钱?是不是钱都多得用不完了?"有人在说:"赶来以前已经去了一家送葬。送葬都要赶来赶去。"有人在说:"那个是不是他们家的舅舅?都这么老了,都不认识了。"没有人心碎,没有人哭。雪花不大,零零碎碎,坟头也是薄薄的白色的。

　　撒五谷。领红。发长寿包。不走回头路。赶魂。吃酒。来的人在路边放鞭炮,放完鞭炮都走了,很多车也开走了。李夭夭说:"妈妈不会回来了。"李淇水说:"这样的人还有人要,不回来就不回来。"李淇梁说:"我现在也是晚托班的老师了。"白有榆说:"你怎么都可以做老师?"李淇梁说:"剃头的、卖索粉的都在办晚托班。有一个关进过精神病医院的老师还在办培训机构。我怎么就不能做老师?重要的是要赚钱,怎么赚更多的钱。"白有榆给李夭夭带了两盒面霜,两支护手霜,几盒面膜,两套内衣,一双球鞋,一件羽绒服,说:"你已经长大了,要知道收拾,不会收拾的女孩子以后没有人要。"雪还是零零碎碎的,一切都是薄薄的白色的,桃树也是薄薄的白色的。桃树也许还是会抽叶,开花,长出桃子,就好像孙苦叶还活着一样,也许也会像孙苦叶一样死去,桃树也是会死去的。人类只要还是人类,就要忍受人类所要忍受的一切悲苦,就要和这个星球上多达一百五十万种以上的物种一样遵从自然的生息,经历物种都会经历的繁衍,生死,存在,消亡,只有土地是永生的,孙苦叶一刻也不曾离开过土地,就像是土地的一部分,就是土地,孙苦叶如果是西西弗斯,也一定是幸福的西西弗斯。天地有大美而不言。四时有明法而不议。万物有成理而不说。在薄薄的白色中,李淇岸饮泣。

2

  深山。古寺。在修缮。还是静穆,苍松翠柏。卫景福来烧香,不知道怎么烧香。一个敦厚的年纪相仿的男人在烧香。卫景福虔诚地照着请香。走偏门。迈左腿跨过门槛。左手点香。在左边的蒲团跪拜。许愿。绕佛三匝。右绕。缓行。礼佛三拜。男人看起来虽然落魄,但像是读过书的人,不卑不亢。男人自称施老师,说做生意破产,房子和工厂都很便宜地拍卖掉,还被黑社会追债,躲出来几年都没有回家,身上有点钱就用来买书,读了很多哲学的书,经常思考荣辱、得失、祸福、生死的问题,但是不得要领,后来一个人走路到古寺看到有不少佛教的经文典籍,就买了一本《大佛顶首楞严经》连夜读完,对人生的种种破立有了很多证悟,彷徨的时候就会回到寺里来,但求戒、定、慧。卫景福感慨,又虔诚地向施老师求教:做了很多年的生意,从来没有赚到过钱,怎么办?

  "随缘。"

  "就是听天由命吗?"

  "顺其自然。不强求,也不执着。"

"凡事不努力,不刻意追求,怎么能成功呢?"

"随缘是说机缘未聚就不要强求,要以平常心做事。如果挖空心思,不达目的不罢休,就是执着,不是随缘,是攀缘。"

"这样是不是很消极?"

"随缘是要分清可为与不可为。当众缘聚合的时候却不努力,那也是不随缘,因为个人意志也是很重要的一种缘。随缘是顺势而为,是淡定明智,不但不是消极的,而且是积极的。"

施老师说最近就是迫切地想要回家,做梦都梦到回家了,也是到该要回家的时候了,但是连回家的钱也没有,要是这个时候有人给他钱让他回家,感激不尽。卫景福就把身上的几千块钱都给了施老师,说反正也没有多少钱,也做不了什么事情,不如让施老师先回家。山光悦鸟性,潭影空人心。卫景福虽然把钱都给了素昧平生的施老师,却仿佛豁然开朗。过了大半年,施老师给卫景福打电话,说回家以后机缘巧合得到贵人相助,做电商很快就赚了很多钱,已经东山再起,滴水之恩当涌泉相报,要卫景福也去跟着他一起做事情。卫景福去了,很快也就赚了很多钱。

韩贝锦已经住进了房子里,还是不能置信它已经是属于自己的房子。房子能看到河,河水深流。两层楼,精装修,定制家具,有中央空调和地暖。一楼是厨房,餐厅,客厅,一个客卫,一间老人房,房里也有卫生间,都有智能马桶。二楼是卧室，主卧是套房，有开放式的衣帽间，有洁白的大浴缸，次卧连着阳台，客卧也用作书房。院子里草坪青葱，种了石榴树、山茶树、紫薇。地下室也有两层，一层用作卫尔思的画室，一层用作健身房和视听室。一切只有在电影上看到过，只有在杂志上看到过，只有听说过，不能置信。韩贝锦常常做梦，梦见房子里突然来了很多人，匪夷所思地拖着大的小的箱子，说着不知道哪里的话，乌泱泱地占据房子，怎么也不肯走，说房子是他们的房子。梦见房子不知道为什么就像气球一样飞到了天上，越飞越高，就像空中楼阁，消失了。梦见房子的所有水龙头都关不住，都哗哗流水，就像发大水，水越来越湍急，把房子冲走了。梦见河水越来越满，淹没了房子。梦见房子没有墙，就像露天一样，就像不是房子。梦见房子又卖掉了……总之，就像不可能是属于自己的房子，就像不是自己的房子。韩贝锦就会在梦中哭醒，说："房子还在吗？房子是我们自己的吗？"卫景福就像哄小孩一样，说："在的，在的，就是我们自己的房子，谁都拿不走。睡吧，睡吧。"

韩有常和王如英住在老人房。韩有常很早就起来健身，推胸，展肩，拉背，跑步，出了一身汗，冲澡，然后容光焕发地泡一壶枸杞茶，抱着保温杯，靠在客厅的躺椅上等着吃早饭，天天如此。李舜华住在客房。李舜华比从前更加干瘪，脸就像核桃一样坚硬，不仔细看以为就是男人。李舜华很早就起来准备早饭：安格斯菲力牛排、新西兰牛奶、白煮土鸡蛋、水果玉米、小番薯、白粥、高钙肉松。吃完早饭，韩有常又抱着保温杯靠在躺椅上，闭着眼睛，似乎睡着了。李舜华指挥韩有常拖地。韩有常睁开眼睛，说："要照顾王如英，没有工夫。"王如英躺在床上，梳洗得干干净净，整整齐齐，戴着金耳环，带着金戒指，就是不会说话，只要吃过药就会笑，离开高山脚村笑，住到房子里笑，看到韩有常也笑，看到李舜华也笑，除了不说话，好像什么都还知道，要是忘了吃药，就不会笑，就像什么都不知道了。韩有常给王如英翻身，按摩，喂饭，喂药，抱到轮椅上，推到院子里晒太阳，王如英也笑，似乎在笑韩有常到头来还是一个渔夫，就只有渔夫的命运。李舜华指挥韩有常拆快递：一箱椰子，一箱农场订的蔬菜包、土鸡、土鸭，一箱银鳕鱼和牛排。韩有常也说："没有工夫。"李舜华指挥韩有常晒衣服。韩有常还是说："没有工夫。"李舜华做晚饭：炖牛尾汤，蒸银鳕鱼，蒸鳗鱼，炒芦笋元贝，炒鸡块，炒菜心。吃饭。韩有常把银鳕鱼都吃光了，说："这个鱼是好吃的。"李舜华铁青着脸，说："好吃的都知道的。什么事情都不做。我不是来当保姆的，我不是来伺候人的。"韩贝锦说："你就不能做点事情吗？"韩有常说："我是归来养老的，不是归来做事情的。"李舜华第二天就住到医院里去了，说是腰椎间盘突出，一条腿麻木，一条腿痛，只有住院。李舜华动辄就会到医院住院，好像把医院当养老院。

李舜华要卫景福天天都到医院看她，卫景福说："我不是天天在家里，不可能天天来。"卫尔思已经是美术学院的大学生，回家，提着韩贝锦炖的老鸭汤去医院看李舜华。李舜华要卫尔思陪着到湖边走了一圈，又到商场走了一圈，一起在商场吃饭。吃泰国菜，要排队，排队的人很多，有的坐着，有的站着，围了好几圈，都在等着叫号。李舜华说："只有猪才要等着人叫了才有东西吃。人又不是猪，都像猪一样了。这里拼命吃，那里吃完了又拼命要减肥。不会少吃一点？不会吃苦一点？"吃完饭，卫尔思故意说："奶奶有钱。奶奶买单。"李舜华铁青着脸说："谁跟你说我有钱的？我有什么钱？我这点钱是要放起来看病和请保姆的。"卫尔思回来，说："我看奶奶的腿没有问题，过马路的时候健步如飞。"韩贝锦在批改作文，说："本来就没有病，一点都不体谅人，我也没空去看她。"李舜华不肯出院，长了带状疱疹，痛起来又哭又叫，看到卫景福来了，就在地上打滚，说要活活痛死了。韩贝锦说："我还是去看看她。也是一个知识分子，怎么会这副样子？"卫景福说："她不是知识分子，她就是一个小学老师，你还是不要去看了，看了心烦。"韩贝锦说："不能把医院当养老院，没病的人也要住出病来。"卫景福让医院给李舜华天天用丙种球蛋白，全都自费，护工说："这么贵，一般人用不起。"李舜华说："你不知道我儿子为了娶这个媳妇，吃了多少苦头。"李舜华心痛钱，也心痛儿子，终于出院了。

韩飞蓬是开车来的，车是卫景福买的，是奔驰。韩飞蓬就是开着奔驰也还是像流浪的小狗。韩飞蓬轻声轻气地说：

"儿子大了,也想换房子。"卫景福给韩飞蓬钱,又要韩飞蓬跟着自己一起做事情。卫景福赚了很多钱以后,什么亲戚都冒出来,认识的不认识的都冒出来,有的来找卫景福借钱,有的要跟着卫景福一起做事情,卫景福都答应,韩贝锦很不高兴,说:"最困难的时候你都不在家,我每天都要咬着牙才能活下去。没有哪个亲戚帮过我们,还看不起我们,看过多少白眼,受过多少气,想起来就心寒,没有必要帮他们。善良要有底线。"卫景福说:"谁都有困难的时候,能帮还是要帮一把。"韩贝锦对韩飞蓬说:"你这个姐夫就是宅心仁厚。"韩飞蓬轻声轻气地说,来的时候看到韩有常和一个女的在河边一起走路,上次来的时候也看到过。韩贝锦就像训斥小孩一样训斥韩有常。

"为什么和女的一起走路?"

"就是走路。"

"是个什么女的?"

"就是找个人说说话,没有地方说话。"

"要对她不客气。"

"别人是无辜的,千万不要影响别人。"

"还是你的问题。"

"我就是归来安心养老的,我还能有什么问题。"

"你知道我为什么很少回高山脚村吗?你知道我为什么一定要离开高山脚村吗?你知道我为什么要你们也离开高山脚村吗?都是因为你把我们的脸面都丢尽了。你到这里来,还要给我们丢脸吗？你也不想想自己都多大年纪了，还要为老不尊。"

人是很难改变的。一个善良的人很难变得不善良，一个仁厚的人很难变得不仁厚，一个自私的人很难变得不自私，一个狠心的人很难变得不狠心，一个悭吝的人很难变得不悭吝，一个跋扈的人很难变得不跋扈。就是人生的流离颠沛，就是命运的跌宕起伏，也无能为力。就是年华的飞逝，就是岁月的迭代，也无能为力。就是疾病，就是灾难，也无能为力。就是有成吨成吨的钱，就是有再多的钱，也无能为力。一个人的本性是天生的，后天的改变微乎其微，什么都无能为力。就是亲人，就是生身父母，也是一样的。人都是一样的。所谓的英雄，也就是一场幻觉。韩贝锦哀叹："后悔让他归来。"

惊蛰过后。院子里的山茶花开得浓烈，像一团一团的绣球。韩贝锦在健身房拉伸，卷腹，深蹲，跑步，出了一身汗，泡澡，躺在洁白的大浴缸里。衣帽间里挂着整整齐齐的衣服：连衣裙、长裙、短裙、套裙、小开衫、吊带背心、衬衣、礼服、西装、阔腿裤，真丝的，绸的，羊绒的，羊毛的，厚的，薄的……有一排都还挂着吊牌，都还没有穿过，都要等到瘦下来才穿，只有瘦下来穿才好看，但是很难瘦下来。韩贝锦按照私教的要求做无氧运动，做有氧运动，吃牛肉，吃蛋白粉，吃番薯，吃玉米，围度似乎小了一些，体重还重了一两斤。韩贝锦搓浴盐，按摩，左边的乳房有一个硬块，有指甲盖那么大小。到医院检查，是乳腺癌。手术，切除。韩贝锦躺在病床上，说："想吃麦饼。"卫景福开着车到处找，买了麦饼。韩贝锦说："不是这种麦饼，要常县那样的麦饼。"卫景福让人送来常县的麦饼。韩贝锦又说："想吃骨头煲。"卫景福又开着车到处找，买了骨头煲。韩贝锦说："不是这种骨头煲，要丘城那样的骨头煲。"卫景福又让人送来丘城的骨头煲。卫景福也在健身，而且戒糖，连水果也全戒了，明显地瘦了，穿戴也都考究，看起来就不再那么松懈，但还是微驼着背，头发也已经半白。韩贝锦说："日子才好起来，我又这样子，你有没有后悔这辈子娶了我？"卫景福说："我这辈子就只做对了一件事，就是娶了你。"卫尔思在陪韩贝锦，在画画，不画小人了，在速写。韩贝锦说："妈妈对你很愧疚，小时候陪你的时间太少了，没有好好管你，没有好好培养你。"卫尔思说："这样不是也很好吗？不然可能也就没有那么自由的童年。"回家，一路上都在施工，在挖隧道，在修地铁，在建地铁站，好像没有不在施工的地方。经过音乐厅，高高的台阶仿佛在一级一级地通往另外一个世界。韩贝锦说："我这辈子最大的梦想是上大学学音乐。我本来也可以站在这样的舞台上，这才是我最向往的世界。没有读过大学是我一生的遗憾。"卫景福说："以后就不要当老师了。"

另外一个世界。

也许是人世间的一道裂痕。

那是光照进来的地方。

但是，它，可望，不可即。

下过雨。霍藜又回到常县访谈。又坐高铁回来，出站，看到白有榆。在步履匆匆的人海中，白有榆茕茕孑立，穿着薄薄的风衣，神色憔悴，面颊下垂，紧张地抿着嘴唇，和从前就像从画中走出来的白有榆判若两人，仿佛遭受了重创又在巧妙地掩饰，不像是著名的权威，就像一幅受到什么侵蚀所以面目全非的画，就像不是白有榆。白有榆又轻又慢一字一句温柔地说："多少年没有见到你了，你还是这样，一点都没有变。写书应该很辛苦，你怎么会一点都没有变？写书对社会的影响还是很缓慢，权威在这个社会才灵验，你要是有大义也可以拥有权威，你有这样的智慧和能力。张聿这个人是上帝赐给你的一件礼物，我和张聿没有说过几句话，但是印象很好，他天然就是很好的一个人，所以你现在还是能够这么纯粹。也不是所有写书的人都能这么纯粹。你能够保持这样的状态，作用最大的就是张聿，张聿对你是最重要的……"白有榆还是白有榆。白有榆刚刚出差回来，要陪白硕去签证，说白硕已经在检票口等，步履匆匆地走了。不可否认，白有榆曾经是对霍藜很重要的人。然而，白有榆就像一颗流星从霍藜的生命中滑落了，已经不重要了。时过境迁，很多原来以为重要的东西都已经不重要了。霍藜坐上车，离开了巨大的车站。车站不仅巨大，而且很难找到方向，就像失去方向。只有坐上车，才能想起自己是从什么地方来的，又应该到什么地方去。

　　一路上都在施工，在挖隧道，在修地铁，在建地铁站，好像没有不在施工的地方。空气却很干净，就像被雨水洗刷干净了。到家。接电话。是韩贝锦的电话："这些年发生了很多事情。你可以访谈我，也许能够给你写书提供素材。"在酒店，在隐匿的转弯的休息区，皮椅的靠背又宽又高。霍藜穿着球鞋，牛仔裤，白色的卫衣，还像学生一样。韩贝锦瘦了，穿着掐腰的小礼服，肩上镶着奢华的流苏，黑色的阔腿裤，踩着细细的高跟鞋，斜挎着亮闪闪的包，戴着假睫毛，涂着睫毛膏，隆重，耀眼，就像在竭尽全力怒放的牡丹，似乎就连空气也要为之屏息，为之注目，令人畏惧。岁月似乎曾经筑起过藩篱，又让藩篱消失了，也许从来也没有藩篱。

　　"我努力工作过，虽然也做错过很多事，但还是比有的特级教师要更对得起教育这两个字。可是，工作带给我过什么呢？没有怎么好的收入，饱受困扰的身体……现在家里有很多钱了，但这不是我最喜欢的，我喜欢内心的富足。每个人都想体现自己的价值，我的工作就只有这样了，我的梦想也早就已经荒废，不知道接下去要干什么。我有很多想法，但是我做不了，我也有很远大的理想，但是我也已经实现不了，我已经力不从心。当老师的世界其实很小，越当越傻，也不知道不当老师还能干什么？"

　　"岁月总是会在一个人的脸上留下痕迹，可是你没有，你的脸没有被生活欺骗过，但是我觉得自己已经变丑了。我原来也不是很理解你，人生经历了这么多，才终于知道像你这样是最好的，才懂得了原来一个人看过的书将来都会写在你的脸上，我就是书看得太少，小时候家里根本没有书，整个村里都没有书，就没看过书。很多人对我是有误解的，但是我相信你永远都不会误解我。我要卫尔思也要多看书，我不希望她过我这样的人生。手术以后，我最想见到的人就是你。"

"我也切除过淋巴，现在左手的手臂不能像正常人那样挂下来，不能拎重的东西，每天都吃药，至少要吃五年，半年一次复检，医生说我还算好的，捡回了一条命。我这样的人生，你可以写到书里去了。"

"……"

每个人的人生都是一本书。没有完美的人生，没有人的人生只有静好、自在、光明而没有痛楚、伤悲、至暗，无论贫穷、富有、高低贵贱、光鲜、黯淡、功成名就、潦倒，人生的内容其实都大同小异：出生，成长，求学，工作，恋爱，成家立业，生儿育女，生离，死别，悲欣交集……无非如此，只是不同的人都从不同的角度看待自己的人生，有的人公允，有的人忠恕，有的人悲悯，有的人超脱，有的人浑噩，有的人嗔痴，有的人冥顽，也就有了不同的人生，不同的书。人生如戏，戏如人生。没有比人生更幽微而动人衷肠的戏。没有比人生更幽微而动人衷肠的书。

3

在历史的长河中，高山小学撤并了，不存在了，也成了历史。学校已经不是学校，但还有很多书，都是出于各种缘由关心学校的一些陌生人捐赠的。在这里生长又迁徙了的人对学校都很少关心，或者漠不关心，比如李淇岸，比如韩贝锦，都是如此。迁徙，也许是人类最古老的基因，就像是人类的本能，就像是人类原始的挥之不去的冲动、野心、幻想、欲望，也就是因为迁徙，人类世界也才有了：故乡。故乡就是用来离开的，也许就是对故乡越不关心，甚至不思念，人类才越是瓜瓞绵绵。一个又一个的故乡却在默默地记载人类瓜瓞的错综复杂和惊心动魄，默默地在提示何以为人，它们就像是人类进化史中的一个又一个：虫洞。易德音也不得不离开：虫洞。易德音说："这些书不能就扔在这里。"王大车说："大羊小学地方大，可以建一个图书馆。"易德音戴着助听器，不适合再到别的学校当校长，也不适合再回到课堂上课，就到大羊小学当图书管理员。图书馆就是一间教室，书架是赊账的，桌椅是拼凑起来的，一台电脑是易德音买的，又添购了一些书，是王大车自己买的。学校虽然地方大,经费却不多,又已经没有钱,不得不做的工作都要把下一年的钱先挪上来用,每年都要先挪用下一年的钱。王大车还是要建图书馆。王大车对易德音说,这是他的心愿。

"我原来也不喜欢看书,也没有书看,小时候以为读书就是读课本,不知道除了课本还有别的书。我在大学里去的最多的地方就是图书馆,它让我的内心充实,不会轻易地受到外界的影响。看书要时间,和从小就看书的人相比,我和他们相差多少年的时间,那些时间不可弥补,补不起来。从前的人蒙学的时候就已经通读四书五经,现在多少人到成年了都还说不清楚什么是四书五经,差距不可想象。农村学校更要有图书馆。"

"现在的学校都要标准化,什么专用教室都格式化,有的就是门面,也是一种浪费。城里的学校很多都有图书馆,书很多,但是很少有人去看。城里的学校看起来热闹,真正去关注的时候,会发现丢了很多东西,比如美术老师就应该安安静静地在教室里向学生展现美,但很多都在忙着做活动,很多都是纯粹为了活动而活动,就像打了鸡血一样,还是没有把学生放在第一位。他们没有我们朴素,我们要安静一些,打搅少一些,老师可以安安心心地进课堂,扎扎实实地上好每一节课。城里很多优秀的老师也是从农村学校调进去的,现在城乡师资水平和教育质量的差别其实不是很大。"

"现在的变化太快了,刚刚分配的老师就觉得自己已经老了,三十多岁就已经是老教师了,年纪轻轻就觉得老了。不管我们多么留恋过去的生活,慢慢地,不管多么偏远的地方都会向城市靠拢,这是社会发展的过程,谁都不能对抗。但是不管怎么样,人还是要有一些坚持,一个校长更要有一些坚持。"

"我和老师讨论过最美好的校园应该是怎样的?每个人对美好的定义不一样,每一代人也会不一样,因为成长的背景经历的事物都不一样。人要以人类的感情来养育才能成为真正的人,用电脑或者手机养大的人会变成什么样呢?书是人类最富有感情的遗产,可是很多人却对这笔遗产视而不见,这是很大的损失。在我看来,最美好的校园就应该是有图书馆的校园,不仅是学生的图书馆,也是老师的图书馆。"

"……"

易德音给书编号,盖章,分类,录入电脑,放到书架上。有一些旧的书一本一本修补。设计借阅卡。在黑板上写每周推荐的书目,挂在门口的墙上:《失落的一角》《窗边的小豆豆》《瓦尔登湖》《爱因斯坦传》《城南旧事》《镜花缘》……易德音在《朗读手册》上看到:孩子的阅读能力和听力在八年级时会达到相同的程度,在此之前,通常听力比阅读能力强。因此,孩子能够听懂并理解那些复杂、有趣的故事,却无法自己看懂故事书……易德音和语文组的老师一起讨论:孩子是从听书开始爱上书的,要让学生用耳朵爱上书。易德音组织朗读书会,每个星期一次,就在图书馆由一个老师和学生一起朗读一本书。又一次书会,易德音自己挑了一本书,和学生一起朗读。易德音朗读一遍,学生轮流朗读,你读一段,我读一段,有的一个人读,有的几个人一起读,有的坐着读,有的站着读。不打断,不提问,不分析,就是朗读。学生按捺不住的时候才有不多的讨论。最后一起朗读。

你出生的那个晚上,

月亮笑了,露出满脸的惊喜。

星星偷偷地钻了出来,就想瞧瞧你。

晚风悄悄地说:

"生命因为有你而不同。"

因为在这个世界上,

从来没有出现过一个和你一模一样的人。

……

书会结束。易德音打扫,整理桌椅,要把书放回书架,抬起手臂,手臂剧痛,书没有放好,掉下来,又放了一次,还是剧痛。一个学生的门牙被一个学生撞坏,家长在吵架,撞坏的家长说要赔很多钱,撞的家长说就这么撞一下怎么要赔那么多钱,撞的家长走了,撞坏的家长骂人,也骂学校。王大车说:"去起诉吧,把他们和学校都起诉了。"家长哭起来,说:"小孩还要在这里读书,要是起诉肯定很糟糕。不行的话就去把他们的牙打一颗回来。"王大车说:"你可以这么说,但是千万不能这么去做。"一个外婆,年纪很大,天天来回走很多路接送外甥女,说:"好不好住校?"王大车说:"我也想让学生住校,但是现在的学校都不住校了。"一个老师网贷欠了几百万元钱,一个月的工资还利息都不够,又有电话打到学校来说你们学校的老师欠债不还,王大车问老师钱是怎么没掉的,老师忧郁,什么也不肯说。放学,易德音搭王大车的车回家。车不大,座位又窄又小,容易颠簸,窗外的风声好像没有隔音。王大车还在说学生的事情,老师的事情。王大车说:"其实我们每个人都有忧郁症。"易德音没有说话。王大车说:"是生病了吗?要到医院吗?"易德音说:"不用,就是手臂痛。"

黏糊糊的春天。不知道什么时候就会下雨。空气是黏糊糊的。白的花,粉的花,都被雨水打得七零八落,花瓣零落在地上也是黏糊糊的。房子也是黏糊糊的,更加黯淡。溪水浑黄,没有清澈的时候。县长办公会。第一个议题:讨论常县第一幼儿园拆迁工作。分管城建的副县长说:"城中村改造事关发展大局和百姓福祉,要全力以赴,以快取胜。第一幼儿园规划原址改建,新建一个小的幼儿园,原来二十六个班调整到十六个班,建成之前到社区学院过渡。要尽快拆,马上拆,拆出氛围。"县长问大家有没有意见。大家都没有意见。

关晨风说:"第一幼儿园在最北面,社区学院在最南面,家长的引导肯定很难。二十六个班变成十六个班,还有十个班怎么消化,肯定要出问题。"

县长说:"第二幼儿园可以多招几个班。"

关晨风说:"怎么都不可能消化十个班。"

县长说:"有没有规定城区户口一定要上公办幼儿园?"

县府办主任说:"没有规定,但一般都要容纳。"

县长说:"既然没有规定,特殊时期就少招几个班。常县这么大的地方不可能连十个班都消化不了。"

分管教育的副县长说:"先做起来,不能影响开学。"

过了半个月,县长办公会。再讨论第一幼儿园拆迁工作,重新明确:第一幼儿园不再原址改建,重新选址新建幼儿园,造好以后再整体拆迁。过了半个月,县长办公会。又讨论第一幼儿园拆迁工作,又重新明确:第一幼儿园不能造好再拆迁,要用最快的速度拆除,还是整体搬到社区学院过渡。幼儿园招生报名。常县第一幼儿园的小班从原来的八个班缩减到五个班,只有摇号。摇不到的人拉着横幅在县政府门口静坐。关晨风又去接受谈话。关晨风说:"一个教育局局长,到底能做些什么?"

秋分,天还没有凉下来,还有夏天的余热,而且热得凶猛,好像还是夏天,比夏天更容易让人躁抑。第一幼儿园拆掉了,几十年前的办公楼也拆掉了,一大片参差的房子都拆掉了,都夷为平地,都荡然无存,几根歪斜的电线杆还歪斜着,一辆巨大的挖掘车伶仃地静止着,似乎要倾诉什么,又沉默不语,一只鸟都没有,一切似乎布满困惑与苍凉。新建的第一幼儿园还在停工,停了有几个月,说是没有钱,要企业来投资，但一直还没有投资。教育厅来检查工作，说："你们是落后县。学前教育是最大的短板。教育资源紧缺，经费不足，建筑面积不够，新建幼儿园的开工率完成率都不理想，是最差的。"易平林卖完菜，收摊，带回来一条青鱼，杀鱼。又抓了一只鸡，杀鸡。俞木桃炖鸡，烧鱼，炒空心菜，炒胡萝卜丝，炒藕片。关晨风回来了，易德音倒米酒，关晨风一碗，易平林一碗。

易平林说："以前睡觉连床都没有，没有被子，没有草席，蓑衣当被子。现在什么都有了，吃得饱，穿得暖，已经很好了。"

俞木桃说："以前连买盐的钱都没有，过年了才会买点肉吃，现在什么都有得吃，已经很好了。"

易德音说："老师的钱的事情好一些了，幼儿园的事情也好一些了，应该轻松一些了。"

关晨风说："不可能轻松，永远都有难题。心里想着这么难的问题都解决了，接下去应该会好了，结果还没有喘过气，又有更难的问题。就像西天取经，九九八十一难，一个一个难题等在那里，永远都有难题。"

关晨风又要到办公室。易德音说："最好别去了。最好你去接关灼灼。手臂太痛了，膏药也贴过，中药也吃过，还是痛，以前就是一阵一阵痛，现在整天都痛。"关晨风到宛城开会，易德音一起到医院检查。检查出来：血清球蛋白增高，血清钙增高，甲状旁腺继发性增生，进行性贫血，颈部淋巴结肿大,肾功能不全……易德音说:"就是手臂痛,怎么有这么多不好。"医生要易德音马上住院,做骨髓穿刺,确诊是骨髓瘤,化疗。医生对关晨风说:"也许还有半年一年,也许很快,要有思想准备。"

教育局要完成县志教育篇的内容。教育局办公室的小王老师负责编纂,按照要求编纂了有三十万字,换了新的总编,要求缩减到六万字。小王老师说:"三十万字缩减到六万字,就像减肥,太困难了。"新总编说:"一个教育局就要三十万字,一本县志要多少万字?现在不是编教育志,就是县志的一个部分。每个县都有的内容就不要写了,都可以砍掉。"小王老师就按新总编的要求把三十万字砍到了六万字。评审会议。局领导、科室长、直属单位负责人都参加,新总编是评审主任,另外邀请了几个老同志参加,东方昆也参加。小王老师作汇报。新总编说:"教育篇定位准确,文字干净,符合记而不论、述而不作的志体和文风要求,体现了时代、专业和地方特色,同意通过评审。"其他人都没有意见。关晨风说:"老同志有没有建议?"

一个老局长,八十多岁,动作有些迟缓。说:"常县虽然是一个小县,在历史上也有过很多辉煌。我当局长的时候就率先通过两基验收,完成了历史性的任务,那时候也是金戈铁马。后来的教育创强、义务教育基本均衡县创建也都走在前列。这些都是常县教育的里程碑。我要谈谈我的想法……我退休以后，很多单位都要聘请我，让我帮他们看看材料，他们都认可我的水平，都很尊重我。我有我的想法……我现在年纪大了，耳朵听不大清楚，经常到医院，今天本来也要到医院，已经和医生约好了，要来开会就不去了。我对教育很有感情，我很认真地读过稿子，我们那个时候有个音乐老师很出名，很有影响，现在已经不在世了，既然是编志像这样的人物应该要体现，但是没有体现，很多人物都没有体现，我是有想法的……"

一个老科长，也八十多岁，耳朵已经听不清楚，很严厉，说："我们有那么多校园，但是只有选介。我们出台过振兴常县教育的几十条政策，追补了那么多教育经费，兴建、迁建、扩建了那么多校园，还有很多工作都很有特色，都没有写到。太单薄了，哪里拿得出去，应该重写。现在的人真是一代不如一代。编志要耐得住寂寞，别的单位请我给他们编志，一本志编了十几年……"

一个老校长，七十多岁，小心谨慎。说："我同意两位老领导的意见。"

东方昆说："古时候，道路的变化很少，老马也就能够识途，所以说：老马之智可用也。现在每天都在天翻地覆，原来全是房子，都拆掉了，原来是一片稻田，都造成了房子，原来是一条弄堂，变成了大马路，原来是学校，变成了商场，几天不出门，路就要不认识，不能再迷信老马识途，要相信：雏凤清于老凤声。不是说了现在编的是县志，不是教育志，有统一的要求，不可能很全面。要想很全面，要想方方面面都写到，只有教育局自己编教育志。"

　　会后，关晨风要东方昆和小王老师一起负责编纂教育志。东方昆说："今天这个会议对我也是警醒。人老了容易说话太多，口齿都不清楚了还啰啰唆唆，倚老卖老，不服老，还要提当年勇，看什么都不顺眼，这不是什么好事。蚕老茧成不庇身。人老了还是要通脱一点。以后我也不来开会了，有什么问题我最多做些参考，具体工作不能再参与，否则就没有自知之明了。人的一生真是白驹过隙，你也要通脱一点，不要总是以为你就是教育局，教育局就是你。"关晨风说："我接下来要有段时间不上班了。"东方昆说："你都会不上班？"关晨风含着眼泪，说："医生说她最多只有一个月了。我要陪陪她。"

　　医院。很多人在等电梯，有的抬着头，有的低着头，有的木然地看着前方，有的推着轮椅，轮椅上坐着穿着病号服的病人，有的提着一个罐子，有的提着几个罐子，有的拿着检查报告，有的虚弱地被搀扶着。有年轻人，有老人，很少有人说话，说话都很小声地说。电梯很慢，每一层楼都要停，有人出去，有人进来。八楼，有人默默地坐在楼梯的台阶上，有人站在楼梯的转角打电话。一个年轻的医生踏着八字步轻盈地走过去。护士在发药。护工推着餐车。病人围着餐车领餐。护工一个一个对床号。人生病了就变成了一个一个床号。二十八床,靠着窗户,是易德音。霍藜每天都来给易德音送饭,霍藜做了米汤浸虾滑,海参蒸蛋,清炒菜心。易德音吃得很少。易德音说:"以前以为太阳底下没有新鲜事是对的。现在想想是不对的。每个人都不一样,每个人都是太阳底下的新鲜事。同一个老师上同一篇课文,每次都有上得不一样的地方,同一个学生每天说出来的话做出来的事也都有不一样的地方。窗外的阳光看起来和昨天一样,其实不一样,树也是,树叶也是。你写的书也是太阳底下的新鲜事,因为每个人写的书都不一样,每一本书都不一样。我要是会写书,也想写一本书。会写书的人能够把自己想说的话都写下来,能够给这个世界留下些什么,应该很幸福吧?写书是不是很幸福?"霍藜说:"写书需要很多保障。要有平静的生活,要有平静的心境,要有充分的体力,也要有很多牺牲和放弃。写书也许也很自私。写起书来就会顾此失彼,就连孤独和寂寞的时间都没有,有的时候几乎六亲不认,写书会把人写得无情无义。也许情义都写在书里了。写书只有孤军奋战,但也很幸福,生而有幸。"

关晨风办好手续,出院,来接的是涂周行。涂周行的培训机构已经壮大,开着豪车。涂周行说:"一个教育者喜欢做教育不容易。但是,教育不是一个教育局局长能左右的,不以个人意志为转移。你这个局长也不要当太久了,没有人的身体是铁打的,你也要适可而止。过去我给你当助手,以后你可以来给我当助手,我可以给你七位数的年薪。你都不知道你自己的价值。"关晨风什么都不去预想。没有心情预想。预想又有什么意义。不愿意预想。关晨风说:"以后,以后再说。"

易平林不去卖菜,在修簸箕,修雨伞。俞木桃洗衣服,晒衣服,洗菜,洗马兰头,洗蕨菜,洗香椿,洗韭菜,又切菜,都开着电视机。都在听戏:返咸阳,过宫墙;过宫墙,绕回廊;绕回廊,近椒房;近椒房,月昏黄;月昏黄,夜生凉;夜生凉,泣寒螀;泣寒螀,绿纱窗;绿纱窗,不思量……关晨风要把电视机关掉,易德音说:"让他们听。"易德音不说话的时候,关晨风就看书,关晨风什么都看不进去,不可能看得进去。爱是什么?什么是爱?只有易德音才能像子宫一样给关晨风最强大的保护和安全。关晨风比想象的更需要易德音,离不开易德音。关灼灼从学校回来,一直在和易德音说话。

"妈妈,你知道最早的智力形态是怎样的吗?有孔虫原始的单细胞生物体长出的枝条形状就像树一样,它们会释放出伪足孢子,去抓住周围一切能抓住的微粒,把它们拉回身边,它们只会抓住自己想要的微粒,然后用它们给自己建造美丽的保护壳,就像是艺术,这有可能就是最早的智力形态。"

"妈妈,你知道红十字会是怎么创办的吗?瑞士的一个商人看到战场上伤员的遭遇,写了一本书,人们才建立了红十字会。红十字会的精神就是:救助困境中的人,同时保持中立,什么都不能阻碍对受害者的救助。"

"妈妈,你知道天堂在哪里吗?天堂的入口在黎巴嫩和香柏树林脚下的大海之间,可是很多人却错误地认为天堂在耶路撒冷。"

"妈妈,你知道奶奶得的是什么病吗?是脊髓空洞症。"

"妈妈,我以后要当医生。"

易德音没有说话,就像平心静气地睡着了,就像在历史的长河中,平心静气地停止了所有生而为人的冲动、野心、幻想、欲望,平心静气地死了,也成为历史。也许易德音是永远地离开了故乡,也许易德音是穿越虫洞回到了更遥远的故乡。也许人类世界的故乡就像宇宙一样无常、离散,又像宇宙一样恒常、完整。也许易德音不是死了,只是回到了故乡。

/ 眷恋 /

4

书是会变的。霍藜第一次读《红楼梦》,是小学的时候,是连环画,是从火炮厂的仓库里找出来的,是破的,不记得有几本,肯定不齐全,看了什么完全不记得,只记得那时候觉得图画上的小姐丫鬟都很好看,不仅在不用了的作业本上画,也在墙上画,还在操场的地上用石头画,画的人都有漂亮的发髻,插着簪子,都是俏丽的脸,樱桃小嘴,拖地的长裙。第二次读《红楼梦》,是刚读师范的时候,用八块五角钱在新华书店买的书,字极小,有整整九百四十六页,看了什么都很模糊,大概记住了一些人物,记住了一句"质本洁来还洁去",写一篇影评的时候还把用它作题目。师范毕业以前,应该还读过一次,还是很模糊,又记住了"世事洞明皆学问,人情练达即文章",参加工作以后,每年都会换一本新的工作笔记本,笔记本的扉页上都写着这句话,至今都是如此,应该当时就以为很好才会如此。再读《红楼梦》,是怀孕的时候,读读停停,觉得碎烦,过于儿女情长,也不喜欢林黛玉,又唏嘘她:"步步留心,时时在意,不肯轻易多说一句话,多行一步路,唯恐被人耻笑了他去"。后来应该还读过，始终都读得不仔细。霍藜现在又读《红楼梦》，每天晚上写完书以后读，越读越感同身受：人情世故，世态炎凉，家长里短，荣华富贵，过眼云烟，真真假假……所有的细枝末节都好像是第一次读到，好像从前根本就没有读过一样，不知道以前在读什么。又唏嘘惜春说："林姐姐那样一个聪明人，我看她总有些瞧不破，一点半点都要认真起来。天下事里那里有多少真的呢。"又写了几句读后感：假作真时真亦假，无为有处有还无。尤其如此，人世间最可贵的还是真，真是真善美的首位，没有真又哪里来善和美，可是很多人活着的一生都渐渐地把真失落了，曹雪芹其实是在《红楼梦》里说尽了除书里以外再不能说一辈子的真……不仅《红楼梦》如此，霍藜重读别的书，也常常有过去就没有读过似的错觉，仿佛每读一遍，书都是不一样的，变幻莫测。也许不是书在变，是霍藜在变，是岁月在变。

霍藜和张聿说起《红楼梦》。

霍藜说："可以看《红楼梦》，又何必看别的书。一部《红楼梦》可以抵其他很多书。"

张聿说："就是像《红楼梦》这样的书，其实也不能成就什么，改变什么。"

书是什么？书只是书吗？书只是文字吗？书只是经过印刷的纸吗？书是有声音的吗？书是无声的吗？书是有血有肉的吗？书像大地吗？书像天空吗？书是广袤的吗？书是优雅的吗？书是有节奏的吗？书是有镜头的吗？书像音乐吗？书像电

影吗？书是不是像大自然一样可以激发人类的各种情感，柔软的，慈悲的，喟叹的，怜悯的，愤怒的？书是有的放矢的吗？书是漫无目的的吗？书是举重若轻的吗？书是举轻若重的吗？书是谨慎的吗？书是轻率的吗？书是理智的吗？书是隐秘的吗？书是光明的吗？书是不屈不挠的吗？书是坚定的吗？书是有时间的吗？书是必须长的吗？书是必须短的吗？书可以诉说什么？书可以传达什么？书是会变的吗……也许张聿是对的，一本书不能成就什么，改变什么。可是，霍藜还是在写书，就像无话可说，但又在说话。而且，人类也一直都在写书，写在泥板上，石碑上，甲骨上，贝叶上，简牍上，绢帛上，纸莎草上，羊皮上，纸上……就像全人类都无话可说，但又在说话。

霍藜牙齿痛，没有征兆睡觉，痛醒。含西洋参片，还是痛。吃消炎药，还是痛。吃止痛片，还是痛。不能喝热水，温水都不行，尖锐地痛，不可解释的刺激的痛，不可描述的弥漫的痛。医生说，磨牙裂了，隐裂，已经裂到牙根，只有拔牙。打麻药，手上抓着球，张嘴，张到最大，不举手不能闭嘴。虽然不痛，但是能感觉到医生在撬牙齿，好像在用榔头撬，咣，咣，好像在用锤子撬，当，当，好像在用老虎钳撬，砰，砰。霍藜恐惧。死死地抓住球，还是恐惧。死死地抓住护士的手，虽然有体温的安抚，还是恐惧。咣，咣。当，当。砰，砰。恐惧。恐惧。恐惧。漫长。漫长。漫长。终于拔掉了。医生说：

"可以照镜子。"霍藜不敢照。医生说:"塞着棉球,咬半个小时。两个小时以后可以吃流质。第二天可以正常饮食。消炎药一定要吃三天。还有一颗浅层的隐裂牙,一周以后来补牙。"张聿在外面等。霍藜说:"太可怕了。"张聿说:"我之前也拔过牙,麻药没有打好,就像没打过一样,就那么拔了。就是拔牙,有什么好怕?"

回家。过了半个小时。取出棉球,渗血,又塞回去一个棉球,咬住。两个小时以后,再取出棉球,明显感觉到缺失,突然的缺失,不能接受的缺失,无可奈何的缺失,可怕的缺失,又塞回去一个棉球,咬住。睡觉也咬住。第二天醒来,取出,还是不敢照镜子。刷牙,不敢刷缺失的那一边,碰都不敢碰。说话,好像漏风。喝水,也是漏的。吃,不敢用力,不敢咬,不敢嚼,就吃软的东西。明显的缺失,突然的缺失,不能接受的缺失,无可奈何的缺失,可怕的缺失。只是失去了一颗牙齿,但也是失去。张聿吃玉米,吃鸡蛋,喝酸奶,洗锅,洗碗,准备上班,好像什么也没有发生。

"失去了一颗牙齿。"

"只是一颗牙齿。"

"只是失去一颗牙齿,就已经很可怕。"

"很快就会适应的。"

"那些经历手术,经历身体上的切除的人,经历了更严重的失去,一定更恐惧。"

"也会适应的。"

"以后还会有别的失去,不止是身体上的失去。"

"人生到最后就是失去一切,一切都失去。"

"太可怕了。"

"要学会接受。"

过了一周,补牙,不用打麻药,不用把嘴巴张到最大,不用撬。一个女人戴着口罩,一直在向医生嗡嗡嗡地抱怨:"牙齿没拔以前不舒服,拔了更不舒服,种牙以后还要不舒服。咬起来不舒服,吃东西不舒服,睡觉也不舒服,怎么都不舒服……"医生说了一遍又一遍:"实在不舒服只有重新种。"女人又嗡嗡嗡地抱怨:"如果重新种还是不舒服怎么办……"很快牙就补好了。霍藜坐起来,照镜子。女人摘下口罩,是何萸。何萸突然一串一串地笑起来,亲热地把霍藜拉到隔壁的休息室,好像牙齿突然就没有不舒服了。

"你还在写书吗?我也认识不少作家,他们经常一起喝喝咖啡喝喝茶,什么雅集啊沙龙啊活动很多,很有情调,没有像你要这么辛苦的,还要去翻山越岭。"

"我不想自己只是有情调地活着。"

"现在书店里书很多,每天都有新书。"

"每家书店的很多书都是一样的,就只有那些书。和人类几千年的文明史比起来,和现在几十亿的人口比起来,书的数量还是微乎其微。"

"我们江杲准备早点送出到国外去了。教育就是有阶层的,我们是什么人家,我们的孩子就应该接受最好的教育。我经常和教育界的大咖在一起，遇到自己孩子的教育问题，才发现从他们那里得来的教育经验都没有用。我一直以为自己修养不错，遇到自己孩子教育的问题就容易暴跳如雷，对自己真正失望，不得不自我怀疑，现在的教育对家长也是一种摧残……媒体对社会上的教育焦虑有一定的推波助澜，但是影响越来越小，不是根本性的影响，现在纸媒看的人越来越少，能够吸引一些注意力就不错了，媒体是培养不起话题的，只是引爆而已。"

"也不都是教育的问题。"

"你不要写书了，写书又不赚钱，想想我们能一起做些什么事情，一起赚钱。现在的人都谈房子、资产、阶层、财富自由，核心都是：钱。报社已经很惨淡，我现在还算好，但要为以后着想。我们可以一起办培训机构，我有那么多大咖的资源，你本来就是很优秀的老师，再叫上韩贝锦。她现在不是很有钱了吗？她可以出资。她也不要上班了，还上什么班？你们是最要好的，你跟她去说。"

"你不介意吗？"

"都是老同学。有什么好介意？"

何羹一串一串地笑，说等霍藜的消息。何羹又戴上口罩，像白豚一样扭到医生旁边继续嗡嗡嗡地抱怨去了。每个人在这个世界上都有一条仅供自己走的路，不管何羹的人生走的是什么路，那毕竟也是一条路，一条仅供何羹走的路。

/ 眷恋 /

霍于田很少会给霍藜打电话,除了有什么事情要找霍藜,几乎就不会打电话,一个电话都没有。霍藜给霍于田打电话,霍于田也只会说:"有什么事情吗?"好像没有事情就不需要打电话,好像霍藜就是不打电话,一个电话都不打,霍于田也不会难过。霍于田好像就沉浸在了自己的世界里,一个什么也不会难过的世界。也许霍于田也只有不难过才能让自己好过一点,也许霍于田是对的。清明,回黍村,不多的人,已经是最多的人。很多人过年也不回来,只有清明才回来,已经最热闹。几个老人坐在老年食堂门口,已经吃过早饭,又在等着吃午饭,看到霍于田,说:"越来越年轻了。"霍于田说:"人都是会老的,都是会死的,哪里还会越来越年轻?人都喜欢听好话,谁也不可能看到一个人说,你怎么这么老了,你都快要死了。现在的人都要比以前长寿,我们这些人要是在以前很多早就死了,现在还能活着都已经是多出来活了,不要再痴心妄想还会越来越年轻。"老人听了都呵呵笑。扫墓。回县城。一起吃饭。在国土局的食堂。霍于田终究找了伴,就是食堂的阿姨。食堂不大,厨房整洁,有一间包厢。阿姨清爽,勤快,做事情不慌不忙,霍于田催促,皱着眉头喊了几声,也不生气。可惜不是龙淑慎。

霍韭要杨蓁蓁读师范,说:"读师范最好了。以后可以让小姨给你找工作。"杨岵也要杨蓁蓁读师范,说:"当老师稳定。"杨蓁蓁既不听霍韭的话,也不听杨岵的话,说:"我不要当老师。我要当设计师。"霍韭披着杨峪的一件夹克,又怀孕了,要生二胎,霍韭说:"蓁蓁上大学以后,我也就没事情做了,我又不会写书。"杨峪说:"能生当然要生,也是为国家做贡献,要是能生个儿子,她在小区里就可以像骄傲的大公鸡一样走来走去了。"宋远提前假释回来,家里拆迁,拿了拆迁的钱又买了大房子,说:"宛城的房价又涨了,有钱就是要买房子,也只有买房子最赚钱。"杨峪说:"蓁蓁要是到宛城读大学,也要在宛城买房子。"张聿说:"房子够住就好,多了也是累赘。"宋芃不停地爬上爬下,跑进跑出,不停地叫:"张溯,张溯,我们出去玩。"霍葵瘦了一些,但是过于迅速地显得老去了,已经有不少白头发,怂恿霍藜一起办培训机构。

"一个朋友办培训机构,打算投入一百万,结果刚租了场地就开始赚钱了,只要有老师,有生源,都不要什么投入。"

"很多教育的问题学校都解决不好,是培训机构就能解决的吗?很多好的学生都不是培训机构培训出来的。现在什么人都想办培训机构。"

"培训机构能赚钱,有什么不好?做培训说起来也是做教育,总比别的坑蒙拐骗的名声好听。"

"不是什么钱都能赚的,有的钱就是不能赚的。"

"我不只是为了赚钱,我要把它当事业来做。我也是为了宋芃,我做培训也能提升自己。你来给我做顾问,给我做招牌。我会用亲情来打动你。"

院子还算宽敞，阳光和暖。又都坐下来继续说孩子、房子、钱……霍韭和霍葵商量下午到这个亲戚家，明天到那个亲戚家。宋芃要张溯一起画画，张溯说宋芃画得太难看了，不要浪费人生，杨蓁蓁也说不要浪费人生，宋芃很气恼，说："人生，人生，你在哪里，你给我出来。"张溯和杨蓁蓁大笑。霍于田推来一辆自行车，说还是很好的自行车别人不要了给的，像小孩一样在院子里骑了两圈，说："现在的生活真是比皇帝都要好了。"如果龙淑慎还在，也会这么认为吗？可是龙淑慎不在了。

高速公路。一个隧道。又一个隧道。又一个隧道。穿过一座山。又一座山。又一座山。山都抛在后面，眼前开阔起来。霍藜就像重新呼吸到氧气。霍藜只要回到常县都迫不及待地想要回宛城，要是在常县有两天以上仿佛就要窒息，仿佛缺氧似的绝望，就是回来访谈的时候也一样，每次回来之前都会一遍遍地问自己，一定要回去吗？非回去不可吗？不回去不行吗？每次回来了又都落荒而逃，仿佛要逃离常县的一切，包括：亲情。霍藜说："每次回来，人生就好像是在倒退。它只会让人软弱，消磨意志。人生只能向前走。"张溯说："你这么不热爱你的故乡，怎么写得好你的书？"天地有情。霍藜仿佛不仅仅是不热爱故乡，而且恐惧故乡，已经不适合故乡，但它对霍藜一定有着不可测量的强度，也许不是霍藜要在书里写它，而是它早就蕴含了霍藜的书。

月亮也许也喝过酒,而且喝醉了,苍白,又有隐约的酡红,放肆地低悬着,非比寻常的大,就像失真似的,就像一幅是谁悬挂上去的抽象画。几乎没有云,只有放肆的月亮。张无聪和田稚烧了一桌菜:白灼基围虾、清蒸大闸蟹、葱油鲈鱼、辣炒醋鸡、佛跳墙、莲子炒菱角、青瓜云耳汤……张无聪拿出茅台酒,要大家都喝点酒,霍藜还是不喝酒。张溯说:"我也要喝。"霍藜说:"一个小孩子,看到别人喝酒都要喝,什么酒都会喝。不能真的喝,喝一点就好。"张溯说:"酒不是很好喝的吗?有点苦,有点涩,但是醇香。"张聿说:"像爸爸,爸爸以前和部队里的人喝酒,把他们都喝怕了。"张无聪说:"少喝一点没关系。我们张溯就是大气。"田稚说:"会喝酒才大气吗?不喝酒就不大气了?我们张溯像妈妈,本来就大气。"无论喝酒意味着什么,无论是谁,就是没有让霍藜喝过酒,霍藜就是不喝酒,哪怕酒甚至能诱惑月亮,也不能诱惑霍藜,从无可能。也许每个人都应该要能有喝酒的时候,都应该要能有放肆的时候,也许霍藜从来都没有放肆过,从来都不知道什么是放肆,霍藜也不遗憾,从不遗憾。吃月饼,都说吃不下了,就把一个月饼切开,都吃了一小块。田稚弹了一首《旱天雷》,张溯弹了一首《十面埋伏》。说到明年房子就要交付了,说到就要搬家了。说到楼下女人的咆哮,男人的怒吼,小孩的哭泣,不知道会不会搬走。说到这里的房子已经有人要买了。张溯要霍藜一起去看电影,说:"你都多久没有到电影院了。"看完电影。回家。又堵车。

"这部电影又是何必呢?人类社会的推动是一艘船的货物就可以实现的吗?人类文明的进步不是依靠物质,也不是依靠环境,更不是依靠政治手段,而是依靠:爱。如果没有那种相隔万里的思切,人类为什么要发明电话?如果不是受到压迫的亲人一个个死去所带来的苦痛,人类为什么又要去推翻一个政权?如果不是对光明的向往,就连煤油灯都不会有。这部电影想把所有的情感都像压缩饼干一样压缩起来,很不幸,我什么也没有看到。它想要极尽荒诞,其实荒诞到一定程度也就不荒诞了。"

"你看了那么多的书和电影,没有白看。"

"电影就不应该太严肃。为什么要一本正经?我们不是来看论文的,我们是来看人生的美好的,不是来看残酷的,你想要揭露阴暗面,去告诉城管告诉公检法不就可以了吗?《霸王别姬》是严肃的,但是扣人心弦。《少年派的奇幻漂流》最后老虎走的时候还是很感人。我为什么那么喜欢《小羊肖恩》?农场的主人失忆了,一群黑黑的小羊在垃圾站唱歌,让主人恢复记忆,这难道不感人吗?现在有的电影真是侮辱人的智商。"

"我也很喜欢《小羊肖恩》。很少有电影能和它比拟。它所有的细节和情感都高度拟人化,或者说是高度拟动物化,又轻松,又高级,真正达到了:民胞物与。"

"我不是一开始就喜欢看电影。小时候看《末代皇帝》,

就记得慈禧死的时候，嘴里含着一颗珠子，不知道那些人为什么一定要把珠子塞到她的嘴里，又要把她的脸蒙上，一堆人在念经，氛围诡异，吓得不轻。看《天堂电影院》，就记得老电影院最后的放映机是一个狮子头，会动，会咆哮，也不知道看了些什么。看《悲惨世界》，真是无知，完全不知道什么法国大革命，所有的注意力都在女主角为什么那么漂亮上，把它当灰姑娘的故事看。有一些接吻的镜头你把我的眼睛捂住，我就使劲地瞪眼，想看看到底是什么，导致很小就很好奇……我以前就是为了逃避练琴才想看电影。"

"你自己一定要学琴。你才四岁，就一定要拉着我到琴行，一定要学琴，我说你太小了。到了五岁，你就非学不可了。"

"都是攀比心害的。那时候，幼儿园的小朋友都以拥有多少本《赛尔号小精灵图鉴大全》为荣，只有一个戴眼镜的小男孩以会拉小提琴为荣，当时我号称闪光皮皮，是一个粉色的小精灵，心想为什么这个世界上还有'小精灵大全'战胜不了的东西，为了战胜它，我就拉着你到琴行。一入侯门深似海，攀比心给了我一辈子的教训。我现在一旦有攀比心就会以此告诫自己。有的东西可以比，有的东西真的不能比……到电影院的路上很堵，回来又堵，看电影的时间又长，回来就不用练琴了，不管怎么样，管他是不是烂片，毕竟不用练琴了。"

"练琴有那么痛苦吗？"

"我至今记得弹《小蜜蜂》的时候，坐在椅子上，脚上还垫着小板凳,对整首曲子不能弹错一个音很绝望,一边弹一边痛哭流涕,以至于现在一听到《小蜜蜂》的旋律,整个人的心情就会很不好。弹《倒垂帘》的时候,怎么也练不好,破绽百出,上天无门,下地无缝,当你弹一首你不理解也不喜欢的曲子的时候,要保持准确性是一件很困难的事情。最讨厌的是拍视频,拍了以后还要找问题,好像本来在深山抚琴以闲云野鹤为伴,突然有人扛着长枪短炮来对着你,紧张的气氛一下子就把你吞没了。"

"但你天性就喜欢音乐。也有天赋。"

"如果你写书,有一台录像机对着你,看你怎么写,怎么写好了又删掉,怎么换字体,怎么换行,怎么写不下去,最后还要把你和李白杜甫比较,你是什么感觉?"

"一个人的一生如果都能够在音乐中度过,应该特别美好。你对音乐到底怎么想?"

"机缘巧合。情感很复杂。有喜欢,也有无奈,到现在已经成为习惯,一天不练就会有强烈的负罪感,手也会痒,不摸一把不行,已经离不开它。"

"小羊肖恩就是这样,想办法摆脱了主人,才发现自己离不开主人,不能离开主人。也许我们也都是小羊。"

"我们还要过多久才会有像《小羊肖恩》,还有《泰坦尼克号》这样的电影?"

"也许还要很久。也许要看你们了。"

……

张聿不说什么，也不想什么，就是开车。一直堵车，堵在桥上。密密麻麻的车，有的徒劳地揿喇叭。有的打开车窗伸出头看了又看，有的在抽烟，更多的都在看手机，忘记说话，忘记笑，忘记调情，忘记接吻，忘记醉酒的月亮，忘记应该思念谁，忘记还有谁可以思念，忘记还有思念，好像手机可以让人丧失人的意志，可以让人不像人。两只鹭鸟在飞呀飞，一只飞得高，一只飞得低，飞呀飞。堵了很长时间，张聿也不烦恼，什么都不烦恼。江畔何人初见月？江月何年初照人？人生代代无穷已，江月年年望相似。没有什么值得烦恼。

5

你会离开常县吗?

不会。

不是因为热爱。

不是只有热爱,一个人才会去从事一项工作,留在一个地方。我也没有那么崇高。我的亲人都在这里,我和他们在一起的时间太少了,我就是想离他们近一些。

6

书写完了吗?

写完了。

很多人都问过我,你到底想写什么,你到底会怎么写。一个诗人还问过我,你能不能用三言两语说清楚你写的究竟是什么。我都回答不好,或者根本就回答不出。

我如果能用三言两语就回答清楚,还要写一本书吗?

后记

何以为人
——记忆《眷恋》

> 宇宙/比人类说得更好。（何塞·马蒂）
>
> 题记

　　遗忘一本书最好的方式是开始写下一本书。2013年，《始终》出版，半年以后，开始写《最好的人生》。2017年，《最好的人生》出版，发布会以后，开始写《眷恋》。《始终》和《最好的人生》都没有带给过我得与失的困扰，因为在有人谈论它们的时候，我已经在写下一本书，已经遗忘了它们。2020年3月，《眷恋》定稿，也许我很快也会遗忘它，而在遗忘来临之前，我所要记录的却是为了不致于彻底的遗忘。

《人师》和《眷恋》

写完《始终》，仿佛已经把自己对于老师这个职业有过的热爱和努力都打包了，不会再有牵挂，我对责编刘灿老师说："以后不会再写教育。"刘灿老师说："我们会等你回来。"写完《最好的人生》，郑重社长建议我尝试自己编剧，我通读《故事》《对白》《编剧的艺术》《救猫咪——电影编剧宝典》等书籍，体认到编剧远要比小说更贴近具体的生活，自己此前对于建筑的深入也就仅能满足小说的写作，而不可能满足编剧的要求，又想到如果要编剧也许只有教育的内容才是最适合的，因为从少年时代起始，我就一直置身其中，没有什么能够超越它对于我的占据与覆盖，无论我对它抱持怎样的情感，无论我对它的情感发生过怎样的变迁，它之于我都是最为熟稔的。我模糊地记忆，在自己就读的师范学校的围墙上有八个大字：学高为师，身正为范。在时代的洪流中，它们似乎已经依稀难辨，我试图追问，它们究竟还在吗？它们在哪里？如果它们不在了，是到哪里去了？又为什么会不在了？于是，它促使我准备开始写作《人师》。刘灿老师得知以后，欣然说："你还是会回来了。"

然而，记忆是会骗人的。当我回到师范学校的旧址，在荒芜的校园短暂驻足的时候，看到学校的围墙仿佛比逝去的时光更为寂寥，而且残酷，它上面并没有我记忆中的大字，并没有：学高为师，身正为范。记忆是什么？它在什么时候又是为什么会把这八个大字写在了围墙上？又是什么会让我有这样的

/ 后记 /

记忆？是谁这样教诲过我吗？是谁这样叮咛过我吗？是我在内心守望过它吗？是我对它犹有过赤子之心吗？是我对它犹有深深的歉疚和遗憾，所以它才萦绕在我的记忆之中吗？种种诸如这样的恍惚，不确定，扪心自问，几乎伴随了写作的全程，它们有时候会让我在最平静地敲打下最普通的一个标点或者一个文字的瞬间突然泪流满面，猝不及防，似乎敲打到灵魂的至深。写作过程有长达两年多的访谈，一位受访的记者对我说："你自己过去不就是老师吗？你对老师的一切不都很熟悉吗？你自己想想不就可以写书了吗？为什么还要访谈？"我曾经也以为以自己的熟稔，应该很快就能完成《人师》的写作，而事实并非如此，我所写下的也不止是老师。

写书能够让一个人比预想的更深入了自己又更远地走出了自己，关心的事情，静思默想的内容，读的书，看的电影，听的音乐，说的话，内心的准则，对于人的一生的长度以及它的意义的认识，对于宇宙、星球、世界的认识，都会随之发生变化。《人师》历时有两年左右，一边访谈一边下笔，经历三十多稿的又写又改，后更改成《一生世》，随后完成了所有的访谈，又经历两稿的又写又改，后又更改回《人师》，又经历两稿的又写又改，这样又过去一年，直至2020年早春，又更改成《眷恋》，又经历达九稿的又写又改，又一年过去了。至此，过去了四年，才完成了《眷恋》，它既是深沉的，也是深远的，更是深情的，它在其中所经历的变化包含着对于族类、生命、生存、人性、爱、同情、宽容等看待的变化，既是一个人的人格成熟的过程，也是一本书的书格成熟的过程。

"错觉"和"真善美"

老师高尚吗？太阳底下最光辉的职业。人类灵魂的工程师。辛勤的园丁。春蚕到死丝方尽，蜡炬成灰泪始干。化作春泥更护花。传道，授业，解惑。润物细无声。春华秋实。一棵树摇动另一棵树，一朵云推动另一朵云，一个灵魂唤醒另一个灵魂……高尚，几乎应该就是老师的天性，是天赋的，神圣的，不容置疑的。所以，无论是一个不恰当的眼神，一句口不择言的批评，一次不经体察的惩罚，一种冷漠、嘲讽，一种庸碌、随波逐流，一种不得体、斯文扫地，都会损及他们的高尚，令人扼腕，不齿，难能容忍，但是，又很难加以责备，似乎仅仅责备，也是亵渎，不可饶恕。

老师不高尚吗？一个老师说，学生都说我是最温柔的老师，我在学校什么都忍着，回到家就发脾气，把所有的怒气都发到孩子身上，给基层一线的老师当孩子是很痛苦的事情。一个老师说，我从工作到现在，除了婆婆的丧假，从来没有请过假，怀孕晕倒都没有请过假，醒过来继续上课。一个老师说，我对当老师已经很厌倦，但我是有底线的，真正的教书育人，要用良心对学生，要为每一个家庭负责，如果没有这个底线，再多的荣誉都一文不值。一个校长说，我是一个比较功利的人，但我的内心还是比较柔软，一个外来务工子女不符合学校的入学条件，我无能为力，母亲焦虑、无助、彷徨、期待，

/ 后记 /

甚至跪下来央求，一个校长其实没有什么能力，我什么也做不了，只能给另一个学校打电话，让他们能不能收下来。老师的工作实在太为琐碎：备课，上课，批改作业，批改试卷，讲评，订正，为了一道错题一个错别字一个坐姿一个站姿批评教育学生，唠唠叨叨，有的竟要为此大动肝火，年复一年，日复一日……就像又一个老师所说，当老师就好像没有走进过社会一样，教几年级心理年龄就是几年级，年纪一大把心理年龄还是很小，他们的高尚也都几乎琐碎得乏味，既不跌宕、浪漫、戏剧化、可歌可泣，也缺乏深邃的思想，因此似乎也就鲜少得到文艺作品的青睐，似乎难以诠释，难以把持诠释的价值。

　　我对老师熟悉吗？我从上小学一直到师范毕业，都得到每一个阶段的老师无私的褒爱。小学的时候，严冬，寒风凛冽，胃痛，冒冷汗，不能上课，老师推着自行车走了七八里路把我送回家。初中的时候，我因为比别人提早上学，体育一直很糟糕，体育老师每次在路上碰到我，都会很忧虑地说："哎呀，你的体育真是糟糕啊，怎么办呢？"老师却从来没有让我的体育不及格，也从来没有在课上给过我任何难堪。读师范的时候，我和初中的老师保持通信。初中的语文老师在给我的信中说：作家的素质要求，在我看来，应该是全能的，多维的。书中有一百零一个角色，他就必须接触并深入一百零一个角色，扮演出一百零一个角色，否则，只能写写日记……笔耕之路是苦尽甜来的路，但愿你思甜而不畏饮苦……献给你良好的祝愿——愿路的那一头是一望的田田的荷塘，笔是桨，文是舟，沉醉不知归路……初中的英语老师也在信中说：在我看来，你的性格，本来就是搞创作的人所特有的个性呢……初中的班主任也在信中说：文学事业不应荒废，要不懈努力……师范时候的美术老师因为读了我的文章，对我这个没有美术所长的学生格外厚爱，毕业时给我留言：读万卷书，行万里路，写盖世文章。我的老师们大多默默无闻，朴实无华，但是他们从不吝于对学生爱惜、庇护、发掘、栽培、鼓励，是我心目中最好的老师，也是我心目中永不磨灭的老师的形象。

我对老师不熟悉吗？回顾自己当老师的岁月，我很羞愧自己并没有成为自己的老师们那样的"最好的老师"，但是，那时候的自己以及同事们都是热忱的。老师不止是老师，既有一切人都会有的情意，也有一切人都会有的局限，彼此也会有一切人际之间都会有的摩擦、计较、嫌隙、抵牾，然而这些都不妨碍彼时的大家为着教育的奉献，一切都在服务于教育，一切都在为着怎样更好地教学以及更好地管理班级而投入和付出，真正地忠诚教育事业，并且为自己的职业骄傲光荣，全心全意，孜孜不倦。历史的车轮永不停息地辚辚滚动，它应该是伟大的，但并不都是美好的，它毫不留情地碾压了有的热忱、奉献、忠诚、骄傲、光荣，使之沦陷，老师也不例外，有的也就不免不复亲切，不免陌生，让人错愕，让人痛惜。

农村还是农村吗？我过去以为我是一个没有了母校的人，我读过的小学、初中、师范学校都已经不复存在，我回到老家所在的乡镇中心小学，意识到它作为整个乡镇撤村并校之后的

/ 后记 /

最后的一所学校,在某种角度也已经是我的母校,而我又找不到任何可以把自己和它关联起来的根据:它的校园及其建筑都超出了很多城市的学校,孩子们都落落大方,衣着言谈和城市的孩子没有明显的差距,老师的素养也完全可以和城市的老师媲美,甚至还要更出众,它已经不是我记忆中的农村,已经不在我原有的经验和认知范围之内。我翻山越岭到达崇山之中的村庄,没有想到它竟然还有高高地悬挂在大树上的大喇叭广播,广播的声音在山川回荡,也没有想到山上从前有很多水稻田,水都从山巅顺流而下,而现在水都被水电站引流了,村里的自来水反而不够吃用,就像油一样金贵,换下来的衣服都要攒很多天才一起洗,它似乎又还是过去的农村。

表象就是全部吗?我第一次到一个农村学校访谈,校长很随意地让我跟着到一家工厂处理事务,又召集人在嘈杂路边的农家乐吃饭,来的人越来越多,一天的访谈计划直到下午将近三点才匆匆进行,印象懊丧。此后进一步访谈,得知他二十多年以来一直都留在农村学校,对于教育和办学都有自己的坚持,是一位很有态度的校长,而且有超出一般的文学素养,给予了后续访谈的持续支持。他说,每个群体都有它的多面性,每个群体也都在推动着社会发展,接受访谈能够让自己得到升华,自己也应该为此做一点什么,可以让大家更加客观地看待老师这个群体。此外,接受访谈的老师、校长、局长、政府官员、学者、商人、农民,他们的命运不尽相同,境界迥别,或者也各执己见,但是几乎都共同表现出了对于文学的尊重,都真挚袒露，并对书的写作予以恳切期待，我通过他们不仅不曾看到所谓对于文学和书的鄙薄，而且看到了文学的力量和书的力量，那是自然界不存在的也许是超自然的只有属于人类的：力量。

黑暗就是黑暗吗？在城市，到了夜晚，天色在熠熠的灯光中黑下来，就以为是黑暗了。在农村，结束访谈，也到了夜晚，才真正认知到天地之间没有一丝光线的漆黑，才知道漆黑才是黑暗。

寂静就是寂静吗？在城市，以为夜深了就是寂静了。在农村，在访谈的学校住下来，夜深了，就像没有任何生命的迹象，才知道万籁俱寂才是寂静。

……

是枝裕和导演说：电影院是让人暗自饮泣的地方。约翰·伯格说：人们在电影院里哭泣的理由，就跟买票进去的人数一样多。电影如此。书也如此。一部好的电影，一本好的书，无论来自哪种文化，无论什么取材，它都有责任提高受众的审美水平，有责任唤起受众真善美的情感回应。看电影，看书，固然不是就为了去暗自饮泣，但是，能够让人暗自饮泣的电影和书，都是因为它们的某一句话语，某一个部分，某一个瞬间，有能力抵达到了人心最深底里的最敏感也最脆弱柔软的部分，那也是人性中最真善美的部分，在一切时间的白云苍狗之中，也只有这个部分才永远值得咏叹，永远值得为之挽歌，又为之礼赞。不止是高尚和不高尚，熟悉和不熟悉，农村，表象和全部，黑暗，寂静……我们其实就是生活在大量的错觉中，它们层层叠叠，乱花迷眼，似是而非，很容易就会让我们背离了真善美，我只有用自己走过的每一寸土地，触及到过的每一个平凡的灵魂，然后再敲打出的每一个文字，才有可能穿越无数浮光掠影的错觉，才有可能抵达人性的真善美。建筑师巴拉甘在普利兹克建筑奖答辞《美、寂静、宁静、愉悦与孤独》中引用了诗人卡洛斯·佩里茨的诗句：我们的眼/看穿好与坏/看不见的眼，只有绝望的灵魂。我希望自己这样写下的书，能够让人看穿世界的好与坏，又让灵魂永不绝望。

完满和缺憾

《眷恋》交稿以后，我陷入了巨大的空虚。完成《眷恋》，不是一件容易的事情：工作，生活，女儿的成长，时时刻刻都在摄走绝大部分的时间，全部的写作只能在时间的夹缝里丝丝缕缕地寸行。清晨，夜晚，梦醒的时候，在路上，在所有时间的夹缝里，我都已经习惯了它的不依不饶地缠绕，仿佛它不是在缠绕我，而就是我的生活方式，当缠绕停止的时候，我反而就像失重了一样：生物钟、身体机能、情绪、节奏似乎都出现了紊乱，容易饥饿，长篇累牍地做梦，梦境光怪陆离，不知道该和谁说话，也不知道从何说起，说什么都似乎没有意义，不能看书，不愿意思考，注意力涣散，迟钝，就像受过了脑损伤……紊乱又在加剧空虚。我开始看《请回答1988》，看得又哭又笑，感叹剧中人物的志忑、克制、坚定、纯洁、惆怅、忧心忡忡、希冀、勇敢、忍耐、谅解、包涵、教养、甜蜜、欣慰，感叹编剧对于几乎全部人类情感所能够极尽的成熟并且细腻的洞悉，看到最后三集的时候，我却感到了失望。无论人生还是艺术，终极的本质都在于：缺憾。完满的外衣下也许藏匿着粉饰、逃避、软弱、迁就、勉强、自欺欺人、麻木、妥协、放弃，而缺憾就只有是缺憾。我失望于它的：完满。虽然失望，但它还是不可思议地修复了我，让我最迅速地得到痊愈和复原，摆脱了汹涌的空虚。也许，它让人所失望的，也就是一种缺憾，也意外地具有缺憾的美和意义。

约翰·凯奇去参加音乐会，作曲家为要演奏的曲目提供了演出介绍，其中一首曲目介绍的大意是：世上有太多的痛苦。音乐会结束以后，约翰·凯奇和作曲家走在一起，对话。

"我挺喜欢这音乐的，但是我不同意介绍上说的，世上的痛苦太多了。"

"什么？难道你认为世间的痛苦还不够多吗？"

"我认为痛苦的总量刚刚好。"

……

在《眷恋》交稿以前，我沉溺到了一种循环之中：不断地修改一个句子，一个词语，一个字，一个标点，删除，增加，替换，日思夜想，一天，一天，没完没了……写书就像人生一样，充满各种各样的缺憾，而最让人无能为力的缺憾应该是：时间的流逝。没有比时间的流逝更令人谦卑。我最终接受缺憾，也带着缺憾，给《眷恋》定稿，交稿，内心谦卑。也许，

/ 后记 /

一本书也就像一个人，纵观起来，它的缺憾的总量其实是刚刚好的。也正是因为如此，这个世界虽然充满缺憾，却依然让人如此眷恋。

三十年以前，我到师范学校报到，没有想过它会带给我什么，又会把我带到哪里去。九年以前，我开始写书，也没有想过它会带给我什么，又会把我带到哪里去。此时此刻，我在记忆着《眷恋》，依然没有想过它会带给我什么，又会把我带到哪里去……只是无论如何，它们毕竟都催使我向前走了，而在这其中，遗忘，功不可没。记忆与遗忘，都是为了向前走。人生之美，大抵如此。

何以为人。

是为录。

2021年早春